W0273827

Jax – Warrior Lover

von

Inka Loreen Minden

Bibliografische Information der Deutschen Nationalbibliothek
Die Deutsche Nationalbibliothek verzeichnet diese Publikation in der Deutschen Nationalbibliografie; detaillierte bibliografische Daten sind im Internet über
http://dnb.d-nb.de abrufbar.

Jax – Warrior Lover

www.inka-loreen-minden.de

E-Mail: lucy-palmer@inka-loreen-minden.de

Deutsche Erstausgabe August 2013

© Cover Art by jdesign.at
unter Verwendung folgender Motive:
Paar: © konradbak – Fotolia.com
Stadt: © chungking – Fotolia.com

Autorenfoto: © Guido Karp 2011 – p41d.com

Herstellung und Verlag: Createspace
ISBN-13: 978-1491264720
ISBN-10: 1491264721

Printed in Germany
by Amazon Distribution GmbH, Leipzig

Sämtliche Personen dieser Ausgabe sind frei erfunden. Ähnlichkeiten mit lebenden, verstorbenen oder untoten Personen sind rein zufällig.

Kapitel 1 – Ich bin eine Sklavin

Samantha Walker gibt es nicht mehr. Von heute an bin ich eine Serva, eine Sklavin mit der Nummer 13. Ein Gefängnisarzt hat sie mir groß und dick auf meinen linken Oberarm eintätowiert, genau wie den Strichcode darunter. Keine Ahnung, welche Daten er anzeigt. Das ist mir im Moment auch egal, denn Angst kriecht wie winzige Spinnen über meinen Körper und hinterlässt eine Gänsehaut.

Mit fünfzig anderen Sklaven stehe ich halbnackt in der vordersten Reihe der Ankunftshalle. Die riesige Kuppel wird von zahlreichen Scheinwerfern beleuchtet, vor uns befinden sich eine Bühne und ein schwarzes Tor, das noch geschlossen ist. Hinter uns klatscht das Publikum rhythmisch in die Hände und kann es kaum erwarten, bis die Warrior eintreffen. Was für eine Show – der Kommentator überschlägt sich mit Neugier erweckenden Vorankündigungen.

Ich stehe kurz davor, in Tränen auszubrechen, doch ein bisschen Würde möchte ich mir bewahren. Wenn alles gutgeht, wird mich keiner der Soldaten wollen. Ich lebe drei Tage länger gesund und munter in meiner winzigen Zelle, habe drei Tage länger Zeit, mir einen Plan zurechtzulegen, wie ich dieser Misere entfliehen kann, obwohl ich weiß, dass bisher niemand eine Flucht überlebt hat, falls ihm überhaupt eine geglückt ist.

Wir Sklaven tragen bloß einen blutroten Stringtanga, die Frauen zusätzlich ein Brustband in derselben Farbe. Es verhüllt kaum unsere Nippel. Niemals zuvor bin ich mir so nackt vorgekommen. Immer wieder fängt eine Kamera uns ein, besonders lang hält sie auf die Gesichter derer, in denen Panik geschrieben steht.

Während das Publikum grölt und Transparente für ihre Favoriten schwenkt, sind meine Augen auf das Bühnentor gerichtet, aus dem jede Sekunde die Warrior schreiten werden. Zwanzig Männer, unsere besten Soldaten. Insgesamt sind es über hundert, die mit Waffengewalt und vollem Körpereinsatz unsere Stadtgrenzen verteidigen; den Rest übernehmen automatisierte Waffensysteme.

Alle drei Tage, bei Schichtwechsel, wird ein Medienspektakel veranstaltet, um das Volk von White City zu unterhalten. Die Warrior werden wie Helden gefeiert. Auf riesigen Bildschirmen sind die Highlights der letzten Sendungen zu sehen. Gerade wird eine Szene gezeigt, in der Soldat Blaire – ein blonder Hüne mit Löwenmähne – eine Serva vergewaltigt, die er an einen Tisch gefesselt hat, Arme und Beine wie ein X gespreizt. Es ist Nummer 4, das Mädchen neben mir. Vielleicht achtzehn Jahre alt. Sie zittert und weint lautlose Tränen. Als wir hier einmarschiert sind, habe ich sie nach ihrem Namen gefragt. Sie heißt Miraja und gehörte den Rebellen an. Ich würde so gerne ihre Hand nehmen, um sie zu trösten und selbst Halt zu finden, doch es ist verboten, sich zu bewegen. Die Wärter stehen hinter uns, bereit, uns zu erschießen, sollten wir nicht gehorchen. Teilweise sind sie ehemalige Warrior, die zu alt sind, um den harten Job an der Stadtgrenze länger zu bewältigen.

Weitere Bilder werden eingespielt, wie Blaire vor den Stadtmauern einem alten Mann mit seiner Automatikwaffe den Kopf wegpustet. Der Outsider hat Blaire nicht einmal angegriffen, wollte bestimmt nur sauberes Trinkwasser oder Medikamente, die die Rebellen angeblich durch Abwasserrohre schmuggeln. Blaire tötet diese armen Menschen, ohne mit der Wimper zu zucken, bloß weil sie sich der Sperrzone nähern. Dabei lächelt er diabolisch, und ich erschaudere, während Miraja neben mir würgt.

»Reiß dich zusammen«, flüstere ich. »Oder du wirst erschossen.«

»Ein verführerischer Gedanke«, antwortet sie leise, woraufhin ich wünschte, meine Worte zurücknehmen zu können. Sie hat doch nicht vor …

Als plötzlich Rockmusik ertönt und das Tor aufgeht, zucken wir alle zusammen, Männer wie Frauen. Unter uns befinden sich neun männliche Sklaven, da es auch Warrior gibt, die dasselbe Geschlecht bevorzugen. Die Servi schauen nicht weniger ängstlich aus als wir Frauen, ein junger Mann mit der Nummer 8 weint still vor sich hin. Ich habe gehört, die meisten Männer lassen sich lieber exekutieren, als sich diese Demütigung anzutun. Wenn ich mir Mirajas Elend ansehe, kommen mir Zweifel, ob ich mich nicht auch lieber für die Todesspritze hätte entscheiden sollen. Ich zittere, Schweiß läuft mir vom Nacken unter meinen langen Haaren den Rücken hinab.

Blaire tritt auf die Bühne, seine Waffe über dem Kopf erhoben. Er hat eine Cargohose an, und über seinem nackten, muskulösen Oberkörper trägt er eine Schutzweste, an der weitere Waffen hängen: Granaten, Wurfsterne, Messer. Mit dem kantigen Gesicht und den langen blonden Haaren, die ihm in einer wilden Mähne um den Kopf fallen, sieht er aus wie ein Wikinger.

Er lässt sich bejubeln, dreht sich im Kreis und schreitet mit stolzgeschwellter Brust auf der Bühne hin und her. Frauen aus dem Publikum schreien seinen Namen. Aus den Augenwinkeln sehe ich, wie sie ihre Bustiers, die knapp ihre Brüste verhüllen, hochziehen und schreien: »Fick mich, Blaire!«

Mein Magen verkrampft sich. Die Leute im Zuschauerraum, überwiegend Frauen, tragen kaum mehr als ich am Leib. In der Stadt ist es warm, außerdem verfällt das Volk immer mehr der Gier nach dieser Show, es liebt dieses Medienspektakel. Es erinnert mich an »Brot und Spiele« im alten Rom. Die Arbeiter sollen bei Laune gehalten werden, und das gelingt dem Regime ausgezeichnet. Da beinahe alle Geschlechtskrankheiten ausgerottet sind und niemand ungewollt schwanger werden kann, wird die Show immer extremer und auch das schamlose Treiben unter der Bevölkerung von Jahr zu Jahr schlimmer. Jeder macht es mit jedem, es gibt kaum feste Beziehungen. Treue und Vertrauen sind Fremdwörter geworden, das erschreckt mich. Viele sehen nicht, was sich wirklich abspielt oder wollen es nicht wahrhaben.

Blaire geht an der Reihe der Sklaven vorbei und wirft Miraja einen scharfen Blick zu, macht obszöne Gesten mit der Zunge und deutet mit dem Finger auf sie.

Das Publikum kreischt, und Miraja zittert so stark, dass ich glaube, trotz des Lärms ihre Zähne klappern zu hören.

Die Menge grölt und jubelt, feuert Blaire an, sich wieder Nummer 4 zu nehmen. Die Leute sind geil darauf, sie leiden zu sehen, wie beim letzten Mal. Auf den Monitoren erscheint eine Großaufnahme: Mirajas vor Angst und Schmerz weit aufgerissene Augen, während Blaire sie vergewaltigt, immer und immer wieder, die halbe Nacht lang. Das Volk ist live dabei, sitzt gemütlich zu Hause vor den Screenern und holt sich einen runter. Sie widern mich an. Alles widert mich an. Wie habe ich das in den letzten fünfundzwanzig Jahren ausgehalten?

Miraja bricht in Tränen aus, und als Blaire sich vor das Eingabepult stellt, habe ich Angst, dass sie ohnmächtig wird. Sie schwankt leicht.

Der Warrior tippt etwas ein – auf der Leinwand erscheint die Zahl 4.

Das Publikum hält nichts mehr auf den Sitzen und kreischt vor Begeisterung, während zwei Wächter in blauer Uniform Miraja abführen. Sie wehrt sich, schreit, tritt um sich. Wahrscheinlich hofft sie auf den erlösenden Schuss, doch der bleibt aus, Blaire hat gewählt. Ein Wärter verabreicht ihr eine Spritze in den Hals, betäubt sinkt sie in seinen Armen zusammen und wird weggezerrt.

Hoffentlich ist sie lange genug ohne Bewusstsein, damit sie nicht mitbekommt, wie sich das Schwein erneut an ihr vergeht. Aber das Glück wird ihr verwehrt sein. Wut und Angst ballen sich in mir zusammen. Am liebsten würde ich mich umdrehen wollen, einer Wache das Gewehr entreißen und den Warrior erschießen, sie alle töten, diese abartigen Sadisten.

Mein Magen verkrampft sich unaufhörlich. Einerseits aus Erleichterung, da ich nicht Blaires bevorzugtes Opfer bin, andererseits kommt mir die Galle hoch, wenn ich daran denke, was er Miraja antun wird.

Das Publikum beruhigt sich, der nächste Warrior wird vorgestellt: Crome.

Erneut ein Hüne, denn die Krieger sind alle groß, mit einem breiten Rücken und Muskeln wie Stahl. Sein silberfarbenes, fast weißes Haar leuchtet, als das Licht der Scheinwerfer auf ihn fällt.

Während er an unserer Reihe vorbeigeht, versuche ich ihm nicht in die Augen zu blicken. Bloß keine Aufmerksamkeit erregen. Hoffentlich gefalle ich keinem von ihnen. Zumindest entspreche ich nicht dem gängigen Schönheitsideal, habe keinen Korrekt-Maß-Körper. Meine Brüste sind zu groß, mein Hintern zu rund und ich wirke wenig burschikos. Allein meiner Intelligenz habe ich es zu verdanken, dass ich Ärztin werden durfte, ansonsten würde ich jetzt wohl bei der Unterschicht im Publikum sitzen und sabbernd grölen.

Die Krieger kommen, wählen und verschwinden. So geht es ewig weiter. Bei jedem Mal stehe ich Todesängste aus und bete, dass mich niemand nimmt.

Der Senat hatte belastende Beweise gegen mich in der Hand. Ich hätte den Warrior Cedric Carter umgebracht.

Ich bin Ärztin, ich rette Leben!

Ich *war* Ärztin. Jetzt bin ich nur noch eine Nummer.

Ich unterdrücke ein Schluchzen und lasse meine Verhandlung im Geiste Revue passieren, um mich abzulenken. Cedric Carter sowie sein Bruder Jackson gerieten unter Beschuss der Rebellen und wurden beide von einer Granate schwer verletzt. Jackson überlebte, während ich Cedric nicht retten konnte. Obwohl er schon über den Berg war, versagte plötzlich sein Herz. Weil ich ihm absichtlich das falsche Medikament verabreicht hätte.

Der Lüge nicht genug, hat der Senat behauptet, ich würde den Rebellen angehören, hätte Medikamente nach draußen geschmuggelt und mich gegen das Regime gestellt. Doch das habe ich nicht! Niemals! Ich war immer loyal, wenn auch nicht in Gedanken. Oft habe ich daran gedacht, mich aufzulehnen. Aber ich war zu feige und habe mich immer gefügt, mein angenehmes Leben einem Dasein in Krankheit und Armut vorgezogen. Vor den Stadttoren zu leben ist höllisch, dort ist man der krebserregenden Sonne und der atomaren Verstrahlung ausgesetzt. Außerdem macht das verseuchte Wasser viele krank. Hier unter der schützenden Stadtkuppel atmen wir saubere Luft, produzieren reines Wasser und gesunde Lebensmittel. Es ist eines der letzten Paradiese, eine von dreihundert autarken Städten, die es auf der Erde gibt.

Leider reicht der Platz nicht für alle. Knapp fünfzigtausend Menschen leben hier in White City, und deshalb können die Outsider auch nicht in der Stadt wohnen. Das Regime tut aber viel dafür, um sie ruhigzustellen. Es liefert ein Mal in der Woche unser kostbares Wasser und ab und zu Medizin, aber nur, wenn die Outsider die Stadt nicht angreifen.

Mein Prozess war kurz, ich saß drei Monate hinter Gittern, bevor ich meine Todesstrafe antreten sollte. Mein Anwalt konnte veranlassen, dass ich in das Serva-Programm aufgenommen wurde, doch mit jeder Sekunde, die ich hier stehe, bereue ich diese Entscheidung mehr.

Mein Herz hämmert wild, bestimmt kann jeder sehen wie mein Brustkorb vibriert. Ständig zeigen sie Großaufnahmen von uns Sklaven, unsere starren Gesichter und die dazugehörigen Nummern.

Der vorletzte Warrior hat einen jungen Mann gewählt, und ich stehe immer noch da, bin wie in Trance, nur meine Blase drückt. Verdammt, ich muss dringend auf die Toilette.

Der letzte Soldat betritt die Bühne – und ich halte die Luft an. Sein schwarzes Haar ist kurz, der Bartschatten reicht fast bis zu den hohen Wangenknochen. Der Blick aus seinen blauen Augen wirkt kalt, sein Gesicht zeigt keine Regung. Ohne Starallüren, und als ob er das Publikum nicht bemerkt, schreitet er über die Bühne, den Lauf seiner großen Waffe auf der Schulter abgestützt. Sein nackter Oberkörper glänzt vor Schweiß und starrt vor Dreck. Oder ist das getrocknetes Blut?

Ich erschaudere.

Oh mein Gott, es ist Jackson Carter, von allen nur Jax oder »der Unbesiegbare« genannt, weil er schon drei Mal einen Treffer überlebt hat, der für andere tödlich geendet hätte.

Die Menge brüllt seinen Namen, mein Puls rast. Sogar eine Serva ruft: »Jax, nimm mich!«

Er ignoriert sie jedoch.

Zitternd drehe ich der Sklavin, die eine der ersten in der Reihe ist, den Kopf zu. Es handelt sich um eine schwarzhaarige Frau, die kaum älter ist als ich, höchstens dreißig. Ihre Figur ist ebenfalls sehr weiblich: große Brüste, runder Po. Ist sie verrückt?

Ein Wächter drückt ihr den Lauf seiner Waffe gegen den Kopf – sie verstummt.

Mit rasendem Herzen schaue ich auf die Bühne; Jax hat der Zwischenfall nicht aus der Ruhe gebracht.

Ich kenne ihn persönlich, denn ich habe ihn operiert! Er ist der größte und stärkste von ihnen. Obwohl er vor drei Monaten nur knapp dem Tod von der Schippe gesprungen ist, steht er bereits wieder an der Front. Er scheint wirklich unbesiegbar zu sein.

Seit dem Tod seines Bruders – heißt es – habe er seine Menschlichkeit verloren. Oder den letzten Rest davon. Welcher Warrior ist schon human?

Unauffällig versuche ich ihn zu mustern und erkenne tatsächlich Blut auf seinem gestählten Körper, Abschürfungen, kleine Wunden und die alten, verblassenden Narben, die ihm diese Granate beschert hat.

Jacksons Blick huscht teilnahmslos über die Sklavinnen, der Schwarzhaarigen schenkt er nur geringfügig länger seine Aufmerksamkeit. Sein Interesse scheint nicht groß zu sein. Er lächelt nicht, seine Miene ist finster. Seit er bei dem Granatenangriff fast gestorben ist, hat er keine Serva mehr zu sich geholt. Jax soll gefühlskalt geworden sein und noch besser kämpfen als zuvor. Er ist eine Tötungsmaschine.

Die Monitore zeigen ihn im Einsatz; er ist Scharfschütze und auch im Nahkampf hervorragend. Niemals verfehlt er sein Ziel.

Plötzlich verhaken sich unsere Blicke, seine blauen Augen werden groß. Hastig schaue ich weg und wünsche mir, er hätte mich nicht erkannt.

Geh vorbei, geh vorbei, leiere ich in Gedanken herunter, doch er stoppt vor dem Eingabepult.

Die Menge verstummt und hält ebenfalls die Luft an. Es wird totenstill. Eisiger Schweiß dringt aus all meinen Poren, hektisch beiße ich mit den Schneidezähnen auf die Innenseite meiner Unterlippe. Dann ertönt ein Aufschrei und Applaus tost los, es folgen aufgeregte Lautsprecherdurchsagen und Begeisterungsstürme des Kommentators. »Wir hatten bereits aufgegeben zu hoffen, aber es ist passiert: Jax hat gewählt, ist denn das die Möglichkeit?!«

Ich sehe auf, meine Eingeweide krampfen sich zusammen und ich schnappe nach Luft. Magensäure verätzt meine Zunge und schwarze Flecken tanzen vor meinen Augen. Wie gelähmt starre ich auf die blutroten Zahlen: 13.

Ja, Jackson hat gewählt. Er hat *mich* gewählt.

»Du Glückliche«, wispert die Sklavin zu meiner Rechten. Ich kenne sie nicht. »Jax ist gut zu uns. Er hat den Ruf, einer Serva niemals ein Leid angetan zu haben.«

Aber keine der Servas wurde beschuldigt, seinen Bruder getötet zu haben.

Kapitel 2 – In der Vergnügungseinheit

Zwei Wachen schleifen mich hinter Jax her durch kahle Korridore. Sie führen aus der Empfangshalle direkt in die Vergnügungseinheiten, die sich im selben Gebäude befinden. Irgendwo hier sind auch die anderen Sklaven mit den Kriegern.

Meine Beine zittern so stark, mein ganzer Körper bebt unkontrolliert, dass ich kaum laufen kann und ständig stolpere. Mühsam halte ich mit den ausladenden Schritten der Wachmänner mit. Mein großer Zeh blutet, weil ich irgendwo hängen geblieben bin, aber ich spüre keine Schmerzen, nicht da. Mein Blick ist auf Jacksons breiten Rücken geheftet. Deutlich zeichnen sich seine Muskeln ab. Der Stoff der Einsatzhose spannt sich über seinen knackigen Po. Ein attraktiver Mann ist er, doch leider ein Monster.

Als ich ihn operiert habe, bin ich in den Genuss gekommen, jeden Winkel seines Körpers zu sehen. Damals habe ich von ihm geträumt, von seinen blauen Augen, die mich nach der Operation zwar verklärt, aber dankbar musterten, dem gestählten Leib, der tiefen, maskulinen Stimme, seinem … Ob wieder alles funktioniert? Ich wurde verhaftet, bevor ich weitere Untersuchungen an ihm durchführen konnte. Jetzt wünsche ich mir zu meinem Schutz, dass die Operation nicht erfolgreich war. Vielleicht ist das ja der Grund, warum er sich seitdem keine neue Sklavin mehr ausgesucht hat?

Mein Herz rast. Doch was macht es für einen Unterschied, wie er mich quälen und töten wird? Eigentlich keinen.

Vor einem gläsernen Aufzug reicht er seine Waffen einem uniformierten Mann, dann fahre ich mit Jax nach oben. Wir sind nicht allein, neben den zwei Wachen steht ein Reporter im schicken Anzug, außerdem sind überall Kameras angebracht, auch in einer Ecke des Liftes.

Jax geht auf die Fragen des Journalisten nicht ein und schenkt ihm keinen Blick, sondern starrt nach draußen. Der Aufzug zeigt in den Innenhof des Gebäudes. Das Publikum strömt heraus, die Leute wollen nach Hause, um nichts zu verpassen. Die meisten schauen in ihre Mobilgeräte und zappen von einem Programm zum anderen. Sie haben zwanzig Warrior zur Auswahl, jeder Krieger hat seinen eigenen Kanal, und morgen werden die Highlights zusammengeschnitten. Sie laufen während der nächsten Tage, bis ein neuer Schwung Krieger zurückkehrt und das Spektakel von vorn beginnt.

Ich habe mir früher die Sendung nur selten angesehen, da ich sie schon immer primitiv und verachtenswert fand. Doch das Regime unterstützt die Ausstrahlung, sogar finanziell, denn sie dient nicht nur der Unterhaltung, sondern als Abschreckung und Warnung.

Die Lifttür öffnet sich und wir treten in einen weiteren kahlen Gang, bis wir vor einer Tür mit der Nummer 829 stehen bleiben. Dort drückt Jackson den Daumen auf einen Scanner, die Tür springt auf.

Obwohl Jax den Reporter vehement ignoriert, sprüht der vor Begeisterung und redet ohne Luft zu holen. »Wieso haben Sie sich nach so langer Zeit für eine Sklavin entschieden und warum ausgerechnet für diese? Nach unseren Informationen ist sie die Ärztin, die Ihren Bruder ermordet …«

Jax packt meinen Arm, reißt mich aus dem Griff der Wachen, zerrt mich in die Wohnung und knallt den drei Männern die Tür vor der Nase zu. Jetzt bin ich mit dem Warrior allein.

Ich schlucke hart, um den Kloß aus meinem Hals zu vertreiben, dennoch klingt meine Stimme dünn und schwach, als ich frage: »Dürfte ich auf die Toilette?« Hastig blicke ich mich um. Automatisch flammt Licht auf, indirekte Beleuchtung in warmen Farbtönen. Ein großes Bett steht mitten im Raum, das die Möglichkeit bietet, die Sklavinnen an ein schmiedeeisernes Gestell festzubinden.

Ich erschaudere und mein Magen verkrampft sich erneut.

Ich sehe keine Fenster, nur zwei weitere Türen. Eine wird ins Badezimmer führen, die andere auf die Toilette. Ich weiß das, weil alle Vergnügungseinheiten gleich aufgebaut sind, nur die Einrichtung variiert. Es gibt Einheiten, die Folterkammern ähneln, je nachdem, was der Warrior für Vorlieben hat. Aber dieser Raum erinnert mich eher an das Hotelzimmer in New World City. Mein Exfreund Mark und ich haben vor zwei Jahren Urlaub in einer anderen Stadt gemacht. Es war das erste und einzige Mal, dass ich White City verlassen habe und mit einem Shuttle geflogen bin. Es war ein schöner Urlaub, wir hatten von unserem Zimmer einen Blick auf einen Erholungspark mit Ziegen und Kaninchen, die wir streicheln durften, und vielen Pflanzen.

Mark war der Einzige, der sich nach meiner Verhandlung von mir verabschiedet hat.

Tränen drängen nach draußen, hastig zwinkere ich sie weg. »Bitte, darf ich?«, frage ich erneut, weil Jax nicht reagiert. Der hockt sich aufs Bett und streckt die Füße aus.

Sofort zerre ich am Türgriff, aber sie ist verschlossen. Verdammt, war klar. Wie weit wäre ich auch gekommen? Bis zu den Wachmännern, die überall im Gebäude postiert sind?

»Du kommst hier nicht raus«, sagt Jax bedrohlich leise.

Ich wirbele zu ihm herum. Es ist das erste Mal, dass er heute vor mir spricht.

»Zieh mir die Stiefel aus«, befiehlt er, wobei er mich scharf anschaut. Seine blauen Augen funkeln. Wegen des Bartschattens wirkt ihre Farbe intensiver, fast so blau wie der künstliche Himmel der Kuppel.

»Bitte, ich muss wirklich dringend!« Die Tränen brennen wie Säure in meinen Augen. Ich kneife die Schenkel zusammen, um mir nicht in die Hose zu machen. Meine Blase schmerzt und fühlt sich an, als würde sie gleich platzen.

»Widersprichst du mir?«, brüllt er durch den Raum.

Ich zucke stark, und obwohl ich innerlich vor Angst erstarrt bin, setzen sich meine Beine in Bewegung, als ob Jax und ich Magneten wären. Dieser Mann würde mich anziehen, wäre er nicht mein Todesurteil. Besser, ich mache, was er sagt, vielleicht bleibe ich länger am Leben.

Ich knie mich vor ihn und löse mit zitternden Fingern die Verschlüsse der Stiefel, dann ziehe ich daran, doch sie sitzen wie festgeklebt. Oh Gott, ich schaffe es nicht! So viel Kraft habe ich nicht.

»Bist du zu nichts zu gebrauchen?«, knurrt er, schubst mich an der Schulter weg und zerrt sich die Stiefel herunter.

Bebend sitze ich am Boden und schaue zu ihm auf. Er stellt sich hin, öffnet die Hose und zieht sie sich über die muskulösen Schenkel. Sie sind leicht behaart und wie der Rest seines Körpers voller Narben. Mit meinem vierköpfigen OP-Team und einem Medibot habe ich diesen Kerl stundenlang zusammengeflickt, diese Tötungsmaschine wiedergeboren.

Er trägt nur noch einen eng anliegenden schwarzen Slip, der deutlich zeigt, wie gut er darunter bestückt ist, auch wenn er nicht erregt ist.

Demonstrativ hält er mir die Hand hin. »Steh auf.«

Erst zögere ich, bis etwas in seinen Augen aufblitzt. Ich kann es nicht beschreiben, aber es macht mir keine Angst, es fühlt sich warm an. Vertraut. Es ist derselbe Blick wie damals im Krankenhaus.

Ich strecke ihm den Arm hin und unsere Hände greifen ineinander. Seine Finger sind rau, lang und schlank und doch voller Kraft. Mit einem Ruck zieht er mich auf die Beine, sodass ich taumle und gegen seine Brust falle. Reflexartig stütze ich mich an seinem Bauch ab, rieche seinen Männerschweiß, spüre für den Bruchteil einer Sekunde die harten Muskeln und ziehe rasch den Arm zurück.

»Tut mir leid«, wispere ich, ohne ihn anzusehen. Da ich ihm ohnehin nur bis zur Brust reiche, muss ich nicht einmal den Kopf senken.

Als er mir plötzlich das Brustband abreißt, schreie ich überrascht auf. Fast nässe ich mich ein, kann es gerade noch aufhalten.

Ich schaue Jax an, aber er starrt nur auf meine Brüste. Weil ich so dringend auf die Toilette muss, habe ich eine Gänsehaut und meine Nippel ziehen sich zusammen. Er fasst sie an, streicht mit den Daumen darüber und wiegt meine großen Hälften in seinen Händen.

Wie ein Blitz schießt das zarte Gefühl in meinen Unterleib und verstärkt das Pochen in meiner Blase.

»Bitte … Ich muss so dringend. Bitte!«, flehe ich unter Tränen. Wird er es tun? Nimmt er mich jetzt mit Gewalt? Erneut wage ich einen Blick in sein Gesicht und erschrecke: Seine Augen scheinen zu glühen, Löcher in meine Haut zu brennen. Ich weiß genau, was dieser Ausdruck bedeutet, und schnappe panisch nach Luft.

Mit einem weiteren Ruck entfernt er mir den Stringtanga.

»Bitte, ich halte es nicht mehr aus.« Ich lasse den Tränen freien Lauf, scheiß auf meine Würde. Den letzten Rest habe ich ohnehin gerade verloren.

Ich presse die Hand auf mein Geschlecht, nicht nur, weil ich so dringend muss, sondern weil ich höre, wie die Kameras, die in jeder Zimmerecke und über uns angebracht sind, heranzoomen. Die ganze Stadt kann mich sehen, der Sender überträgt die Show sogar auf Großbildschirme an öffentlichen Plätzen. Ich bin nackt, völlig entblößt. Zitternd schluchze ich auf und schaue auf den Boden, damit die Haare über mein Gesicht fallen und es verdecken. Ich komme mir zutiefst erniedrigt vor.

»Jetzt kannst du gehen«, sagt er heiser.

Ich laufe los, reiße die schmalere der beiden Türen auf und befinde mich in einem winzigen Raum, in dem es nur eine Toilette, ein Waschbecken und ein Wandschränkchen gibt. Sofort möchte ich die Tür hinter mir schließen, aber Jax' Arm schießt hervor und hält sie auf. »Nichts da, ich werde dir zusehen.«

»Was?« Ich schlucke hart.

»Na los, meine Geduld ist begrenzt! Ich hatte ein paar verdammt beschissene Tage und kann so eine Zicke wie dich wirklich nicht gebrauchen.«

»Dann lass mich gehen«, flehe ich und presse meinen Rücken gegen die kühle Wand.

»Jetzt setz dich!« Er packt meine Schultern und drückt mich einfach auf die Toilettenschüssel. Dann bleibt er mit vor der Brust verschränkten Armen neben mir stehen.

Großer Gott, wenn ich mir zuvor erniedrigt vorkam, habe ich für das hier keinen Ausdruck mehr.

Wie soll ich mich denn entspannen, wenn er so dicht bei mir steht? Er wird mich hören, er kann sogar alles erkennen! Erneut presse ich die Beine zusammen und starre auf den Boden. Dass ich seine Zehen sehe, macht die Sache allerdings nicht besser. Lieber würde ich die winzigen Fliesen zählen, die den Boden zieren. Das mache ich immer, wenn ich mich nicht entspannen kann, das ist eine alte Angewohnheit.

Obwohl mein Unterleib bereits schmerzt, dauert es bestimmt drei Minuten, bis ich mich endlich erleichtern kann. Stöhnend schließe ich die Augen und atme auf, versuche seine Anwesenheit und die aller Menschen in der Stadt zu ignorieren.

Schließlich drücke ich auf das Bedienteil neben der Keramik, betätige die Spülung und die automatische Intimwäsche. Ein Wasserstrahl spritzt mich an und ein Föhn bläst mich trocken. Die warme Luft kribbelt auf meinen Schamlippen. Eigentlich mag ich das Gefühl, doch es passt nicht hierher. Jax hat es auch nicht verdient, dass ich für ihn sauber bin, aber so kann ich wenigstens Zeit schinden und das Grausame herauszögern.

»Ich hab mir keine Sklavin geholt, damit sie die halbe Nacht auf dem Klo hockt«, knurrt er und zieht mich herunter. »Komm endlich, wasch mich!« Er zerrt mich in den nächsten Raum, wo uns eine feuchtwarme Duftwolke entgegenschlägt. Mitten im luxuriösen Badezimmer steht ein runder Whirlpool, der fast bis zum Rand mit Wasser gefüllt ist.

Was für ein Überfluss! Neidisch starre ich auf das heiße Nass. Ich habe zu Hause nur eine Dampfdusche, die mit extrem wenig Wasser auskommt.

Sauberes Wasser ist Luxus, doch die Warrior haben Sonderrechte und dürfen sich nach einer Schicht ein Bad gönnen.

Auf dem hinteren Rand liegen Sprühverbände, ein stiftgroßer Wundlaser und andere medizinische Dinge. Dorthin gehe ich und möchte nach dem Laser greifen, denn Jax hat zwei tiefere Schnitte über der Brust. Bevor ich das Instrument erreiche, packt er mich am Handgelenk. »Was wird das?«

Laut klopft mein Puls in den Ohren. »I-ich will deine Wunden versorgen.«

»Damit du mich umbringen kannst wie meinen Bruder?«

»Ich hab …« *alles versucht, um sein Leben zu retten*, möchte ich sagen, doch er packt mein Handgelenk fester, sodass ich aufschreie.

Sofort lässt er los und sagt bedrohlich: »Du wirst nur noch sprechen, wenn ich dich dazu auffordere.«

Mit Tränen in den Augen nicke ich und bleibe zitternd am Beckenrand stehen. Er ist so hoch, dass mein Unterleib dahinter verschwindet und keinen Blicken ausgesetzt ist. Die Arme verschränke ich vor der Brust.

Jax wendet mir den Rücken zu, zieht sich den Slip aus und steigt ins Wasser. Ich versuche, seine knackigen Pobacken zu ignorieren, während er sich leise stöhnend hinhockt.

Diese viereckige Uhr an seinem Handgelenk hat er nicht abgelegt. Könnte aber auch ein kleiner Computer sein. Alle Soldaten tragen so ein Ding.

Jax dreht sich, sodass er mich sieht, und legt den Kopf gegen den Rand. Dann greift er nach dem Laser, aktiviert ihn auf Knopfdruck und lässt den Lichtstrahl mit routinierten Bewegungen über die beiden Wunden an der Brust gleiten. Zischend schließen sie sich. Er muss Schmerzen haben, dennoch zuckt er kein einziges Mal zusammen.

Danach schießt er sich mit einer Injektionspistole in die Halsvene. Die Spritze enthält wahrscheinlich ein Aufbaupräparat, das ihn mit Nährstoffen versorgt.

Ich stehe nur da und warte ab, während mein armes Herz rast, als wäre ich einen Marathon gelaufen. Die Kameras versuche ich weiterhin auszublenden, aber das fällt mir schwer. Ich mustere Jackson, sein hartes männliches, aber ansprechendes Gesicht. Im Kinn hat er ein winziges Grübchen, seine Nase ist leicht schief. Er hat sie sich bei den Einsätzen bestimmt öfter gebrochen. Seine Brauen sind dunkel und dicht, genau wie die Wimpern. Er ist ein Riese von einem Kerl und drängt beinahe alles Wasser über den Rand, wo es in einer Rinne aufgefangen und der Kanalisation zugeführt wird. Nichts darf verloren gehen, denn es ist aufwändig, das verstrahlte und mit Chemikalien verseuchte Wasser der Outlands zu reinigen. Unter der Stadt gibt es zwar eine saubere Quelle, doch die wird nicht ewig reichen.

Als Jax »Komm rein und wasch mich« raunt, springe ich fast in die Luft. Ist das sein Ernst? Er möchte es in der Wanne tun? Will er mich ertränken?

Erneut schenkt er mir einen von diesen Blicken, unter denen es mir heiß und kalt wird. Wenn er doch nur kein Warrior und ich keine Sklavin wäre!

»Na komm, ich tu dir nichts«, sagt er leise, als ob er nicht möchte, dass es die da draußen hören.

»Als ob auf dein Wort Verlass ist«, stoße ich zwischen zusammengebissenen Zähnen hervor.

Sofort bereue ich, was ich gesagt habe. Verdammt, musst du ihn auch noch reizen, Sam?

Schnaubend greift er nach einem Schwamm, um sich damit über die Arme zu reiben.

Mein Herz rast, ich warte auf die Konsequenz meiner Aufmüpfigkeit, aber er beachtet mich nicht weiter.

Wieso flippt er nicht aus? Zuvor war er nicht so ruhig.

Um ihn nicht noch mehr zu verärgern, steige ich umständlich über den Rand. Ich möchte niemandem einen Blick zwischen meine Beine gewähren und Jax schon drei Mal nicht. Er hat ohnehin genug gesehen.

Schnell lasse ich mich bis zum Hals ins Wasser sinken, noch mehr schwappt über den Rand. Aber, oh, tut die Wärme gut! Wie ein schützender Mantel hüllt sie mich ein, und sofort fühle ich mich bei Jax in der Wanne wohler als draußen. Das Wasser verbirgt meinen Körper vor den anderen. Nicht, dass es noch viel zu verbergen gibt, schließlich hat der Sender bereits alles aufgezeichnet.

Jax streckt die Hand aus und drückt einen Knopf. Es zischt leise und Blubberblasen sprudeln an die Oberfläche. Nun kann niemand mehr etwas sehen, ich leider auch nicht, denn eine gewisse Körperstelle hätte mich bei Jackson brennend interessiert. Lediglich sein Kopf und die breite, vernarbte Brust ragen aus dem Wasser.

Plötzlich fühle ich seine Füße an meinen Beinen, einer davon wandert gefährlich nah zu meiner Körpermitte. Ich zucke, möchte zurückweichen, aber dazu ist die Wanne zu klein. Eigentlich ist der Whirlpool groß genug für drei Erwachsene, aber Jax beansprucht Platz für zwei.

Als er sich vorbeugt und meinen Knöchel packt, sodass mein halbes Bein aus dem Wasser ragt und mein Kopf beinahe untertaucht, stoße ich einen Schrei aus und kralle die Finger in den Rand. Jetzt werde ich sterben!

Fest drückt er seinen Fuß auf meine Scham und bewegt ihn. Die ungewohnte Berührung an meiner intimsten Stelle ist angenehm und verwirrt mich. Mein Kitzler pocht, mein Innerstes krampft sich lustvoll zusammen. Hitze schießt in mein Gesicht.

Was erlaubt sich der Kerl! Ich versuche, mein Bein zurückzuziehen, doch sein Griff um meinen Knöchel ist eisern. Je mehr ich mich anstrenge, desto größer wird der Druck auf meine Schamlippen. Jax bohrt seinen Zeh dazwischen, legt meinen empfindsamsten Punkt frei und massiert ihn. Dabei trifft mich sein verwegener Blick. Er schaut aus wie ein Pirat, der eben einen Schatz erbeutet hat. Oder eine Meerjungfrau, die er flachlegen will.

Oh, dieser rohe, primitive Mann!

Mit rasendem Puls verfolge ich, wie er den Laser nimmt und damit die winzige Wunde an meinem Zeh schließt. Es wird kurz heiß, dann lässt der Schmerz nach. Und die ganze Zeit streichelt er mich mit dem Fuß zwischen meinen Beinen. Keine Kamera wird das aufzeichnen, die Blasen verbergen alles. Zum Glück liege ich so tief im Wasser, dass niemand sieht, wie hart meine Nippel geworden sind. Meine Brüste spannen und tun fast mehr weh als die kleine Narbe an meinem Zeh. Was macht Jax mit meinem Körper?

Er hält mein Bein weiterhin hoch, und ich könnte schwören, dass er sich vorstellt, wie er an meinen Zehen lutscht. Langsam gleitet seine Zunge über seine Unterlippe, wie eine Verheißung. Dann lässt er mich rasch los, zieht den Fuß weg und legt den Laserstift zurück.

»Wieso hast du das getan?« Meine Stimme zittert, jeder meiner Muskeln vibriert. Habe ich ihn falsch eingeschätzt?

Ich erinnere mich an die Worte der Sklavin neben mir: *Er hat den Ruf, einer Serva niemals ein Leid angetan zu haben.*

Jax sieht mich nicht an, sagt nur barsch: »Ich habe noch viel mit dir vor, da möchte ich dich unversehrt. Denn jede weitere Wunde, die deinen Körper ziert, wird von mir sein.«

Oh mein Gott. Ich wusste es. Er will sich rächen!

Ich rutsche bis an den Rand zurück und ziehe die Knie an. In meinen Ohren rauscht es, mein Blick verschwimmt. Luft … Ich schnappe hektisch danach, mein Hals ist wie zugeschnürt.

Da wirft er den Schwamm vor mein Gesicht, sodass Wasser aufspritzt. »Jetzt bist du dran, Sklavin. Wasch mich!«

Wie in Trance nehme ich den Schwamm, bewege mich aber nicht auf Jax zu. Was hat er vor? Wie wird er es tun? Ob er mich verschont, wenn ich bettle? Ich muss ihm irgendwie begreiflich machen, dass ich unschuldig bin. Nur wie? Er hat mir verboten, zu sprechen.

»Jackson, ich bin …« Als sich seine düsteren Blicke in mich bohren, schließe ich den Mund. Er kann so böse schauen, dass ich allein davon vor Schreck tot umfallen könnte.

»Muss ich dich zu allem zwingen?« Erneut packt er mich, diesmal am Handgelenk, und zieht mich halb auf sich. Dabei wölbt sich sein Bizeps gewaltig.

Er ist so stark! Und er demonstriert mir das ständig. Ich lande auf einem seiner kräftigen Oberschenkel, der meine Beine spreizt; meine Hand drückt er samt Schwamm auf seine Brust. »Los!«

Da schrubbe ich über seine Haut, als würde ich Dreck vom Boden wischen. Tränen laufen mir übers Gesicht, während er mich an meinem Gesäß festhält. Seine Finger graben sich in meine Pobacken.

Ich schrubbe und reibe, dass meine Brüste hüpfen. Plötzlich bin ich mehr wütend als ängstlich. Nur weil er ein Warrior ist, darf er über mich bestimmen? Darf er mit mir tun, wie ihm beliebt? Und wer hat das beschlossen: Der Senat! Ach, ich verfluche gerade alles und jeden!

Mit entrücktem Blick starrt Jax auf meine harten Nippel. Diese Verräterinnen! Sie genießen seine grobe Behandlung – aber ich nicht!

Als Jax auf einmal die Lippen um meine Brustwarze legt und daran saugt, stöhne ich unwillkürlich auf. Ich kann nichts dafür, wirklich! Er bewegt sein Bein unter mir, packt meine Hüften und zieht mich vor und zurück, damit meine Scham an seinem Oberschenkel reibt. Die Härchen auf seiner Haut erhöhen die Reibung, meine Klitoris prickelt, meine Schamlippen werden auseinandergedrängt. Von den Zehenspitzen bis zur Kopfhaut stehe ich unter Spannung, nur weil dieser Barbar weiß, wie er den Körper einer Frau bedienen muss.

Nein, du wirst mich nicht erregen!

Vehement wasche ich seinen mit Narben bedeckten Oberkörper und klatsche ihm den Schwamm ins Gesicht. Hart rubble ich über seine Wangen, damit er den Mund von meinen Nippeln nimmt. Dabei spüre ich, wie sich meine glitschige Feuchtigkeit auf seinem Oberschenkel verteilt. Ich laufe aus, verdammt!

Das macht mich noch wütender.

Er schließt nur schmunzelnd die Augen und legt den Kopf zurück auf den Rand. »Du hast Leidenschaft im Blut, das gefällt mir.«

Mein Herzschlag gerät bei seinem kurzen Lächeln aus dem Takt, denn plötzlich wirkt Jax attraktiv auf mich. Sexy.

Du verhext mich nicht!

Ich möchte von seinem Bein rutschen, aber er lässt mich nicht, daher wasche ich ihn weiter, fahre mit dem Schwamm erneut über seine muskulöse Brust und die Arme. In ihm steckt so viel Kraft – er könnte mich mit einem Schlag töten. Und ich weiß, dass er mich töten wird. Nur wie wird er es machen? Quälend langsam? Damit ich möglichst viel Schmerzen erleide?

Ich muss ihn dazu bringen, mir zuzuhören. Ich habe seinen Bruder nicht umgebracht!

Plötzlich stößt etwas gegen mein Knie. Jax stöhnt auf, als hätte er Schmerzen und kneift die Lider zusammen. Hat er eine Erektion? Oder habe ich ihm das Knie in die Hoden gerammt? Ob ich ihn so ausschalten könnte? Nein, das wäre Selbstmord. Aber vielleicht kann ich seine Erregung zu meinem Vorteil nutzen? Ihn verführen?

Leider habe ich nicht viel Erfahrung auf dem Gebiet, aber einen Versuch ist es wert.

Verflixt, wie tief bin ich gesunken? Möchte ich mich wirklich zu seiner Hure machen?

Angestrengt versuche ich einen Blick an den Luftbläschen vorbei auf sein Geschlecht zu erhaschen. Ich glaube, sein Penis ist nicht ganz steif, aber auf dem besten Weg dazu. Ist das dort eine Narbe, die durch das Wasser schimmert? Ich weiß noch genau, wo sie sitzt, sie zieht sich fünf Zentimeter schräg über seinen Schaft.

In einer langwierigen, komplizierten Operation haben mein Team und ich seine Standfestigkeit erhalten. Jetzt bereue ich es. Wird er mich vergewaltigen, so wie Blaire Miraja? Oh Gott, ich möchte nicht daran denken, was das Mädchen im Augenblick durchmacht. Die Mauern in diesem Gebäude sind dick, niemand wird ihre Schreie hören, nur die Zuschauer vor den Screenern.

Ich erstarre, atme schwer, meine Lust ist verflogen. Jackson hat mich tatsächlich für einen Augenblick erregt, obwohl ich Angst vor ihm habe. Das ist nicht normal!

Wenigstens sind wir Servas vor einer Schwangerschaft geschützt – aber das ist auch schon alles. Im Alter von zwölf Jahren wird jeder Junge einer Vasektomie unterzogen, die Samenstränge durchtrennt. Der Platz in der Stadt ist begrenzt, fortpflanzen darf sich nur, wer genetisch perfekten Nachwuchs garantieren kann. Dann werden nach einer testikulären Spermienextraktion Eizellen im Reagenzglas befruchtet und einer Frau mit Kinderwunsch eingepflanzt. Die Wartelisten sind lang, während sich die Outsiders ungehemmt vermehren. Ich könnte sie glatt beneiden.

Durch den Schleier meiner Tränen mustere ich Jax. Was geht in seinem Kopf vor? Ist er auch so verwirrt wie ich? Niemals zuvor war ich so durcheinander, meine Gedanken springen wild hin und her. Will er mich erregen, um mich zu demütigen?

Er starrt mich an und ich blicke in seine Augen – irgendetwas passt da nicht. Die Kälte darin ist gewichen und hat etwas anderem Platz gemacht. Sie glänzen, als hätte er Fieber.

Auch er atmet schneller, lässt eine Hand an meiner Taille nach oben wandern und drückt meine Brüste. Meine verräterischen Nippel sehnen sich nach Jacksons Mund und seinen rauen Fingern, heißen es willkommen, dass er sie zwickt und zwirbelt.

Ich hatte keine Ahnung, dass mir solch ein Umgang gefällt. Es soll mir aber nicht gefallen, nicht, wenn er das macht!

»Ich mag deine drallen Formen, Sklavin«, raunt er und steht auf. Dabei zieht er mich mit nach oben und presst mich an seinen Körper. »Jetzt bist du fällig!«

»Nein! Bitte nicht!«

Er zerrt mich aus der Wanne, sodass ich mein Knie am Rand stoße. Ein scharfer Stich durchzuckt mein Bein, doch es ist nur ein beleidigter Nerv, der sich beschwert. Mein Herz rattert hart gegen meinen Brustkorb. Was hat er vor?

Jax packt mich am Arm, reißt ein großes Handtuch aus dem Regal und schubst mich aus der Tür.

»Nein, bitte!« Ich will vor ihm weglaufen, aber da packt er mich von hinten und legt einen Arm um meinen Bauch. Ich strample, doch er hebt mich einfach hoch. Ich erwarte, im Bett zu landen, stattdessen trägt er mich auf die Toilettentür zu.

»Kann nicht warten, muss es gleich tun!«, brüllt er und schaut dabei direkt in eine Kamera über unseren Köpfen. »Aber ohne euch, ich will meinen Spaß mit der Kleinen allein.«

Auf der Toilette? Ist das sein Ernst? »Bitte, Jax, ich mache, was du willst, aber tu mir nicht weh!« Ich weine und flehe um mein Leben, habe kaum noch Kraft zum Sprechen, so sehr lähmt mich die Angst. Ich hänge in seinem Griff und lasse es zu, dass er mich in den kleinen Raum drängt.

Dann knallt er die Tür zu und presst mich mit seinem nackten, heißen

Körper gegen die kalte Wand. Es ist dunkel, er macht kein Licht. Will er nicht sehen, was er mir antut?

Das Badewasser vermischt sich mit meinem Angstschweiß, plötzlich zittere ich und meine Zähne schlagen aufeinander.

»Bitte, nicht …« Weinend sacke ich im Dunkeln zusammen, aber er hält mich weiterhin in seinem unnachgiebigen Griff. »Ich habe ihn nicht getötet, Jackson, du musst mir …«

Er drückt mir die Hand auf den Mund, panisch schnappe ich nach Luft. Er will mich ersticken!

Stattdessen flüstert er dicht an meinem Ohr: »Pst. Ich weiß.«

Ich erstarre, vernehme nur seinen Atem und das Rauschen meines Blutes. Habe ich mich verhört?

»Du brauchst keine Angst haben, ich werde dir nichts tun, Doc.« Langsam nimmt er die Hand von meinem Mund. »Ich brauche nur Informationen.«

Doc?

Sein Griff lockert sich, Jax wickelt mich in das Handtuch ein und zieht meinen bibbernden Körper wieder an sich.

Was ist los? Träume ich? Er klingt nicht mehr ungehalten und streichelt sanft meinen Arm.

Meine Stimme überschlägt sich. »Aber, vorhin …« Ich erinnere mich zu gut daran, wie er mir die »Kleidung« vom Leib gerissen und zugesehen hat, wie ich mich erleichtert habe.

»Das war nur Show, damit niemand Verdacht schöpft.«

War sein Fuß auf meiner Scham auch Show? Das hat schließlich niemand gesehen. »Du hättest mich wenigstens allein auf die Toilette gehen lassen können.«

»Ich hatte die Befürchtung, du könntest dir was antun.«

Er sorgt sich um mich? Was ist das für ein Spiel? Ich bin verwirrt, mein Verstand kann den Richtungswechsel nicht begreifen.

Jax zieht mich mit sich, und plötzlich sitze ich auf seinem Schoß. Er hat sich auf die Toilette gehockt.

»So konnte ich außerdem diesen Raum unauffällig inspizieren«, flüstert er. Sein warmer Atem streift meinen Hals und ein Prickeln durchläuft mich. »Ich konnte weder Kameras noch Mikros entdecken. Der Chef der Show hat uns auch versprochen, dass wir auf der Toilette nicht gefilmt werden.«

Das behauptet er doch bloß! Ich habe gesehen, wie er mich angestarrt hat. Tief atme ich durch, um mich weiterhin zu beruhigen. Mein Puls ist immer noch auf 180. »Warum ist dann das Licht aus?« Gibt es hier Spiegel? Ich glaube nicht, denn hinter Spiegeln lassen sich Kameras auch wunderbar verstecken.

Gefühlte zehn Sekunden schweigt er, bevor er antwortet: »Du sollst dich nicht noch mehr vor mir erschrecken. Ich habe gesehen, wie du mich angeschaut hast.«

»Wie meinst du das?«

»Du siehst das, was alle in mir sehen: das Ungetüm, den Killer. Meine Narben machen dir Angst.«

»Das stimmt nicht. Ich bin Ärztin. Deine Narben machen mir nichts aus.«

Er drückt mich fester an seine Brust. »Dann siehst du in mir nur einen Killer.«

»Natürlich dachte ich, du willst mich töten, das ist schließlich dein Job«, antworte ich zischend. »Wie konnte ich wissen, dass du mir etwas vorspielst?« Ich rette Leben, er nimmt sie. Kann ich so einem Mann vertrauen?

»Würdest du mich wollen, wenn ich kein Warrior wäre?«

Seine direkte Frage schockiert mich, mein Herz macht einen Satz. »Was?«, hauche ich, obwohl ich ihn genau verstanden habe. Ist das ein offizieller Anmachversuch? Hier, in der Vergnügungseinheit?

Die Badewannenszene steht mir noch bestens vor Augen, mein Kitzler zuckt, als ich daran denke, wo er seinen Fuß hatte.

Würde ich ihn wollen, wenn er ein normaler Bürger wäre? Außer seinem Körper kenne ich kaum etwas von ihm.

Jax räuspert sich. »Vergiss es. Was ist damals im Krankenhaus passiert? Warum wurdest du verurteilt?«

Themawechsel, puh. »Das weißt du doch. Alle wissen es.«

»Ich möchte deine Version hören. Aber vorher schrei.«

»Was?«

»Denk an die Show.«

Die habe ich beinahe vergessen! Hier im Dunkeln mit Jax, auf seinem großen, gestählten Körper, er nackt und ich nur mit einem Handtuch bekleidet … Aber da draußen lauert die Meute vor den Screenern. Alle denken, Jax tut mir gerade die furchtbarsten Dinge an.

»Neeeiin!«, kreische ich und würde wohl lachen, wenn die Lage nicht verdammt ernst wäre.

Ich sitze mit einem Warrior … Nein, ich sitze *auf* einem nackten Warrior auf der Toilette einer Vergnügungseinheit und spiele dem Publikum etwas vor. Hätte mir das jemand vor einem Jahr prophezeit, hätte ich es niemals geglaubt.

Ich lege einen Arm um seinen Nacken und fühle die Sehnen darunter. Sie sind hart wie Drahtseile. Seine Haut und das kurze, verstrubbelte Haar sind noch feucht vom Bad.

»Erzähl du zuerst«, wispere ich und beuge mich zu ihm. »Ich möchte deine Version hören.«

Jax saß bei der Verhandlung im Publikum. Ich habe geglaubt, seine wütenden Blicke in meinem Rücken zu spüren, und hatte Angst, er würde mich im Gerichtssaal töten. »Ich fand es seltsam, dass du nicht angehört wurdest.«

»Ich habe dem Senat erzählt, dass ich noch nicht bei Bewusstsein war, als Cedric starb, daher konnte ich keine Aussage machen.« Seine Stimme klingt ein wenig erstickt, und ich spüre, wie sich in seinem Nacken Schweiß bildet.

»Du hast gelogen!«

»Ich hoffe, du kannst mir das jemals verzeihen.«

»Was ist denn passiert?« Mein Puls rast. Erneut dreht sich alles in meinem Kopf. Träume ich vielleicht? Ist deshalb alles so wirr und verrückt?

Seine Lippen streifen meine Wange. »Als ich nach der OP aufgewacht bin, sah ich dich neben mir auf einer Liege schlafen.«

»Du warst zuvor schon mal kurz wach und hast mit mir geredet, so wirres Zeug«, unterbreche ich ihn. Immer noch habe ich seinen dankbaren Blick vor Augen.

»Ja, aber ich meine ein wenig später, als wir bereits auf dem Krankenzimmer waren. Du hast einen sehr erschöpften Eindruck gemacht, lagst auf dem schmalen Bett wie tot. Ich wusste, du hast alles gegeben, um mich und meinen Bruder zu retten, hast viele Stunden lang um unser Leben gekämpft.« Er räuspert sich leise.

»Woher willst du das wissen?« Doch langsam dämmert es mir und mein Magen zieht sich zusammen.

»Ich habe gehört, wie du dich mit einem anderen Arzt an meinem Bett über die Operation unterhalten hast, bevor du dich hingelegt hast.«

»Das war Mark Lamont.« Ein Lächeln huscht über mein Gesicht. Ich vermisse die Arbeit mit ihm. Wir haben uns perfekt ergänzt.

Eine Träne läuft über meine Wange und ich wische sie hastig weg, lausche wieder Jacksons Worten, anstatt mich in der Vergangenheit zu verlieren.

»Er wollte, dass du schläfst, aber du hast darauf bestanden, dich in unserem Zimmer auszuruhen, damit du sofort zur Stelle bist, falls es einen Notfall gibt. Cedric sei zwar über den Berg, hast du gesagt, doch dir war es lieber, bei ihm zu bleiben. Du warst meine Heldin. Du hast alles gegeben, um ihn zusammenzuflicken.«

Neue Tränen steigen in meine Augen. »Ich war so erschöpft, dass ich vielleicht einen Fehler gemacht habe. Angeblich bin ich aufgestanden und habe ihm eine Spritze gegeben.« Ich schlucke. »Hast du mich … gesehen?«

»Nein, du hast tief und fest geschlafen, als er … von uns ging.«

Wieso hat er das niemandem erzählt? Oder hat er geträumt? Die Aufwachphasen sind bei jedem Menschen unterschiedlich, er kann sich nicht sicher sein, dass er durchgehend wach war. »Sie warfen mir vor, dass ich ihm das falsche Medikament gespritzt hätte und deshalb sein Herz aufhörte zu schlagen. Langsam bin ich mir wirklich nicht mehr sicher, ob ich ihm nicht doch die Medizin verabreicht habe.« Ich schluchze auf und wende im Dunkeln mein Gesicht ab, als könnte er es trotzdem sehen. »Jax, auch wenn ich einen Fehler gemacht habe – ich gehöre nicht den Rebellen an, wirklich nicht. Ich habe deinen Bruder bestimmt nicht absichtlich …« Indem er mir über den Kopf streichelt, bringt er mich zum Schweigen. Hasst er mich nicht?

»Doc, hör mir zu. Auch wenn es seltsam klingt, aber … Du bist nur eine Schachfigur in einer perfiden Verschwörung des Regimes und zufällig zwischen die Fronten geraten. Sie brauchten eine Schuldige? Voilà, da war sie.«

»Was redest du da?«

»Ich glaube, da war noch jemand im Raum«, sagt er stockend.

»Wie meinst du das?« Natürlich waren andere Leute im Raum. Pfleger, Schwestern, Ärzte.

»Ich dämmerte immer wieder weg, doch mein Kriegerinstinkt lässt sich nicht so einfach abschalten. Als die Tür aufging und sich jemand ins Zimmer schlich, blinzelte ich. Ich wollte schon wieder die Augen schließen, weil der Mann einen weißen Kittel trug und nach Arzt aussah, doch sein Gesicht kam mir nicht bekannt vor. Er stellte sich zu dir ans Bett und ... zog kurz eine Pistole aus der Tasche.«

»Was?« Meine Kehle ist ganz trocken. »Du hast sicher geträumt, nur ein Warrior darf in der Stadt Waffen tragen.«

»Es war keiner von uns.«

»Hast du versucht, den Mann zu finden?«

»Das habe ich, aber ich kann mich nicht klar an sein Gesicht erinnern. Ich wusste in dem Moment nur, dass ich ihn noch nie gesehen habe. Er hatte braunes Haar und einen Kinnbart, doch wenn ich ihn noch mal sehe, würde ich ihn wiedererkennen.«

Keiner der Ärzte, die ich kenne, trägt einen Kinnbart. Mark ist rasiert, Jason hat einen Vollbart, Mickey trägt Koteletten. »Daher hast du wohl behauptet, du wärst nicht bei Bewusstsein gewesen.« Er hat das bestimmt nur geträumt, doch mein Herz hofft, dass er diesen Mann tatsächlich gesehen hat.

»Nicht nur deshalb, denn ich bin mir sicher, dass dieser Kerl Ced ermordet hat. Ich verlor erneut das Bewusstsein, obwohl ich mich vehement dagegen wehrte, und als ich aufwachte, war Cedric tot und du bereits festgenommen.«

»Du glaubst also, er wurde ermordet?«

»Ja.«

»Von wem? Vom Regime? Und warum? Und wieso er und nicht wir alle? Und in welche Verschwörung soll ich hineingeraten sein? Das gibt doch keinen Sinn!«

»Pst, ich will jetzt nicht mehr dazu sagen.«

Ist das vielleicht eine Falle? Will mich jemand auf die Probe stellen? »Und du hast gewusst, dass ich unschuldig bin, aber niemandem etwas gesagt?!« Am liebsten möchte ich meinen Frust hinausschreien.

Ich *kann* meinen Frust hinausschreien! Und das tue ich, obwohl der Schrei in meiner Kehle schmerzt und ich danach heiser sein werde, doch das ist mir egal.

Mein Gebrüll hört sich wirklich schaurig an, ich schreie, und ich werde schreien, bis ich keine Luft mehr bekomme. Ich brülle mir Wut und Enttäuschung aus der Seele, bis Jax meinen Kopf an seine Brust drückt und mich wiegt wie ein Baby. »Hey, ist gut.«

»Nichts ist gut!« Ich schluchze auf und fühle mich abgrundtief erschöpft. »Deine Aussage hätte mich entlasten können!«

»Nein, sie hätte mich ebenfalls ins Gefängnis gebracht, und dann hätte ich nichts für dich tun können.«

»Warum? Und was hast du denn für mich Großartiges getan?« Jetzt will er den Helden rauskehren? Dumpf pocht die Wut hinter meinen Rippen. Ich reiße mich von ihm los und stehe auf. »Ich will eine Erklärung. Für alles! Du redest und lässt mich mit noch mehr Fragen stehen.«

»Nicht hier.«

»Jax, bitte!« Falls wir abgehört werden, hat er ohnehin schon zu viel gesagt.

Ich taste nach seinem Kopf und lasse sein Haar, das sich trotz der Kürze weich anfühlt, durch meine Finger gleiten. »Erzähl mir wenigstens, was du für mich getan hast«, flüstere ich in sein Ohr.

»Ich konnte erreichen, dass du ins Serva-Programm aufgenommen wirst.«

Oh, dieser Lügner! »Das hat mein Anwalt veranlasst.« Ich möchte fort von ihm, weiche zurück, doch er packt mein Handgelenk, als könnte er es in der Finsternis problemlos sehen.

»Der Vorschlag kam von mir, Doc.«

»Er hat das nicht erwähnt.«

»Ich habe ihm viel Geld dafür gegeben.« Ich weiß, dass Jax reich ist, denn die Soldaten haben den bestbezahlten Job der Stadt. Aber das würde bedeuten, mein Anwalt ist bestechlich. Habe ich deshalb den Prozess verloren? Steckt er vielleicht mit in dieser seltsamen Verschwörung?

Meine Kehle schnürt sich zu.

»Ich musste dich wiedersehen, Doc, und das war die einzige Möglichkeit.«

»Warum wolltest du mich wiedersehen?«, frage ich heiser und lege meine Hand auf die von Jax, die immer noch mein Gelenk umschlossen hält. Ich spüre dieses kleine Gerät an seinem Arm, das einer Uhr ähnelt.

»Ich kann doch die Frau, die mein Leben gerettet hat, nicht sterben lassen.«

Totenstille breitet sich aus und ich höre nur den rasenden Puls, der mein Trommelfell zum Vibrieren bringt. Jacksons Finger verschränken sich mit meinen. Zärtlich streichelt er mit dem Daumen über meine Handfläche.

Was ist das zwischen diesem Mann und mir? Er wirkt einerseits bedrohlich, dennoch besitzt er eine sanfte Seite. Er zeigt sie mir in der Geborgenheit der Finsternis. Auf einer Toilette.

Wenn ich mir vorstelle, wie wir aussehen würden, wenn das Licht angeht – es wäre zum Piepen.

»Dann bist du meine letzte Hoffnung«, wispere ich und schließe seinen streichelnden Daumen in meinen Fingern ein.

Ich lasse es zu, dass er mich wieder auf seinen Schoß zieht. »Ich habe einen Namen, der uns weiterbringen könnte, aber dazu muss ich an einen Computer, der nicht vom Regime kontrolliert wird.«

»Ich kenne jemanden, der uns helfen könnte«, sage ich vorsichtig. Das ist die Wahrheit. Außerdem wittere ich eine Chance auf Freiheit. »Aber ich komme hier nicht raus und darf auch mit niemandem von außerhalb sprechen.«

»Vielleicht gibt es einen Weg. Schließlich hat ein Warrior Sonderrechte. Wir werden das gemeinsam durchziehen müssen, um die Wahrheit aufzudecken.«

Wir … Plötzlich sehe ich ihn mit anderen Augen. Auch wenn er mich hätte entlasten können und ich folglich nicht in dieser Klemme stecken würde, kann ich ihm nichts vorwerfen. Denn er hat Recht: Sollten Leute von ganz oben hinter dieser perfiden Verschwörung stecken, säßen wir nun beide hinter Gittern. Jax hält etwas zurück. Ich bin mir sicher, dass er wichtige Informationen hat, die Licht ins Dunkel bringen können. Meine Hoffnung auf Rettung steigt, und mit einem Warrior an meiner Seite, der mich offensichtlich attraktiv findet, sieht die Welt nicht mehr ganz so schwarz aus.

Zärtlich fahre ich im Dunkeln über sein Gesicht, dann schreie ich auf.

Jax zuckt zusammen. »Verdammt, Doc, warn mich das nächste Mal vor«, knurrt er.

»The Show must go on …«

Kapitel 3 – Kriegerküsse

Zwanzig Minuten später liegen wir im großen Bett. Das Licht ist gedimmt, es ist fast dunkel, bis auf einen violetten Schimmer. Die Kameras können im Nachtsichtmodus trotzdem alles aufzeichnen.

Jax hat mich aus der Toilette gezerrt, ich habe geweint. Es sollte aussehen, als hätte er sich an mir vergangen. Ich werde weiterhin mitspielen, denn niemals war die Chance größer, meine Freiheit wiederzuerlangen – falls Jax wirklich die Wahrheit sagt. Auch wenn er nicht mit der ganzen Sprache herausgerückt ist, vertraue ich ihm. Unser Gespräch und sein Verhalten auf der Toilette haben meine Meinung über ihn grundlegend geändert. Trotzdem platze ich vor Neugierde.

Unter der Zudecke taste ich nach seinem Arm und wispere: »Jax?«

Brummend rollt er sich zu mir herüber. Ich weiß, dass er müde ist. Die Einsätze verlangen den Soldaten alles ab. Selbst im Halbdunkel erkenne ich die Schatten unter seinen Augen.

Sein Kopf liegt an meiner Schulter, eine Hand schiebt sich auf meinen Bauch, dann rutscht er über mich und bedeckt mich mit seinem Körper.

»Was wird das?«, flüstere ich in sein Ohr. Hm, wie gut er am Hals duftet. Nach Mann und der fruchtigen Badezutat. Er drückt meine Schenkel auseinander und legt sich dazwischen. Zum Glück stützt er sich ab, sonst würde er mich zerquetschen. Er ist breit wie ein Schrank. Aber seine Größe und Stärke machen mir nichts mehr aus. Mit ihm auf mir fühle ich mich beschützt.

»Hier sind überall Mikros, schon vergessen?« Er redet so leise, dass ich ihn kaum verstehe. »Die können alles hören. Lass uns das verschieben.«

Sein weicher Penis schmiegt sich an meine Scham. Da meine Beine geöffnet sind, spüre ich ihn direkt in meiner Spalte. Mein letzter Orgasmus liegt lange zurück, und im Whirlpool hat Jax mich bereits so heiß gemacht, dass ich vorsichtig meine Hüften hebe, um den angenehmen Druck zu erhöhen.

»Was soll das?« Seine Stimme klingt plötzlich eine Nuance tiefer, sein Atem stößt hart gegen meine Schläfe.

»Tut mir leid, ich bin nicht gefühlskalt.« Hilfe, habe ich das gesagt? Allein seine nackte Gestalt auf mir erregt mich und macht aus mir eine verruchte Frau. Aber was soll's, ich bin ohnehin an der untersten Sprosse der Karriereleiter angelangt. Wenn ich schon sterben werde – auch wenn jetzt ein Funken Hoffnung besteht –, sollte ich mitnehmen, was geht, und Jax ist der heißeste Kerl der Stadt. Als ich ihn zum ersten Mal auf meinem Screener gesehen habe, war ich versucht, mir zukünftig die Highlights seiner Aufzeichnungen für meine Mediathek zu holen. Doch allein das Gesamtkonzept der Sendung hat mich so angewidert, dass ich mir verboten habe, dafür auch noch Geld auszugeben. Außerdem hat mich mein Job gefordert und von der Versuchung abgelenkt. Was auch besser war, denn ich glaube nicht, dass es mir gefallen hätte, Jax in Action mit anderen Servas zu erleben. Allerdings habe ich mich öfter gefragt, warum ein Warrior keine feste Partnerin hat. Der Job lässt wohl keine Beziehung zu. Wer möchte auch mit einem Mann zusammen sein, der jeden Moment von einem Rebellen oder Outsider getötet werden kann?

Aber ich kann ihn jetzt haben, wenigstens für eine Nacht. Wagemutig lasse ich meinen Unterleib kreisen.

Sein Geschlecht zuckt. Ihn lässt das also auch nicht kalt, doch er klingt eher bedrohlich, grollend. »Wenn ich könnte, würde ich dich jetzt ficken, Doc.«

»Dann tu es«, hauche ich, wobei sich bei seinen direkten Worten alles in mir vor Gier zusammenzieht.

»Hör auf, sag das nicht.« Er hat die Lider zugekniffen, sein Gesicht wirkt angespannt und verbissen.

»Du brauchst dich nicht zurückzuhalten. Ich will es.« Nur seine Größe macht mir ein wenig Angst, oder besser gesagt: die Erinnerung an seine Größe während der OP. Gesehen habe ich ihn seit damals nicht mehr und im erregten Zustand noch gar nicht, als ob Jax das bewusst vermeiden möchte. So ein Kerl wie er, der sich mit zahlreichen Servas vor laufender Kamera vergnügt hat, ziert sich plötzlich?

Ich lege die Arme um ihn und streichle über seinen Rücken. Jeder Muskel scheint angespannt zu sein, selbst sein Po ist steinhart. Ich schaue in sein hartes, männliches Gesicht, das immer gequälter wirkt, je mehr Blut sich in seinen Schaft pumpt. Er wächst schnell, also funktioniert noch alles.

Es erregt mich, Macht über ihn zu haben. Mein Kitzler pocht im schnellen Takt meines Herzens, und ich reibe mich fester an seiner wachsenden Länge. Feuchtigkeit benetzt seinen Penis, Jax bräuchte ihn nur noch in mich zu stoßen. »Ich bin bereit.«

»Shit!« Er wirft den Kopf zurück, sodass sein ausgeprägter Kehlkopf hervortritt, und stöhnt. Dann bricht er keuchend neben mir zusammen. Es muss für die anderen aussehen, als wäre er gekommen, doch ich weiß es besser.

»Was ist los?«, frage ich leise.

»Nichts.« Er schaut mir nicht in die Augen, sondern dreht mir den Rücken zu.

Wieso hat er sich keine Serva mehr geholt? »Warum verwehrst du dir das Vergnügen?«

So schnell kann ich nicht schauen, da fährt er herum, packt meinen Kopf und knurrt in mein Ohr: »Weil ich nicht mehr kann! Ich bin ein Krüppel, ein Monster, kein Mann mehr.«

Seine Worte schockieren mich und lassen mich hart schlucken.

Monster … Das hab ich bis vor Kurzem auch noch gedacht.

»Darf ich es mir ansehen?«, frage ich behutsam. »Als … deine Ärztin?«

Ich kann hier nicht viel für ihn tun, aber vielleicht kann ich ihm trotzdem irgendwie helfen.

Seine Augen funkeln; langsam lässt er mich los. »Okay. Auf der Toilette.«

♥♥♥

Gut, wir befinden uns also wieder auf der Toilette. Was sich die Zuschauer denken? Sie haben bestimmt längst umgeschaltet, weil sie hier nicht wirklich etwas zu sehen bekommen.

Diesmal sitze ich auf der Schüssel, ein Bettlaken um meinen Körper geschlungen, während Jax nackt vor mir steht.

»Ich brauche aber Licht.« Es ist nicht ganz dunkel, doch die Nachtbeleuchtung reicht nicht aus, um alles zu erkennen.

Jax dreht den Regler ganz auf, woraufhin mich die Helligkeit beinahe blendet.

Ich zwinkere und beuge mich vor. Da Jax noch halb erregt ist, erkenne ich das Problem sofort. Es ist die Narbe, die sich quer über seinen Schaft zieht. Sie sieht erhaben aus, wahrscheinlich spannt deshalb im erregten Zustand die Haut.

»Darf ich?« Fragend schaue ich zu ihm auf und er nickt.

Okay, das wird einfach eine ganz normale ärztliche Untersuchung, da ist nichts dabei … Ich beginne damit, seine Hoden abzutasten. Sie fühlen sich dick und schwer an. Der zarte Hautsack ist ordentlich rasiert, genau wie die restliche Intimzone, und zieht sich zusammen, während ich behutsam zudrücke. Hier scheint alles okay zu sein, alles sitzt an seinem Platz, die Narben dort sind gut verheilt.

Jax steht leicht nach vorne gebeugt da, beide Hände zu den Seiten an der Wand abgestützt, als hätte er sich eingekeilt. Schwer atmend verfolgt er jede meiner Bewegungen – und ich berühre ihn fast mit der Nasenspitze. Aber er duftet so gut! Als ob sein Geschlecht Moschus verströmt. Allein der Geruch wirkt wie ein Aphrodisiakum und bringt meinen Schoß zum Pochen.

Ich taste an seinem Schaft entlang und spüre dem vernarbten Gewebe nach. Es zieht sich bis zum Vorhautbändchen. Das ist der Grund, warum er ohne Schmerzen nicht richtig hart werden kann. Wegen der Narbe ist die Haut um den Schaft im erregten Zustand zu eng, gleichzeitig zieht das vernarbte Bändchen die Eichel nach unten.

Je mehr ich drücke, desto härter wird sein Penis und wächst beachtlich.

Jax stöhnt leise, seine Oberschenkelmuskeln zucken. »Sorry, aber die Untersuchung macht mich geil, Doc.«

Ich räuspere mich und vermeide es, in sein Gesicht zu sehen. »Das ist gut, dann kann ich besser erkennen, wo das Problem liegt. Kannst du es aushalten?«

»Hm«, brummt er und stöhnt erneut, als das Bändchen noch fester gespannt wird.

»Ich bin gleich fertig.«

»Schade«, raunt er, obwohl es für ihn sichtlich unangenehm sein muss, denn seine Kiefer mahlen.

Oh, dieser Mann! Mein Schoß pocht immer härter vor Verlangen nach ihm, doch ich muss mich konzentrieren. Ich fasse ihn als seine Ärztin an, nicht als seine Serva.

Die Eichel quillt wie eine große runde Frucht hervor. Speichel sammelt sich in meinem Mund. Wie Jax wohl schmeckt? Noch nie habe ich von einem Mann gekostet.

Es sieht unnatürlich aus, wie die Penisspitze leicht nach unten wegknickt. Kein Wunder, dass sie einem Mann wie ihm Komplexe verursacht. »Warum bist du damit nie zum Arzt?«

»Damit sich das rumspricht? Die Medien schnappen doch sofort alles auf.«

Es war ihm schlichtweg peinlich, was ich verstehen kann. »Ich müsste das vernarbte Bändchen durchtrennen. Eine Laserbehandlung könnte Abhilfe schaffen.«

»Wir haben den Wundlaser.« Jax deutet mit dem Daumen über seine Schulter in Richtung Badezimmer.

Ich schüttele den Kopf. »Ich habe nichts da, um die Stelle zu betäuben.«

»Scheiß drauf, ich hab schon Schlimmeres ausgehalten.« Er reißt die Tür auf, bedeckt mit einer Hand seine Erektion und brüllt mich an. »Du bleibst hier drin, Schlampe, ich bin gleich wieder da.«

Ich erschaudere. Er kann wirklich überzeugend spielen.

Als er kurz darauf zurückkommt und uns wieder einsperrt, sage ich: »Meinst du nicht, du übertreibst etwas? Es fällt doch auf, wenn du mit mir so umspringst. Der alte Jax war nett zu seinen Sklavinnen.«

»Woher weißt du das?« Er drückt mir den Laser in die Hand und zieht die Brauen nach oben. »Hast du meine Sendung geguckt?«

Mein Gesicht erhitzt sich. »Nein, das erzählt man sich so unter den Sklavinnen.«

»Aha«, raunt er, wobei seine Mundwinkel zucken.

Meine Finger zittern, während ich den Laserstift auseinanderschraube, um ihn von »Verschmelzen« auf »Schneiden« umzustellen. Jax sieht mir zu, Schweiß glänzt auf seiner Stirn. Sein Penis ist nur noch halb erigiert. Die Aussicht auf Schmerzen scheint ihn nicht anzumachen.

»Okay, umgepolt.« Ich schraube das Gerät zusammen und atme tief durch. »Bereit?«

»Bin immer bereit, Doc«, murmelt er.

Meine Hände zittern immer stärker. »Gut, ähm, du musst mir helfen. Drück deinen Schaft an der Wurzel zusammen, damit das Blut drinnen bleibt. Wenn er hart ist, geht es leichter.«

»Nur wenn ich dich ansehen darf.«

»Natürlich.« Wenn ihn das ablenkt …

»Ich meine, alles von dir«, setzt er hinzu.

»K-Klar.« Will er meine Nervosität steigern, indem ich ihn nackt operiere? Ich grinse schief. »Was tut man nicht alles, um seine Patienten glücklich zu machen.« Als ich aufstehe, zerrt Jax das Laken von meinem Körper, und seine glühenden Blicke bringen meine Nippel dazu, sich ihm entgegenzurecken.

Er berührt meine Brüste, nimmt sie in beide Hände, drückt sie und saugt schließlich an ihnen. Ein süßes Ziehen schießt in meinen Unterleib und bringt meine Klitoris dazu, hart zu pochen.

Stöhnend schließe ich die Augen, zwischen meinen Schamlippen wird es feucht. Jax zieht mich an sich und küsst meinen Hals, seine Finger gleiten unter mein Haar.

Ich dachte, ich soll ihn operieren? Seine Knabbereien an meinem Ohr machen mich atemlos. Ich kann kaum glauben, dass in einem Krieger so viel Zärtlichkeit steckt. »Hey, wie soll ich dich …«

»Muss hart werden«, raunt er und küsst mich. Seine Zunge teilt meine Lippen und erobert mein Inneres, während er seine Arme um mich legt. Er knetet meinen Po, und ich spüre, wie er an meinem Bauch steif wird.

Beinahe lasse ich den Laser fallen. Mein Körper vibriert, mein Herz rast. Ich schmiege mich an ihn, fasse ebenfalls an seinen Hintern. Dieser intime Kontakt setzt jede Zelle in mir in Flammen. Sein sanft beginnender Kuss wird fordernd, seine Zunge erforscht meinen Mund, stupst mich an, penetriert mich. Geschickt und flink spielt sie mit mir, neckt mich, reizt mich. Unsere Lippen pressen sich aneinander, ein kehliger Laut verlässt seinen Mund und dringt in mich ein, bringt mich zum Zittern.

»Jax …«, hauche ich benommen, als er mir eine Atempause gönnt. Bin ich jemals so verlangend, fast schon verzweifelt geküsst worden?

»Jetzt bin ich hart für dich«, raunt er und schaut mich verklärt an.

Für mich? Meine Beine sind so weich, dass ich mich hinsetzen muss. Sein Penis ragt mir entgegen. Wie gerne würde ich ihn in mir fühlen.

»Okay, drück ihn an deinen Bauch, damit ich ans Bändchen komme.« Ich bin verwirrt vom Kuss, schmecke Jackson in meinem Mund und spüre meinen Herzschlag zwischen den Schenkeln. Ich hätte gerne mehr von ihm gekostet, und der Tropfen, der aus dem kleinen Schlitz an der Eichel perlt, scheint zu rufen: Leck mich auf! Doch ich muss mich nun konzentrieren. Nur spukt mir ständig die Frage im Kopf herum, was er dabei gefühlt hat. Der Kuss hat mein Herz berührt. Seines auch?

Nein, nein, das Herz eines Kriegers schlägt nur für die Schlacht, eine Frau hat dort nichts zu suchen. Daher sollte ich keine Hoffnungen in den Kuss legen.

Ich hebe den Kopf, unsere Blicke verfangen sich. Ewig könnte ich in seine magischen blauen Augen blicken. Jax nickt, drückt seinen Schaft so fest zusammen, dass die dunkelrote Kuppe noch praller wird, und stöhnt leise. Das Bändchen ist gespannt.

Ich muss mich beeilen, denn ich möchte ihm den Schmerz nicht zu lange zumuten. Es ist nicht nur das Bändchen, das spannt, die Haut liegt wirklich verdammt eng um seinen Schaft, als sei sie zum Zerreißen gespannt. Bei der OP mussten wir leider ein Stück entfernen. Die Narbe sieht allerdings gar nicht so schlimm aus und ist gut verheilt.

Es ist nur ein kleiner Schnitt und es riecht nach verbrannter Haut. Sofort ist die Krümmung verschwunden, der Schaft begradigt sich.

Jax keucht auf und kneift die Lider zusammen. »Scheiße, ich mag es gar nicht, wenn du an meinem Schwanz rumschnippelst.«

Dennoch gibt sich mir dieser starke Mann hin und lässt sich von der Frau behandeln, die seinen Bruder nicht retten konnte. Mehr Vertrauen kann er mir nicht schenken.

Er beugt sich tiefer herunter und mustert seine Erektion. »Gute Arbeit, Doc.«

»Gleich überstanden«, murmle ich. Himmel, ist mir heiß! Zwischen meinen Schenkel wütet ein Feuer, das dringend gelöscht werden muss. Ich bin versucht, mir über mein pulsierendes Geschlecht zu reiben, um mir Erlösung zu verschaffen, aber ich beeile mich, den Laser wieder auf »Verschmelzen« zu stellen. Es blutet zwar kaum, da der Laser die Gefäße beim Durchtrennen gleich verödet hat, aber ich möchte alles korrekt machen.

Zwei Mal fahre ich mit dem Lichtstrahl über die Schnittstelle, dann bin ich fertig.

Vorsichtig puste ich auf die winzige Wunde, um den Schmerz zu lindern. »Okay, das Schlimmste hast du überstanden.«

»War nicht schlimm. Mein Schwanz war in den besten Händen.«

Oh … mein … Gott. Er ist immer so geradeheraus! Mein Gesicht glüht. »Jetzt zur restlichen Narbe. Du brauchst eine Spezialcreme. Durch tägliches Einmassieren über mehrere Wochen wird die Verwachsung weicher und die Haut wird sich dehnen.«

»Du meinst, wenn ich regelmäßig masturbiere, wird es besser?« Eine sanfte Röte überzieht sein Gesicht, während meines in Flammen steht.

»Ja«, krächze ich.

»Gibt es da eine spezielle Technik?«

Ich schüttle den Kopf.

»Kannst du es mir trotzdem zeigen?« Seine Augen blitzen.

Dieser Kerl! »Hab keine Creme da«, murmle ich, obwohl ich nichts lieber möchte, als seinen kräftigen Schaft anzufassen.

Er dreht sich zu dem Schränkchen um, das an der Wand hängt, und holt eine blaue Tube heraus. Es ist Gleitcreme.

Meine Augen werden groß. »Was ist denn da noch alles drin?«

Er zuckt mit den Schultern. »Nur ein paar Spielsachen, um mit Sklavinnen Spaß zu haben. Wollen wir sie ausprobieren?«

Ja, das würde ihm so passen! Wenn die Kameras in den anderen Räumen nicht wären, käme ich glatt in Versuchung. Hier auf der Toilette fände ich es nicht so prickelnd, wobei ich meine Umgebung vergessen könnte, wenn ich Jax so ansehe. »Ähm … Wir sollten uns erst um dich kümmern.« Hastig wende ich den Blick von seiner Erektion, die ich ständig anstarren muss. Sein Penis ist … interessant. Ich meine, eine Narbe an so einer Körperstelle sieht man ja nicht alle Tage. Und wie sich die Adern durch die zarte Haut abzeichnen … Ob ich sie mit meiner Zunge ertasten könnte?

Offensichtlich erwartet er, dass ich etwas tue. Ich traue mich aber nicht, ihm einen runterzuholen, das kann er doch wirklich allein! »Du nimmst jetzt einfach Gel in die Hand und legst los, so wie früher. Ich bin dann draußen.« Gott, wie peinlich, dass ich ihm auch noch sagen muss, wie er es machen soll.

Ich stehe auf und möchte mich an ihm vorbeimogeln, doch er drückt mir schmunzelnd die Tube in die Hand. »Tu du es, Doc, ich kann es nicht. Oft erwache ich nachts mit Schmerzen, wenn ich einen Ständer bekomme; es ist die Hölle.«

Klar, er lässt sich ohne Betäubung behandeln, aber massieren geht nicht? Außerdem hat er jetzt auch eine gewaltige Erektion und das scheint ihm kaum etwas auszumachen. Der eigentliche Übeltäter ist beseitigt.

Aber ich sage nichts dazu, weil ich genau weiß, was er vorhat. Und möchte ich es nicht ebenfalls unbedingt? »Du musst häufige Erektionen zulassen, auch wenn es am Anfang schmerzt, aber die Haut wird sich ausdehnen und mit jedem Mal wird es besser.«

»*Häufige Erektionen* klingt nach einer Therapie, mit der ich leben kann.« Sein verschmitztes Grinsen lässt mein Herz noch schneller schlagen. »Dann kann ich mich ja jetzt wieder auf meine Morgenlatte freuen.«

Himmel hilf mir …

Ich räuspere mich, während ich mir eine großzügige Portion Gel auf die Hand gebe und mich erneut hinsetze. Wieso sieht der Kerl noch attraktiver aus, wenn er mal nicht so finster schaut? Er hat eine Art an sich, dass man ihm keinen Wunsch abschlagen kann. Er ist ein charmanter Filou, ein Verführer. Kein Wunder, dass die Servas ihn geliebt haben. Mein Magen verkrampft sich bei dem Gedanken, wie er sich mit anderen vergnügt hat. »Was hast du bisher dagegen unternommen?«

»Ich war pinkeln, danach schrumpelt er meistens schnell zusammen.«

Beide prusten wir los und versuchen sofort, leiser zu sein. Ich schlage mir die Hand auf den Mund und halte meinen Bauch, den ich voller Gel schmiere. Ich kann nicht glauben, was das hier für eine Behandlung ist, und erst unsere Gespräche! Aber es tut gut, nach langer Zeit wieder zu lachen. Es ist, als ob eine gewaltige Anspannung von mir abgefallen wäre.

Plötzlich wird Jax ernst, beugt sich zu mir herunter und befiehlt mit dunkler Stimme: »Mach weiter.«

Ich schlucke. Seine gebieterische Ader erregt mich ebenso wie seine Sanftheit. Irgendwie ist alles an dem Kerl verboten gut.

Ich verreibe das Geld zwischen meinen Händen und lege sie um seinen Schaft. Warm und hart pocht er unter meinen Fingern.

Jax keilt sich wieder mit den Armen zwischen der Wand ein und schiebt seine Hüften vor. Welche obszöne, aber anregende Stellung. Sie kurbelt meine Fantasie an. Ich könnte mich umdrehen, ihm meinen Po entgegenstrecken und er könnte mich von hinten nehmen. Oder die Spielzeuge testen … Hart krampft sich mein Inneres zusammen.

Erst massiere ich mit dem Daumen die Narbe, schließlich streiche ich über die gesamte Länge. Wie dick er ist! Ich kann gerade so seinen Schaft umschließen, sodass sich lediglich Daumen und Mittelfinger berühren. Dabei steht Jax einfach nur da und genießt die Massage. Seine Lider sind halb geschlossen, die Bauchmuskeln angespannt. Mir entgeht nicht, dass er auf meine Brüste starrt, die bei jedem Auf und Ab leicht hüpfen.

Mehr Tropfen drängen aus seiner Spitze, zischend zieht er die Luft ein. »Wenn du so weitermachst, spritze ich ab.«

»Wie lange hast du nicht mehr …«

»Viel zu lange«, stößt er hervor.

Ich atme tief ein und sage mutig: »Dann komm.«

Er reißt die Augen auf. »Das ist nicht dein Ernst!«

Ohne etwas zu erwidern, mache ich weiter, massiere ihn fester und widme mich seiner prallen Eichel.

»Ich werde auf deine Brüste spritzen, Doc.«

Als ich »Ja, tu es« hauche, brüllt Jax auf und stößt seinen Schwanz in einem harten, langsamen Rhythmus in meine Hand. Ich kann kaum dagegenhalten, so kraftvoll bewegt er sich. Der Schaft wird noch härter, Jax wirft den Kopf zurück und schon trifft mich der erste Schwall seiner Lust.

Fasziniert schaue ich zu, wie der helle Samen aus ihm schießt und auf meine Brüste klatscht. Er pumpt mehrmals; warm und klebrig läuft sein Ejakulat an mir herunter, über meinen Busen, über meinen Bauch und bis in meine Spalte.

Jax' brennender Blick ist zwischen meine Beine gerichtet, und ich öffne die Schenkel weit für ihn, damit er alles von mir sehen kann.

Am Gipfel höchster Lust ist er der Mann, in den ich mich verlieben könnte. Wie er vor mir aufragt, groß und stark, und sich doch vertrauensvoll in meine Hände begibt … Er hat sich mir in gewisser Weise unterworfen, mir für einen Moment seinen Körper überlassen.

Als nichts mehr kommt, lasse ich ihn los und senke den Blick. Obwohl es mir peinlich ist, wie ich aussehe und es eigentlich erniedrigend sein muss, nackt und voller Ejakulat vor ihm zu hocken, fühle ich das Verlangen nach ihm nur umso mehr.

Jax räuspert sich und zieht mich auf die Beine. »Danke, Doc.«

»Bitte, nenn mich doch endlich Samantha«, sage ich leise, während ich die Hände an seine Brust lege. Meine Nippel streifen seine Haut. Sie sind so hart und empfindlich, dass sie auf jede kleine Berührung reagieren. Glühende Lust schießt zwischen meine Beine.

Keuchend mache ich mich von ihm los. »Ich … sollte mich saubermachen.«

»Nein, das ist perfekt, gut für die Show.« Er lächelt so breit, dass mein Herzschlag aus dem Takt gerät. »Die Zuschauer werden sich ärgern, weil sie nicht wissen, was ich mit dir gemacht habe.«

»Oder ich mit dir«, sage ich schmunzelnd.

»Freche Sklavin.« Grinsend packt er mich am Nacken. Nicht fest, dennoch hat er mich gut im Griff, und auf diese Weise manövriert er mich aus der Tür und hinein ins Badezimmer. Wir landen beide in der gläsernen Duschkabine. Sofort betätigt Jax den Schalter und warmer Dampf hüllt uns ein. Das Glas beschlägt, abermals sind wir vor den Blicken aller geschützt.

Ah, hier wird also Wasser gespart. So eine Dusche habe ich auch zu Hause. Der Dampf befeuchtet die Haut, man seift sich ein und schaltet erst zum Schluss Wasser dazu, um sich abzuwaschen.

Jax gibt sich Duschgel aus dem Wandspender auf die Hand und reibt damit meinen Oberkörper ein. Zuerst widmet er sich meinen Brüsten, dann meinem Bauch und schließlich fährt er zwischen meine Beine.

Ich stöhne auf und beiße mir auf die Unterlippe. Seine große, starke Hand auf meinem Körper und vor allem auf meinem Geschlecht fühlt sich hervorragend an.

»Du bist nass und geschwollen. Hat dich meine Behandlung erregt?«

»Nei… aaah!« Ich bin kaum noch zu einem klaren Gedanken fähig, denn Jax hat meinen Kitzler zwischen die Finger genommen und zwirbelt ihn. Glühende Impulse rasen durch mich, setzen jeden Nerv in Brand. Ich will ihn, oh ich will diesen Mann so sehr!

»Sag mir die Wahrheit, Sam.« Dunkel erklingt seine Stimme an meinem Ohr.

Meinen Namen aus seinem Mund zu hören, erwärmt mein Inneres nur noch mehr. »J-ja, es hat mich erregt.«

»Stütz dich an der Wand ab«, befiehlt er und dreht mich herum. Ich lege meine Handflächen an das kühle Glas, drücke ihm meinen Po entgegen und stelle die Beine auseinander. Was hat er vor?

Er lacht leise und raunt mir ins Ohr: »Du bist ein Luder.«

»Nein, das hast du aus mir gemacht«, sage ich über meine Schulter und freue mich insgeheim, endlich eine meiner erotischen Fantasien ausleben zu können: Sex unter der Dusche. Ich genieße, wie seine rauen Finger von hinten durch meine Spalte gleiten und sie feste reiben.

Er spült meine Haut ab und kniet sich hinter mich.

Was hat er vor?

Als er mit beiden Händen meine Pobacken auseinanderdrückt und über meinen Anus leckt, zucke ich zurück. Das kann er doch nicht machen!

»Halte still, Doc, jetzt kommt die Revanche.«

Und wie soll die Revanche aussehen? Er möchte doch nicht in meinen … Hastig drehe ich mich um.

Fast im selben Moment hebt er mich auf seine Unterarme, sodass ich gespreizt auf ihnen sitze, und drückt meinen Rücken gegen die Wand. Er kann alles sehen, ich bin weit offen für ihn.

»So schön«, raunt er und presst seinen Mund zwischen meine Schamlippen.

»Jax!« Stöhnend kralle ich die Finger in sein kurzes Haar, während er mich ausleckt. Seine Zunge flattert über meinen Kitzler und taucht immer wieder in meinen nassen Eingang.

»Du schmeckst köstlich«, sagt er heiser und penetriert mich mit seiner Zunge.

Ich schäme mich so, weil er mich schutzlos und offen sieht. Er kann alles erkennen und mich mit seiner Zunge erkunden, mich riechen! Mein Gesicht brennt, doch mein Schoß ebenfalls. Er brennt vor Verlangen, möchte mehr von diesen zarten Bissen, der fordernden Zunge und den intimen Küssen.

Hart klopft meine Klitoris gegen seine Zunge. »Jax …«, hauche ich, weil ich kurz vor dem Höhepunkt stehe. Alles verkrampft sich, zieht sich zusammen, pulsiert.

»Ja, komm, Kleine«, murmelt er an meiner Scham. »Ich habe dein Begehren zuvor gespürt, als ob sich eine Menge Lust in dir angesammelt hat, die heraus muss. Jetzt lass sie raus.«

Die intimen Momente mit Mark wirkten eher steril, während der Sex mit Jax etwas Primitives hat. Doch es gefällt mir. Was mich jedoch ein wenig schockiert ist der Wunsch, dass das Volk ruhig sehen darf, was er mit mir macht. Der Gedanke erregt mich. Zumindest ein wenig, denn sie sehen mich ja nicht wirklich. Aber sollen die sexgeilen Weiber da draußen ruhig vor Lust vergehen, der Kerl gehört mir, er verwöhnt *mich*.

Oh weh, bin ich denn besser als die anderen?

Als sich plötzlich seine Zunge in mich schiebt, schreie ich meine Lust hinaus. Mein Schoß möchte sie festhalten, krampft sich um den Eindringling zusammen. Während mein Orgasmus mich durchbeutelt wie ein Erdbeben, leckt mich Jax hart und steigert dadurch meinen Höhepunkt. Ich drücke seinen Kopf an meinen Schoß, während ich mich daran festhalte, und schäme mich erst über mein Verhalten, als das Pochen in meinem Unterleib abebbt.

Jax lässt mich herunter und wäscht mich noch einmal gründlich, bevor er schmunzelnd sagt: »Jetzt lass uns schlafen. Auch ein Warrior braucht mal eine Pause.«

Ich glaube nicht, dass ich die restliche Nacht ein Auge zubekomme, dazu bin ich viel zu aufgeregt.

Kapitel 4 – Bei Jax zu Hause

Jax hat sich vehement für mich eingesetzt und konnte erwirken, dass ich ihm während seiner beiden freien Tage weiterhin als Sklavin zur Verfügung stehe. Mit den Wächtern, die mich von der Vergnügungseinheit zurück ins Gefängnis bringen sollten, sind wir zum Oberaufseher marschiert, der wiederum hat ein Senatsmitglied hinzugeholt, eine alten grauhaarigen Mann, der die typische weiße Kleidung des Rates trägt.

»Wo soll sie denn hin?«, fragt Jax ungehalten. »Falls sie es schafft, aus der Stadt zu fliehen, ist sie den rauen Bedingungen der Outlands ausgesetzt. Um dort zu überleben, ist ihr Körper nicht geschaffen.«

Ich stehe nackt in einer Ecke, umzingelt von den Wachen, und komme mir vor wie ein Stück Vieh, während der Senator mich angewidert anblickt. »Und wenn sie sich bei den Rebellen verkriecht?«

»Die Serva wird keinen Meter weit kommen«, sagt Jax. »Ich will meine Rache. Sie hat meinen Bruder umgebracht. Daher werde ich diese Rebellensau töten. Auf meine Art, und die braucht Zeit.«

Eine Gänsehaut kriecht über meinen Rücken. Jax kann seine Rolle verdammt überzeugend spielen.

»Normalerweise geht das nicht«, erwidert der Senator und setzt mit einem sadistischen Grinsen hinzu: »Solange Sie mir garantieren können, dass Nummer 13 in zwei Tagen tot ist, können Sie sie mitnehmen.«

»Ich garantiere Ihnen, dass sie nie wieder in dieses Gefängnis zurückkehrt …«

Der Gefangenentransport hält in der Tiefgarage eines der höchsten Häuser der Stadt. Ich kenne es, früher habe ich in den Geschäften, die sich in den unteren Etagen befinden, öfter eingekauft. White City ist bei 50 000 Einwohnern und mehreren Hochhäusern, die fünfhundert bis tausend Menschen beherbergen, relativ übersichtlich, weshalb ich mir oft eingesperrt vorkam. Doch wie gerne würde ich meine winzige Zelle gegen die Enge der Stadt eintauschen.

Der Kleinbus der Vollzugsanstalt ist eines der wenigen Fahrzeuge in der Stadt und fährt mit Wasserstoff. Außer wenigen ranghohen Regime-Mitgliedern hat kein Einwohner ein motorisiertes Fahrzeug. Wasser ist knapp, und die Erdgasvorkommen, aus denen Wasserstoff ebenfalls gewonnen werden könnte, seit Jahren verbraucht. Die Wege sind aber problemlos zu Fuß oder mit Pedovehikles – einer Art Fahrrad, nur geräumiger und mit drei Reifen – zu erreichen. Die Tiefgarage steht voll davon.

Zwei Wärter zerren mich aus dem Bus, während Jax hinter mir aussteigt. Obwohl ich immer noch nackt bin, friere ich nicht. Das ganze Jahr herrscht unter der Kuppel dasselbe Klima, es ist immer angenehm warm, egal ob es in den Outlands regnet, stürmt oder schneit. Im Schutz der Stadt bekommen wir nichts vom Wetter mit.

Mit einem Aufzug fahren Jax, ich und die zwei Wachen nach ganz oben in den elften Stock. Gleich werde ich sehen, wie er wohnt.

Vor Tür Nummer 1120 bleiben wir stehen. Ein Wachmann legt mir einen silberfarbenen Ring um den Hals, den er aus einem kleinen Koffer geholt hat. Das fingerdicke Band sitzt so eng, dass es komplett auf der Haut liegt, aber meine Blutzirkulation nicht behindert.

Anschließend tippt er etwas auf ein externes Bedienteil ein, das er um sein Handgelenk trägt.

»Was ist das für ein Halsband?«, fragt Jax.

Die Wache schließt den Koffer und wendet sich zum Gehen. »Nur eine Sicherheitsvorkehrung, der Senator bestand darauf. Verlässt die Sklavin die Wohnung, wird ihr automatisch eine tödliche Injektion einverleibt. Sollte der Reif gewaltsam entfernt werden, löst das die Injektion ebenfalls aus.«

Mein Herz bleibt beinahe stehen. Vorsichtig berühre ich das kühle Metall und verstecke mich hinter Jax, als ob er mich davor beschützen könnte. Ich habe von diesen Halsfesseln gehört. Mark hat sie mitentwickelt, aber ich habe nie eine gesehen.

Selbst Jax wirkt für den Bruchteil einer Sekunde sprachlos. »Traut mir der Senator nicht?«

Der Wachmann kratzt sich am Kopf. »Nehmen Sie es ihm nicht übel. Im Moment ist die Lage angespannt, da die Rebellen sehr aktiv sind. Wir werden Nummer 13 in zwei Tagen abholen und ins Gefängnis zurückbringen.« Er lächelt diabolisch und entblößt eine Reihe perfekter Zähne. »Zeigen Sie es der Serva.«

Hinter seinem Rücken ballt Jax die Hand zur Faust und sagt ebenso bösartig: »Das werde ich.« Dann verabschiedet er sich von den Männern.

Jax schaut in einen Scanner an der Tür, seine Netzhaut wird abgetastet, die Tür öffnet sich und ich betrete sein Reich. Doch ich habe keinen Blick dafür übrig, weil ich nur noch an das Ding um meinen Hals denken kann. Während ich hart schlucke, spüre ich das Metallband. Mir wird heiß und kalt. Ein so großes Schwindelgefühl ergreift von mir Besitz, dass ich schwanke und mich am erstbesten Möbelstück festhalte, das ich erreiche: ein großer schwarzer Sessel. Panisch schnappe ich nach Luft, weil ich glaube zu ersticken.

Wie soll ich jetzt fliehen können? Aber hätte ich denn fliehen können? Jax hatte recht, als er zuvor sagte, dass ich nirgendwohin könne und in den Outlands nicht überleben würde, sollte ich es bis dorthin schaffen.

Kaum hat er hinter uns abgeschlossen, stößt er einen Fluch aus und lässt sich neben mir in den Sessel fallen. Er schließt die Augen und legt den Kopf zurück, sein Gesicht wirkt angespannt.

Ich möchte ihn rütteln, er soll mir sagen, wie es jetzt weitergeht, doch er sitzt einfach nur da. Er trägt ein schwarzes T-Shirt, das sich an seinen Oberkörper schmiegt und seine Muskeln betont, dazu saubere Einsatzstiefel und eine frische Hose in grau-schwarzen Tarnfarben. Nicht nur seine Kleidung, sondern auch seine Stellung geben mir das Gefühl, dass er immer weiß, was zu tun ist, er für jedes Problem eine Lösung hat. Er ist doch ein Kämpfer, ein Stratege!

»Jax?«, frage ich leise, weil ich mich kaum sprechen traue. Was, wenn meine Stimme das Halsband aktiviert und mir die tödliche Injektion hineinjagt?

Ohne die Augen zu öffnen, sagt er: »Ich hatte gehofft, dich ins Krankenhaus einschleusen zu können, damit ich an die Aufzeichnungen der Überwachungskamera komme. Ich brauche das Gesicht des Mannes, ich kann es nicht richtig fassen, dazu war ich zu benommen.«

Hat er mich deshalb mit nach Hause genommen? In meinem Brustkorb wird es so eng, dass ich erneut kaum atmen kann. »Ich würde da eh nicht mehr reinkommen, sie haben mir sämtliche Autorisierung genommen. Sie haben mir alles genommen.« Ich habe alles verloren, meine Wohnung, meine persönlichen Sachen, mein Leben.

Jax reißt die Augen auf. »Shit, ich bin so …« Er fährt sich mit der Hand über das Gesicht und steht auf. »Ich bin es einfach nicht gewohnt, eine Frau oder sonst jemanden um mich zu haben, außer meinen Waffenbrüdern. Warte, ich bringe dir was zum Anziehen, dann finden wir schon eine Lösung.«

Welche Lösung? Für meine oder seine Probleme?

Mit hängenden Schultern gehe ich durch den großen Raum. Jax' Wohnung ist eine Art Loft. Es gibt eine Küchenzeile aus Edelstahl, eine schwarze Couchgarnitur, einen riesigen Screener an der Wand und auf der anderen Seite des Zimmers, vor dem Panoramafenster, einen Kleiderschrank und ein mit weißen Laken bezogenes Bett. Es ist so groß, dass vier Personen gemütlich darin übernachten könnten. Ansonsten ist die Wohnung recht kahl und leer, es hängen nicht einmal Bilder an der Wand. Keine Fotos. Hat er überhaupt Familie? Freunde?

Ich schaue aus dem Fenster und werfe einen Blick über die Stadt. Von hier oben sehe ich die milchige Kuppel, die sich über das Haus erstreckt. Sie lässt nur gefiltertes Sonnenlicht hindurch und schimmert bläulich, erlaubt aber keinen Blick nach draußen. Die Outlands seien ein zu grauenvoller Anblick, sagt der Senat.

Im Stadtzentrum steht der Turm mit der kugelrunden Spitze, an der die Kuppel ihren höchsten Punkt erreicht. Dort ist die Shuttle-Basis, der einzige Ort, an dem man die Kuppel verlassen kann. Erneut muss ich an Marks und meinen Ausflug in eine andere Stadt denken. Während des zweistündigen Fluges – ohne Captain, denn die kleinen Schiffe fliegen mit Autopilot – konnten wir keinen Blick nach draußen werfen, sondern bekamen einen Film vorgespielt. Wie es außerhalb der Stadt wohl aussieht? Ob immer noch alles braun und verbrannt ist, die Erde und das Wasser verseucht, so wie man es aus den Schulbüchern kennt?

Sensationsgeile plädieren für Rundflüge, da viele die Outsider begaffen wollen, aber das Regime ist dagegen. So einen Flug hätte ich mir sicher auch gegönnt, doch nicht aus Sensationsgier. Ich möchte nur wissen, ob Leben da draußen nach achtzig Jahren wieder möglich ist. Die Strahlung der Bombe halbiert sich alle dreißig Jahre, die Natur wird sich irgendwann erholen. Hoffentlich. Doch das ist für mich ohnehin irrelevant, so viel Zeit bleibt mir nicht mehr.

Erneut schlucke ich meine Tränen hinunter und lege die Finger an das Metallband um meinen Hals, als sich plötzlich Jax' Hände von hinten auf meine Schultern senken. »Wir finden eine Lösung, um es abzumachen«, sagt er sanft. »Und für alles andere auch.«

Ein Lächeln huscht über mein Gesicht. Mein großer starker Soldat ist ein Träumer?

»Hier, für dich, etwas Besseres habe ich nicht gefunden.« Er reicht mir ein schwarzes T-Shirt. Es sieht genauso aus, wie das, was er anhat. »Ich bin nicht auf Frauenbesuch eingestellt.«

»Danke.« Hastig streife ich es über, froh, meinen Körper bedecken zu können, auch wenn ich mich vor Jax nicht mehr schäme. Immerhin hat er bereits alles von mir gesehen.

Das Hemd ist so groß, dass es mir bis zu den Oberschenkeln reicht. Während mich Jax mustert, kratzt er sich am Kopf. »Du solltest dir was zum Anziehen bestellen.« Er geht zu einem runden Glastisch vor dem Sofa und bringt mir den Tablet-PC, der darauf liegt. »Bestell, was du möchtest. Ich bezahle.«

»D-danke«, stammle ich, weil ich so viel Freundlichkeit nicht mehr gewohnt bin. Seit Monaten höre ich nur, was ich tun muss, durfte keine eigenen Entscheidungen fällen.

Ich nehme ihm den kleinen Computer ab, und als ich die glatte schwarze Oberfläche antippe, beginnt der Bildschirm zu leuchten. Ich bin versucht, meine E-Mails abzuholen, widerstehe dem Drang jedoch. Mein Account wird gelöscht sein. Ich weiß es. Nachzusehen und das bestätigt zu finden, wird mir nur wehtun.

Ich gehe auf die Seite von »C & M – Clothes and More«, einem Laden, in dem ich immer meine Kleidung bestellt habe. Ab und zu, wenn es meine Zeit zuließ, war ich auch persönlich im Shop.

Ich suche mir bequeme Schuhe, eine dunkelblaue Stoffhose und zwei kurzärmlige Oberteile aus, die alle möglichst wenig kosten, da ich ein schlechtes Gewissen habe, mir die Sachen nicht selbst leisten zu können. »Das werde ich dir irgendwie zurückzahlen.«

»Mach dich nicht lächerlich«, sagt er und schlendert zur Küchenzeile. »Wobei …« Über die Schulter wirft er mir einen schelmischen Blick zu und zwinkert. »Ich wüsste, wie du deine Schulden bei mir abarbeiten könntest.«

Sofort wird mir wieder heiß. Dieser Mann kann es nicht lassen!

Ich muss daran denken, wie er mich unter der Dusche verwöhnt hat, woraufhin sich mein Schoß zusammenzieht. Ob er erwartet, dass es hier genauso weitergeht wie in der Vergnügungseinheit?

Meine Finger zittern, während ich noch Unterwäsche aussuche. Zuerst wollte ich brave nehmen, aber jetzt entscheide ich mich für weniger Züchtiges, wähle fast durchsichtige Stoffe in verruchtem Rot.

Nachdem ich alle Sachen in den virtuellen Warenkorb gelegt habe, gehe ich zu Jax, damit er bezahlen kann. Als er den Preis sieht, schüttelt er den Kopf. »Ich dachte immer, Frauen kosten einem Mann Unmengen an Geld.«

»Ich gehöre nicht zu diesen verschwenderischen Frauen«, krächze ich. Die Situation ist so ungewohnt. Ich, die Sklavin, bin zu Hause bei einem Warrior, der mir Kleidung kauft, als wäre ich seine Frau.

Schmunzelnd drückt er den Daumen auf das Bezahlfeld. Sein Abdruck wird eingescannt und zwei Sekunden später erhalte ich die Bestellbestätigung. »Lieferung in vierzig Minuten« steht dort. Der Laden befindet sich nur eine Straße von diesem Haus entfernt.

Jax öffnet den Kühlschrank. »Hast du Hunger?«

Ich nicke. »Und wie.« Ich weiß gar nicht, wann ich zuletzt richtig gegessen habe. Vor der Show war ich zu aufgeregt und der Gefängnisfraß ist auch nicht gerade köstlich.

»Was möchtest du?« Er holt verschweißte Fertiggerichte heraus, auf denen die Menü-Namen aufgedruckt sind. »Gemüseeintopf, Schweinebraten, Lasagne, Ratatouille …«

»Lasagne hört sich gut an, die hatte ich ewig nicht mehr.« Das Wasser läuft mir im Mund zusammen und mein Magen knurrt.

Jax reißt die Schutzfolie ab, schiebt die Packung in den Magnetronic, und eine Minute später holt er das dampfende Gericht heraus.

Mm, wie das duftet! Nach Tomaten, Nudeln und Gewürzen.

Wir setzen uns auf Hochstühlen nebeneinander an eine Art Bar in der Küche. Eine andere Sitzgelegenheit außer der Couch und dem Sessel gibt es nicht. Jax scheint tatsächlich nicht auf Besuch eingestellt zu sein. Breitbeinig sitzt er auf dem Hocker, sein warmer Schenkel streift mein Bein. Er zuckt vor unserer Berührung nicht zurück, und ich genieße sie.

Während wir gemeinsam aus der Aufwärmschale essen und ich mir jeden Bissen schmecken lasse, mustere ich seine Wohnung. Es sieht sauber aus, wie geleckt, sogar das Bett ist gemacht. Da kann ich mir eine Frage nicht verkneifen. »Wer kauft eigentlich für dich ein, macht deine Wäsche und hält die Wohnung sauber?«

Eine sanfte Röte breitet sich um seine Nase aus. »Wenn ich im Einsatz bin, kommt Jimmy vorbei und hält die Wohnung in Schuss.«

»Wer ist er? Hat das Regime ihn gestellt?«

Jax reibt sich über den Nacken. »Nein, ich habe ihn in der Erziehungsanstalt kennengelernt. Dort schau ich zwei Mal im Monat vorbei und trainiere mit den Kids.«

Das wusste ich gar nicht. Ich weiß noch vieles nicht von ihm. »Das finde ich toll!«

»Der Senat hat mir empfohlen, das zu tun«, murmelt er, wobei seine Ohren auch noch Farbe bekommen. Ist ihm das peinlich? Zerstört das das Bild vom harten Krieger?

»Und du hast großes Vertrauen in Jimmy.«

Lässig zuckt er mit den Schultern. »Was soll er hier auch groß anstellen? Ich hab nicht wirklich was hier, das sich zum Stehlen lohnt. Und solange er seine Arbeit ordentlich macht und das verdiente Geld nicht für Drogen ausgibt, darf er bleiben.«

Mittlerweile empfiehlt der Senat den Eltern, die wenigen Kinder, die bei uns leben, in diese Erziehungseinrichtungen zu geben. Dort hat das Regime direkten Einfluss auf sie. Angeblich möchte der Senat verhindern, dass die Kinder den ganzen Tag vor den Screenern hocken, auf der Straße herumlümmeln oder sich in Sex-Bars schmuggeln. Von Letzterem habe ich allerdings gehört. Schon die Vierzehnjährigen bestellen sich dort Drinks und vernaschen die Bedienung als Nachtisch. Ich schüttele mich. Den Frauen, die dort arbeiten, bleibt oft nichts anderes übrig, als sich mit körperlichen Gefälligkeiten zusätzlich etwas zu verdienen. Wie oft hatte mich eine von ihnen während meiner Nachtschichten in der Klinik aufgesucht, weil sie von einem Kunden zu grob angefasst wurde. Manche Barbesucher sind kaum besser als dieser Warrior Blaire.

Zur Lasagne schenkt Jax mir Rotwein in ein bauchiges Glas. Es ist die beste Marke der Stadt: Red Beauty. Wein ist teuer und neben Bier fast das einzige alkoholische Luxusgetränk, da es nur eine kleine Anbaufläche für Trauben und Hopfen gibt. Die Felder werden hauptsächlich für den Anbau von Speisegetreide genutzt. Alle anderen Drinks werden aus reinem Alkohol und synthetischen Stoffen zusammengemischt. Fast jeder freie Platz der Stadt dient der Herstellung von Nahrungsmitteln, sogar auf allen Dächern stehen Gewächshäuser.

Bei jedem Bissen, mit jedem Schluck, spüre ich das verdammte Halsband, das mich an meinen Status erinnert. »Was machen wir wegen der Fessel?«

Jax beugt sich nah zu mir und inspiziert sie, fährt mit den Fingern darüber. Ich erschaudere, als seine Fingerkuppen meine Haut streifen. »Wir brauchen einen Spezialisten, um es zu entfernen. Ich kenne mich nur mit Waffen aus. Aber außer meinen Waffenbrüdern habe ich kaum Beziehungen in der Stadt. Ich wüsste nicht, wem ich trauen und wer uns helfen kann.«

Mir fällt nur eine Person ein, der ich, außer Jax, noch traue. »Ich könnte Mark fragen. Soweit ich weiß, war er vor Jahren für die Programmierung zuständig.«

Er hebt die Brauen. »Mark Lamont? Der bei meiner OP dabei war?«

Ich nicke.

»Ich dachte, er ist Arzt?«

»Ja, aber er hat sein Hobby teilweise zum Beruf gemacht. Wenn es um Computerprogramme geht, macht ihm so schnell niemand was vor.«

Jax' Blick verfinstert sich. »Kannst du ihm vertrauen?«

»Ich denke schon.«

»Ich meine … Er hat das verdammte Ding gebaut!« Er presst die Lippen so fest zusammen, dass sie eine schmale Linie bilden.

»Das ist schon viele Jahre her. Sie haben ihn gut bezahlt, er brauchte das

Geld, aber jetzt arbeitet er nur noch in der Klinik.«

»Er war dein Lover, oder?«, fragt er und unterbricht unseren Blickkontakt.

»Wir hatten für ein paar Monate was miteinander, waren zusammen im Urlaub, aber irgendwie waren wir nicht als Paar füreinander bestimmt. Wir sind aber gute Freunde geblieben.«

»Mit wie vielen Männern warst du schon zusammen?«

Wieso will er das wissen? Mein Herz flattert. »Außer mit Mark hatte ich nie etwas Festes.« Von den wenigen Affären muss ich ihm ja nichts erzählen, außer mit Mark habe ich wirklich nie mit einem anderen Mann geschlafen.

Jax hebt das Kinn und nimmt die Schultern zurück. Er macht einen zufriedenen Eindruck. Kann das sein? Ach, ich kann ihn so schlecht einschätzen.

Bevor dieser Warrior in mein Leben trat, hatte ich zwar Lust auf Intimitäten, habe mich aber nicht getraut, meine Wünsche zu äußern. Jax hat den Hunger in mir noch vergrößert.

Ich räuspere mich, mein Herz klopft härter und ich überwinde mich zu fragen: »Hattest du schon mal eine Beziehung?«

Er schüttelt den Kopf und rutscht auf dem Hocker hin und her. Das Thema scheint ihm nicht zu behagen. »Noch nie. Ich beneide dich ein wenig.«

Es gibt wohl wirklich keinen Grund, mich zu beneiden. »Du kannst dir doch auch eine Freundin suchen … oder hättest es können.«

»Mein Job ist nicht sehr beziehungsfreundlich.«

Das hatte ich vermutet.

Jax nimmt die leere Schale, das Besteck und die Gläser, um sie auf die Küchenzeile zu stellen. »Außerdem bin ich es gewohnt, allein zu sein. Ich muss keinem Rechenschaft ablegen, kann niemanden verletzen. Ich glaube nicht, dass ich für eine Partnerschaft der Richtige bin.«

Mein Magen verkrampft sich. Gott, hab ich mir Hoffnungen gemacht? Jax und ich?

Hat er bemerkt, dass ich Gefühle für ihn habe? War das seine Art mir zu sagen, dass es kein »Wir« geben wird, bevor ich mich in etwas verrenne? Was sollte er auch von einer Sklavin wollen, die dem Tode geweiht ist?

Ich reibe über meine Tätowierung am Oberarm, die sich plötzlich anfühlt, als würde sie brennen, während Jax an der Küchenzeile lehnt und ins Leere blickt.

Als es auf einmal laut summt, zucke ich zusammen.

»Das ging ja schnell!« Er eilt zur Tür, ich höre ihn reden, dann kommt er mit einer großen Tüte zurück. »Deine Bestellung.«

»Wow, das war ja wirklich fix.«

»Wenn du duschen möchtest«, sagt er und deutet auf eine Tür neben dem Schlafzimmerschrank, »dort ist das Badezimmer. Ich hau mich kurz hin.«

»Gerne.« Ich nehme ihm die Tüte ab und möchte schon ins Badezimmer gehen, als mir das Halsband wieder einfällt. Plötzlich wird mir schwindlig und mein Herz fängt an zu rasen. Rasch wirble ich zu ihm herum. »Meinst du, dem Band macht Wasser etwas aus?«

»Ich denke nicht.«

»Kann ich Mark informieren? Was meinst du?« Ich will dieses Ding endlich loshaben.

Jax nickt. »Schreibe ihm, dass er herkommen soll, aber sag ihm nicht, worum es geht.«

Das werde ich sofort nach dem Duschen machen.

♥♥♥

Als ich eine halbe Stunde später in den neuen Klamotten aus dem Bad komme, liegt Jax im Bett und schläft. Er trägt nur eine eng anliegende schwarze Shorts und ist nicht zugedeckt. Einen Arm hat er über dem Kopf angewinkelt, weshalb sein gewölbter Bizeps zu erkennen ist. Sein Gesicht ist mir zugedreht, seine Lippen sind leicht geöffnet. Da Tageslicht auf seinen Körper fällt, kann ich ihn zum ersten Mal ausgiebig und in Ruhe betrachten: die definierten Muskeln, das Sixpack, die langen, leicht behaarten Beine und die mit Narben übersäte Haut. Sogar am Ohr hat er einen Schnitt, und eine besonders lange Narbe zieht sich über seine Brust.

Unter seinen dichten dunklen Wimpern liegen Schatten. Drei Tage Dauereinsatz, fast keinen Schlaf – bis auf die wenigen Stunden neben mir –, das schafft auch den stärksten Warrior.

Er scheint tief und fest zu schlummern, denn sein Gesicht wirkt zum ersten Mal völlig entspannt. Überhaupt wirkt er verändert, seit wir bei ihm zu Hause sind. Ruhiger, zurückhaltender. Das ist sein Reich, hier braucht er niemandem etwas vorspielen. Doch jetzt bin ich hier eingedrungen.

Für die Warrior ist es normal, immer unter Beobachtung zu stehen, bei Einsätzen und ihrem Vergnügen. Mich würde das wahnsinnig machen, doch die Krieger kennen es nicht anders.

Vielleicht sollte ich mich auch ausruhen, aber zuerst muss ich Mark informieren. Ich nehme den Tablet-PC und öffne das Chatprogramm, bis mir wieder einfällt, dass ich ihn nicht anschreiben kann. Mich gibt es nicht mehr, keiner meiner Zugänge funktioniert, mein Daumenscan ist nutzlos. Ich brauche den von Jax. Aber er schläft gerade so friedlich und braucht Erholung.

Eine Stunde … nehme ich mir vor, dann werde ich ihn wecken. Solange schaue ich mir auf dem Tablet die Bücher an, die er in der virtuellen Bibliothek stehen hat. Es sind viele Klassiker darunter, aber auch Titel über Kriegsführung und Waffentechnik. Ob Jax die alle gelesen hat? Ob er viel liest, wenn er frei hat, oder ob er die Zeit eher vor dem Screener verbringt?

Ich surfe weiter durch seine Mediathek und bin versucht, Aufzeichnungen von älteren Warrior-Sendungen abzurufen. Best of Jax, sozusagen. Doch möchte ich sehen, wie er die schwarzhaarige Serva verwöhnt?

Er hat sich mir nicht mehr körperlich genähert, seit wir hier sind. War das dann in der Vergnügungseinheit nur wegen der Show? Tief atme ich ein. Es hatte sich so echt angefühlt. Es *war* echt! Ich habe ihn erregt, oder zumindest mein Körper. Und jetzt sitze ich bekleidet auf der Couch, als ob er Angst hätte, einen Rückfall zu erleiden, wenn er mich ständig nackt sieht.

Sam, was machst du dir Gedanken über ihn? Über uns?

Ich muss sehen, wie ich aus dieser verdammt beschissenen Lage komme. Und Jax will mir helfen. Das ist mehr, als ich mir jemals erträumt habe.

Ich stehe auf und nähere mich langsam dem Bett. Vorsichtig hocke ich mich auf die Matratze, um ihn erneut zu betrachten. Ob ich seinen Daumen auf das Display drücken kann, um Mark anzuschreiben? Dann bräuchte ich Jax nicht zu wecken.

Ich halte das Tablet neben seine Hand und biege behutsam seinen Daumen zurück. Da schießt sein Arm hervor, Jax packt mein Handgelenk und drückt so fest zu, dass ich aufschreie und den Computer auf die Matratze fallen lasse.

Selbst im Schlaf verlassen ihn seine Instinkte nicht. Als er mich erkennt, lässt er mich sofort los. »Tu das nie wieder«, knurrt er und setzt sich auf.

»T-tut mir leid, ich wollte nur in den Chat, um Mark anzuschreiben, wollte dich nicht wecken.« Das Adrenalin rauscht in meinen Ohren. Ich vergesse immer wieder, wer Jax wirklich ist.

Er fährt sich durchs Haar und bringt es noch mehr durcheinander. Verschlafen und zerzaust sieht er verdammt sexy aus.

»Ist nicht deine Schuld«, murmelt er. »Wie gesagt, ich bin es nicht gewohnt, jemanden um mich zu haben.«

»Du bist zu lange allein. Vielleicht solltest du das ändern.«

»Vielleicht«, sagt er leise, ohne mir einen Blick zu schenken. Er drückt den Daumen auf das Display und das Chatprogramm ist entsperrt.

Ich starre auf das leere weiße Feld. »Was soll ich schreiben?«

»Auf jeden Fall nichts, das unsere Pläne verrät.«

»Schon klar.« Ich schmunzle und überreiche ihm das Tablet. »Mach du es lieber.« Soll er sich etwas überlegen. »Das ist auch weniger auffällig, als wenn ich eine Nachricht schicke.«

»Hier ist Jackson Carter«, tippt er nach kurzer Bedenkzeit ein. »Ihre ehemalige Kollegin ist bei mir. Vielleicht möchten Sie sie sehen? Ich finde ihren Hals sehr fesselnd. Sie trägt ihr silbernes Schmuckband.«

Tief durchatmend schaue ich Jax an. »Ist das unverfänglich genug?«

»Ich hoffe«, antwortet er, fügt noch seine Adresse hinzu und drückt auf Senden. »Wenn dein Mark klug ist, weiß er, was wir von ihm wollen.«

»Er ist verdammt klug.«

Missbilligend zieht er die Brauen nach oben. Ist er … eifersüchtig?

Nein, das bilde ich mir bestimmt ein. Er vertraut Mark einfach nicht.

Als es leise »Pling« macht, starren wir auf das Display. Mark hat schon zurückgeschrieben: »Ich komme in drei Stunden, dann habe ich Feierabend.«

»Okay.« Mit geschlossenen Augen lehne mich neben Jax ans Bett und hole tief Luft. »Hoffentlich wird die Nachricht nicht abgefangen.«

»Und wenn schon, niemand hat erwähnt, dass ich keinen Besuch einladen darf.« Er legt das Tablet auf den Nachttisch und lehnt sich wieder neben mir ans Bett.

Unauffällig wische ich meine feuchten Finger am Laken ab. Hoffentlich kann Mark mir dieses Ding abnehmen. »Darf ich dich etwas wegen Cedric fragen?«

»Hm«, brummt er.

»Was ist damals genau passiert, als ihr beide durch die Granate schwer verwundet wurdet?«

Jax rutscht tiefer, legt sich auf die Seite und stützt mit der Hand den Kopf auf. Muss er sich so aufreizend positionieren?

»Wir hatten den Auftrag, die Rebellen ausfindig zu machen, die irgendwo unter der Stadt ihr Hauptquartier haben. Aber sie verlegen es ständig. Manchmal erwischen wir einen, aber oft bringen sie sich vorher selbst um.«

»Wie schrecklich …«

»Das ist meine Welt, Kleine.«

Ich schlucke. »Lässt es dich kalt, wenn du einen Menschen tötest?«

Er dreht sich auf den Rücken und schließt die Augen. Langsam beginnt er zu sprechen. »Das hat es lange Zeit. So wurde ich ausgebildet. Das Leben eines Rebellen oder Outsiders ist nichts wert, sie sind Abschaum, während die Bewohner der Stadt geschützt werden müssen, koste es unser Leben.« Seufzend holt er Luft. »Bevor Ced starb, hasste ich die Outsider so sehr, ich kann es gar nicht sagen. Praktisch von Geburt an wurde ich darauf vorbereitet, diese verstrahlten Mutanten zu hassen und zu vernichten.«

»Sehen sie denn anders aus als wir? Bist du je einem begegnet?« Mein Herz rast.

»Ich hab in der Sperrzone einige von ihnen getötet. Sie sahen nicht anders aus als wir. Vielleicht weniger gepflegt, aber sie haben keine zwei Köpfe oder drei Arme. Allerdings soll das Problem in ihrem Gehirn liegen, sie sind wie Zombies und essen Menschenfleisch.«

Ich halte mir die Hand vor den Mund. »Oh Gott!«

»Das hat man uns zumindest beigebracht. Cedric war anderer Meinung, er sagte, er hätte eine Frau aus den Outlands gefangen. Sie schaffte es, in die Stadt einzudringen und hat sich den Rebellen angeschlossen.«

Ich richte mich kerzengerade auf. »Hat er sie ausgeliefert?«

»Nein, er hat sie gehen lassen und ich hätte ihn deswegen fast erschossen, obwohl ich sie nicht einmal gesehen habe. So loyal war ich dem Regime gegenüber«, sagt er mit dunkler Stimme.

»Das hört sich an, als wärst du jetzt anderer Meinung?«

»Nach Cedrics Tod habe ich niemanden mehr erschossen.«

Er hat sich verändert … »Was hat dich umgestimmt?«

Gequält schaut er mich an. »Ced und ich waren zweieiige Zwillinge, doch wir sahen uns ähnlich, wie du weißt. Wir stammten aus derselben künstlichen Befruchtung, bloß wurden die Eizellen unterschiedlichen Frauen eingepflanzt. Cedric kam zwei Jahre nach mir zur Welt. Schon im Trainingslager waren wir unzertrennlich. Und als er dann in meine Einheit kam, war ich sein Mentor, wir zogen alles zusammen durch. Aber plötzlich spürte ich, dass er ein Geheimnis hatte. Er wirkte die letzten Tage vor seinem Tod verschlossen und sonderte sich von mir und der Gruppe ab.«

»Wegen dieser Frau?«

Seufzend dreht er sich auf den Bauch und stützt sich auf den Ellbogen ab. »Ich weiß es nicht, er wollte mir mehr erzählen. Er wusste irgendwas, hatte Kontakte zu Rebellen und das muss irgendwie durchgedrungen sein.«

»Er hatte *was*?« Ich beuge mich zu Jax vor und fasse an seinen Arm.

»Bei diesem Einsatz, bei dem wir beide schwer verwundet wurden, wollte er die Seiten wechseln.«

Ich bekomme kaum noch Luft, weil ich vor Aufregung vergesse zu atmen. Gebannt lausche ich Jax' stockenden Worten.

»Ced wollte mir mehr erzählen und sich danach von mir verabschieden, da explodierte eine Granate direkt neben uns. Deshalb bin ich sicher, dass jemand aus dem Senat seinen Mord im Krankenhaus veranlasst hat. Es muss irgendetwas durchgesickert sein, und es macht mich wahnsinnig, dass er sich mir erst anvertrauen wollte, als es schon zu spät war.«

»Wenn ihr euch so gut kanntet, wusste er, wie loyal du warst.«

Seine Hände ballen sich zu Fäusten. »Verdammt … ja.«

»Dann hat Cedrics Tod deine Meinung über das Leben geändert?«

»Hm.« Er entspannt sich leicht, doch sein Gesicht wirkt immer noch verzerrt. »Mir kam es zugute, dass ich nach meiner Genesung nicht sofort an der Front eingesetzt wurde. Ich bin erst seit einer Woche wieder an der Stadtgrenze, aber da konnte ich nicht abdrücken, als ich einen Outsider vor dem Lauf hatte.«

»Hat er dir sonst nichts mehr erzählt?«

»Doch«, erwidert er leise. Seine Augen glänzen, hastig schaut er weg. »Als er sterbend in meinen Armen lag, flüsterte er: ›Wenn du überlebst, suche Julius Petri.‹«

»Wer ist das?«

»Keine Ahnung, ein Bürger der Stadt ist er nicht, das habe ich überprüft.«

»Dann ist es vielleicht jemand von den Rebellen?«

»Vermutlich.«

»Und hat er sonst nichts erwähnt?«

Jax dreht sich wieder herum und starrt an die Zimmerdecke. »›Es ist falsch, was wir tun‹, hat er gesagt, obwohl ihn die Granate der Rebellen halb zerfetzt hatte. Und: ›Ich kann nur in Frieden sterben, wenn ich weiß, dass mein Bruder auf meiner Seite steht.‹«

»Wie hast du reagiert?«

»Ich sagte: ›Wirst du sterben, werde ich dich rächen, egal, wer für deinen Tod verantwortlich ist.‹«

»Cedric wollte also tatsächlich überlaufen. Deshalb hast du in der Vergnügungseinheit nichts erwähnt.«

»Ja, aber es war nicht nur deswegen. Zwei Tage vor dem Anschlag habe ich ihn erwischt, wie er Medikamente in einem Kanal deponiert hat. Er hat sie für die Rebellen reingeschmuggelt.«

»Und du hast ihn nicht verpiffen.«

»Natürlich nicht, er war mein Ein und Alles. Also hänge ich bis zum Hals mit drin. Es ist nur eine Frage der Zeit, bis rauskommt, dass ich geschwiegen habe. Dann bin ich geliefert.«

»Und trotzdem hast du weitergemacht.«

Seufzend richtet er sich auf. »Um mit dir zu sprechen. Ich brauchte Informationen.«

Die ich ihm nicht liefern konnte, und wegen des Halsbandes kann ich auch nicht mit ihm in die Klinik, um das Überwachungsvideo anzusehen.

Ich schaue auf meine Finger, die das Bettlaken kneten. »Warum kam das nicht an die Öffentlichkeit, dass Cedric Kontakte zu den Rebellen hatte?«

»Wir sind ein Statussymbol und halten diese verdammte Stadt zusammen. Was für ein Bild würde das auf uns werfen?«

»Die Leute hätten kein Vertrauen mehr in ihre Helden.« Sanft streichle ich über seinen Rücken. »Vielleicht kommt es nie raus, dass du deinen Bruder nicht verraten hast. Aber wenn du mir hilfst, werden sie uns beide jagen.«

Er zuckt mit den Schultern. »Ich will nur meine Rache. Und ich werde dich beschützen. Aber alles, was ich habe, ist nur dieser eine Name.«

Ich bin ein Teil seines Planes. Damit muss ich klarkommen, auch wenn es wehtut. Am besten, ich lenke mich ab. »Julius Petri suchen … Vielleicht ist das ein Rätsel?« Ich greife über ihn und nehme das Tablett vom Nachttisch.

»Ich habe den Namen auch schon in die Suchmaschine eingegeben, aber da kommt nur eine Zahlen-Buchstabenkombination heraus.«

»Tatsächlich.« Der Bildschirm ist weiß, und in schwarzen Lettern leuchtet uns entgegen: M13-3.

»M13 … Was könnte das bedeuten?«

»Womöglich eine Geheimsprache. Ein Code. Oder …« Er drückt auf seinen kleinen Computer am Handgelenk, und sofort schwebt ein beleuchtetes, dreidimensionales Gitternetz über dem Display.

»Was sind das für Linien zwischen den Quadraten?«

»Das Tunnelsystem unter der Stadt.« Seine Augen werden groß. »Warum bin ich nicht eher darauf gekommen? Es könnte ein Planquadrat bezeichnen, die genaue Position und Ebene! Da wir Warrior uns meist nur im untersten Stadtlevel aufhalten, ist in unserem Plan nur diese Ebene eingezeichnet, das wäre dann Minus 3. Und M 13 ist eine Position im Zentrum!«

Seine »Uhr« ist also eine Karte. »Vielleicht ist dort das Rebellenlager?«

Jax' Augen leuchten. »Da bin ich mir ziemlich sicher.«

Auf einmal blinken etwa zwanzig grüne Punkte in den äußeren Bereichen der Karte auf. Ich deute auf eine Ansammlung davon. »Was ist das?«

»Das sind die Warrior, die gerade im Einsatz sind. Wir tragen Chips, damit wir uns nicht gegenseitig töten.« Gedankenverloren fährt er sich über den Nacken. »Du musst ihn mir rausschneiden, oder sie können mich orten.«

Er dreht sich zu mir, und ich streiche unterhalb seines Haaransatzes über die Haut. »Ja, ich kann ihn spüren. Ich hol den Laser.«

»Ich hab einen im Badezimmer.« Bevor ich gehen kann, erhebt sich Jax, tritt durch die Tür und kommt gleich darauf mit dem Laserstift zurück.

»Hast du nichts zum Betäub…«

Nachdem er mir einen beinahe vorwurfsvollen Blick schenkt, sage ich schmunzelnd: »Okay, der große starke Krieger beißt mal wieder die Zähne zusammen.«

Er streckt sich auf dem Bett aus, während ich den Laser auf »Schneiden« stelle. »Langsam wird es zur Gewohnheit, dass ich dich operiere.«

Grinsend schaut er über seine Schulter. »Ich lasse eben nur Dr. Samantha Walker ran.«

Mein Herz flattert bei dieser Doppeldeutigkeit und meine Finger zittern. Jax macht es mir wirklich schwer, ihn zu operieren, ständig bringt er mich aus dem Konzept. Zum Glück brauche ich nur einen winzigen Schnitt zu machen, damit ich den Mini-Sender herausdrücken kann. Anschließend versiegele ich die Wunde.

Meine Sklavenzahl könnte ich mit einem entsprechenden Laser ebenfalls entfernen, aber die gibt es nur im Krankenhaus. Wahrscheinlich werde ich sie bis an mein Lebensende tragen.

»Soll ich den Chip zerstören?« Interessiert drehe ich das winzige blutverschmierte Metallstück zwischen meinen Fingern.

Jax nimmt es mir ab und legt es auf den Nachttisch. »Nein, sonst verschwindet das Signal und wir haben sofort meine Kollegen vor der Tür stehen, um nachzuschauen, ob alles in Ordnung ist. Solange der Sender funktioniert, denkt der Senat, ich bin mit dir hier, während wir längst weg sind.«

Ich schlucke und fasse an mein Halsband. »Falls Mark nicht weiß, wie man das Ding gefahrlos abmacht, wirst du allein gehen müssen.« Mit hängenden Schultern stehe ich auf, um mir im Badezimmer die Hände zu waschen. Plötzlich drückt eine Riesenlast auf mich. Ich möchte nicht, dass sich unsere Wege trennen. Außer Jax habe ich niemanden mehr.

Als ich zurückkomme, starrt er mich düster an. »Falls das mit dem Halsband oder der Flucht schief läuft, ist es vielleicht das letzte Mal, dass wir zusammen sein können.« Er nimmt meine Hand und zieht mich zu sich aufs Bett.

Ich weiß genau, worauf er anspielt, weshalb ich mich seufzend an seine nackte Brust schmiege. »Dann sollten wir das Beste draus machen.«

»Das Beste liegt neben mir.« Er schenkt mir einen so durchdringenden Blick, dass es mir schon wieder heiß wird.

Jax dreht sich mit mir herum und ich bleibe auf dem Rücken liegen. Sein Mund kommt näher, mein Puls flattert.

Himmel, ich will ihn so sehr, dass es beinahe schmerzt.

Ich schiebe meine Finger in sein kurzes Haar, genieße, wie weich es ist, und streichle über seinen Kopf. Dabei fährt er unter mein Shirt und berührt meine Brust.

Als unsere Lippen miteinander verschmelzen, fühlt es sich an, als hätte ich nie einen anderen Mann geküsst. Sein Kuss ist wie für mich gemacht, er bringt alles in mir zum Glühen und Beben. Er ist wie ein Lebenselixier, von dem ich nie genug bekommen kann.

Falls ich zurück ins Gefängnis muss, wird die Erinnerung an seine Berührungen mich am Leben erhalten und mich gleichzeitig tausend Tode sterben lassen. Ich vermisse Jax jetzt schon.

Ungestüm teilt seine Zunge meine Lippen, dann küsst er mein Kinn, meine Wangen, mein Ohr.

»Findest du meinen Hals wirklich fesselnd?«, frage ich atemlos.

»Alles an dir ist fesselnd.« Er schlüpft mit den Fingern unter meinen BH. Sein Daumen kreist auf meiner Knospe, sodass sie sofort hart wird und sich ihm entgegenreckt. Gleichzeitig schießen glühende Impulse in meinen Unterleib.

Als ich meine Hose öffne, nimmt er meine Hand weg. »Stell dich vor das Bett und zieh dich ganz langsam für mich aus.«

Vor Aufregung kribbelt meine Haut, als würden winzige Insekten daran nagen. Meine Knie sind weich, trotzdem rutsche ich vom Bett und stelle mich davor.

Zuerst streife ich mein Shirt ab, unter dem ich einen roten Spitzen-BH trage.

Jax' Augen werden groß. »Das hast du vorhin gekauft?«

»Du solltest in Zukunft besser darauf achten, wofür deine Sklavinnen dein Geld ausgeben«, sage ich und kicke die Schuhe von den Füßen. Dann folgt die Hose, und der fast durchsichtige Slip kommt zum Vorschein.

»Verruchtes Weib«, murmelt er, wobei er sich mit der Hand über den Mund fährt. Unter seiner schwarzen Shorts zuckt es und eine gewaltige Beule beginnt sich abzuzeichnen. Provozierend reibt er an seinem Schritt. »Ich will dich ganz nackt sehen.«

Ich löse den BH, danach steige ich langsam aus dem Höschen.

Jax' glühender Blick reicht aus, dass ein köstliches Ziehen durch meine Brüste rast.

»Jetzt komm her.«

»Du befiehlst sehr viel«, sage ich schmunzelnd. Aber ich gehorche, da ich ihn endlich spüren will. Auf allen vieren krieche ich auf ihn zu.

»Zuerst tust du, was ich sage«, raunt er, »danach wirst du ausgiebig verwöhnt. Geben und Nehmen.«

»Ich bin dafür, dass wir gleich zum Nehmen kommen.« Mutig schlüpfe ich mit der Hand in seine Hose und umschließe seine Härte. Warm pulsiert sie gegen meine Hand.

Knurrend wirft Jax mich auf den Rücken. »Du bist doch niemals so unschuldig, wie du vorgibst. Für wie viele Männer hast du bisher die Beine breitgemacht?«

Ich wollte gewiss keinen falschen Eindruck erwecken und hatte gehofft, es würde ihm gefallen, wenn ich forscher rangehe, aber er steht wohl eher auf unerfahrene Frauen? »I-ich habe nur mit Mark geschlafen. Vielleicht zehn Mal.«

»Zehn Mal?« Seine Stirn legt sich in Falten und er lächelt herablassend. Selbst dieses arrogante Grinsen steht ihm ausgezeichnet. »Tatsächlich?«

»Wirklich«, hauche ich. Bei Mark habe ich mich auch nie so verrucht aufgeführt, ich weiß auch nicht, was Jax mit mir macht.

Langsam spreizt er mit dem Knie meine Beine, damit ich mich für ihn öffne. Ich glaube, ein leises Schmatzen zu vernehmen. Himmel, bin ich schon so feucht für ihn? Nur weil er wie ein Herrscher über mir kniet und mir Befehle erteilt?

Adrenalin rauscht durch meine Adern. Gleich werde ich wissen, wie es sich anfühlt, mit Jax verbunden zu sein.

»Ich kann nicht langsam sein, kann mich heute nicht zurückhalten«, raunt er. »Es ist ewig her …«

Ewig? Vielleicht drei Monate, und da hat er sich gewiss mit dieser schwarzhaarigen Sklavin vergnügt. Außerdem hab ich ihn doch gestern erst … Mensch, Sam, hör auf, eifersüchtig zu sein. Jax gehört dir nicht!

Er gehört dem Volk. Dem Senat.

Eigentlich ist er mein Feind.

»Hörst du, Sam?«

Die Ader an meinem Hals pocht hart. Ich habe Angst vor Schmerzen, denn Jax sieht riesig aus, sein Penis ist viel größer als der von Mark, andererseits kann ich es kaum erwarten, ihn in mir zu spüren. »Ich weiß, dass du mir nicht wehtun wirst«, sage ich leise und streichle über sein angespanntes Gesicht.

Seine Kiefer mahlen, er presst die Lider zusammen. »Frau …«, knurrt er. »Du denkst zu gut über mich.«

Ich schließe ebenfalls die Augen und warte darauf, dass er mich mit einem harten Stoß nimmt, aber plötzlich rutscht er zwischen meine Schenkel, drückt sie an den Kniekehlen an meinen Bauch und vergräbt seinen Mund in meiner intimsten Stelle.

Vor Überraschung kreische ich auf. Jax leckt mich hart, wie gestern unter der Dusche, und saugt an meinem Kitzler.

Meine Hüften stoßen ihm wie von selbst entgegen, meine Vagina kontrahiert, mein rasender Puls klopft bis in meine Klitoris. Himmel, dieses Gefühl macht mich süchtig! Jax schiebt zwei Finger in mich und spreizt und krümmt sie.

Was macht er da nur? Dieses Lustgefühl … Er macht mich verrückt! Seine Zunge tanzt weiterhin auf meinem empfindsamen Punkt, während seine Finger in mir wühlen.

Ihm liegt etwas an mir, ganz bestimmt, denn er möchte mir wirklich nicht wehtun, sondern mich vorbereiten.

»Du bist feucht genug«, knurrt er und leckt seine Finger ab. Dabei schaut er verklärt zu mir auf. Ich kann meine Lust riechen und er auch, denn seine Nasenflügel blähen sich. Wie ein wildes Tier liegt er zwischen meinen Beinen auf der Lauer. Noch einmal beugt er sich über mich und spreizt meine Schenkel, während er fast schon schmerzhaft zärtlich meine Schamlippen küsst.

Ich will mehr, will es härter!

Abrupt zieht er mich nach unten, so weit, dass meine Füße aus dem Bett hängen, und kriecht über mich, bis seine Erektion gegen meine Wange stupst. »Und jetzt mach mich schön nass, damit ich für dich passe.«

Ich öffne den Mund, um ihn einzulassen. Dabei rast mein Herz. Himmel, ich habe das noch nie getan! Ich habe mich nicht getraut, Mark zu fragen, ob ich ihn in den Mund nehmen darf, und er hat nie Anstalten diesbezüglich gemacht.

Die dunkelrote Kuppe liegt genau vor meinen Lippen. Sie ist prall und glänzt. Behutsam kitzele ich sie mit der Zungenspitze und schmecke den salzigen Tropfen, der aus dem Schlitz perlt. Dabei betrachte ich seinen Penis genau, die feinen Verästelungen der Adern, die Narbe und den dicken Schaft.

Jax dringt ein und füllt mich aus, sodass ich beinahe würgen muss. Sofort zieht er sich ein Stück zurück und ich kann meine Zunge um ihn kreisen lassen. Ab und zu sauge ich vorsichtig an ihm, wobei das Jax jedes Mal ein Stöhnen entlockt.

»Du bist wirklich unschuldig, Kleine«, raunt er.

Mein Herz verkrampft sich. »Ist das schlimm?«, frage ich, nachdem er sich zurückgezogen hat.

Er nimmt seine Erektion in die Hand, um mit der Eichel an meinen Lippen entlangzufahren. »Nein, das ist gut. So kann ich dir zeigen, wie ich es möchte, und kann dir alles beibringen, was du über Sex wissen musst. Außerdem mag ich es, wenn Frauen unerfahren sind. Ich mag ihre Unsicherheit und ihre Ängste. Das erregt mich.«

Ich schlucke. »Es macht dich an, wenn sie sich vor dir fürchten?« Hat er etwa so eine perverse Ader wie Blaire?

»Ich … kann es schlecht beschreiben. Ich mag ihnen nicht wirklich wehtun, aber ich liebe es, wenn sie jammern, winseln und flehen. Auf lustvolle Art. Nur wenn sie … nur wenn du es magst, was ich mit dir anstelle, gefällt es mir auch.«

Erleichtert atme ich auf. »Ich fürchte nur deinen dicken …« Sofort beiße ich mir auf die Zunge. Hilfe, was rede ich denn da?

Jax rutscht tiefer, sodass sein Gesicht über mir schwebt. Er grinst breit. »Was wolltest du sagen?«

»Nichts«, hauche ich. Wieso sieht der Kerl so fantastisch aus? Allein sein Sexappeal ist eine Waffe.

Er kneift die Lider zusammen und zwickt mich leicht in eine Brustwarze, sodass ich aufstöhne. Der sanfte Schmerz schießt direkt zwischen meine Beine.

»Du sollst mich nicht anlügen«, flüstert er bedrohlich an meinen Lippen, doch ein Funkeln liegt in seinen Augen. »Und ich will, dass du die Dinge beim Namen nennst.«

Mein Gesicht beginnt zu glühen. Mit Mark habe ich nie über meine Gelüste geredet. Nur wenige Male habe ich mich verschämt angenähert, weil ich neugierig war, wie es sich anfühlt, mit einem Mann intim zu werden. Als es nicht ganz meinen Vorstellungen entsprach und Mark ebenfalls nicht wild nach körperlicher Vereinigung war, haben wir es beim Kuscheln belassen.

Mit Jax ist alles anders. Mit ihm könnte ich immer und möchte die ausgefallensten Dinge tun, obwohl wir noch nie miteinander geschlafen haben. Hat er mich mit einer Krankheit infiziert, die süchtig nach Sex macht?

Ich räuspere mich. »Es fällt mir schwer, es auszusprechen.«

»Bei mir darfst du sein, wer du wirklich bist, Sam«, raunt er und küsst mich.

Als mich seine heißen Lippen treffen, möchte ich lachen und weinen zugleich. Wie sehr sehne ich mich danach, mich fallen zu lassen, mich Jax' Führung zu überlassen. Ich will es versuchen. Weil ich ihm vertraue.

Ein weiteres Mal schiebt er seinen Unterleib über mich. Ich reibe meine Nase an seinen Hoden, sauge den männlichen Moschusduft ein und lecke mir über die Lippen. Schon dringt die Kuppe wieder in meinen Mund.

»Speichel ihn ein. Jaaa…« Ein tiefes Stöhnen vibriert in seiner Brust, dann zieht er sich rasch zurück. Erneut begibt er sich zwischen meine Beine, spreizt sie und drückt seine Eichel gegen meinen Eingang.

Langsam dringt er in mich ein, Stück für Stück. »Du bist wirklich eng.«

»Ich hab dich auch nicht angelogen. Ich hab wirklich nicht oft … aah.« Seine Spitze hat die erste Enge durchbrochen und gleitet tiefer in mich. Sein Schaft dehnt meine Scheidenwände und drückt meine Schamlippen zur Seite. Alles spannt, doch dieser Dehnungsschmerz treibt mich dem Höhepunkt rasch näher.

Seine Augen funkeln. »Oder Mark hatte einen winzigen Schwanz.«

»Jax!« Sagt der Kerl immer, was er denkt? »Du bist eben größer als der Durchschnitt.«

»Und du wirst passen. Du brauchst nur öfter einen Schwanz in dir, dann wirst du weiter.«

Seine Worte lassen meine Scheidenmuskeln kontrahieren. »Verordnest du mir gerade eine Therapie?«

»Sie kommt uns doch beiden zugute, oder?«, raunt er und leckt über meine Unterlippe. »Ich massiere dich mit meinem Schwanz, während deine Pussy mich durchknetet.«

»Wenn ich überlebe, darfst du jeden Tag deine Lust an mir befriedigen.«

Er keucht in meinen Mund. »Sag das nicht.«

»Was? Das mit dem Befriedigen oder Sterben?« Mein Herz verkrampft sich zeitgleich mit meinem Unterleib. Ich möchte jetzt nicht weinen, sondern mich Jax hingeben.

»Beides. Du weißt gar nicht, wie sehr es mich anmacht, wenn du sagst, dass ich meine Lust an dir stillen darf. Aber du wirst überleben, und dann werde ich dir jeden Tag so viel Vergnügen bereiten, wie du verkraften kannst.« Er gleitet tiefer in mich, und meine inneren Muskeln kontrahieren erneut. Dabei verschmelzen unsere Blicke. Ich verliere mich in Jax' blauen Augen, mein Körper scheint sich von der Matratze zu heben. Ich schwebe wie auf Wolken, während er mein Inneres dehnt und mich in Sphären trägt, die ich bisher nie gesehen habe.

Während er an meinen Brüsten saugt und mich langsam stößt, schlinge ich die Beine um ihn und streichle seinen Rücken. »Jax«, wispere ich hilflos und kralle die Finger in ihn. »Jax …« Ich erreiche den Höhepunkt zur selben Zeit wie er. Während ich spüre, wie er sich in mir ergießt und mich dabei mit glühenden Blicken mustert, kann ich nur fast reglos unter ihm liegen. Ich genieße die tiefen, langsamen Stöße und die Ekstase, die wie warmer Honig zwischen meinen Beinen zerrinnt und bis in meine Fingerspitzen fließt, zurückkommt wie eine Flutwelle und in meinem Kopf explodiert.

Mein erster Orgasmus, während ich mit einem Mann schlafe – niemals hätte ich gedacht, dass es sich derart überwältigend anfühlt, so eng mit jemandem verbunden zu sein und gemeinsam den Gipfel zu erstürmen. Ich glaube, ich möchte das noch unzählige Male erleben.

Als ich selig grinse, errät er anscheinend meine Gedanken, denn er sagt: »Das war erst der Anfang, Kleine, warte, bis ich meine alte Form wiederhabe.«

Kapitel 5 – Rivalitäten

Was ist das für ein nerviger Ton?, denke ich im Halbschlaf, bis ich die Augen aufreiße und mich im Bett aufsetze. »Es klingelt!«

Jax steht bereits neben dem Bett und knöpft seine Einsatzhose zu. Ansonsten trägt er nichts am Leib. »Das muss Mark sein.«

»Warte!« Ich springe so schnell auf, dass mir schwindlig wird, und sammle meine Kleidung ein. Dann verschwinde ich im Badezimmer. Hastig ziehe ich mich an, wobei ich mich fühle, als wären wir bei etwas Verbotenem erwischt worden. Mein Haar ist durcheinander, der Geruch unserer Aktivitäten liegt im Raum. Mark wird wissen, was wir getan haben.

»Samantha!«, ruft er, nachdem ich notdürftig mit dem Kamm, der auf dem Waschbecken lag, mein Haar entwirrt und das Badezimmer verlassen habe.

»Mark!« Ich schließe ihn fest in die Arme und vergrabe meine Nase in seiner Halsbeuge, um sein gewohntes Aftershave zu inhalieren. Er riecht so vertraut. Es tut gut, ihn zu umarmen, auch wenn ich weiß, dass er körperlicher Nähe eher weniger abgewinnen kann.

Möglichst schnell gehe ich auf Abstand. Sein blondes Haar ist akkurat gekämmt, er wirkt stets frisch rasiert und wie aus dem Ei gepellt, sein Designeranzug zeigt keine Falten. Er ist das Gegenteil von Jax.

Der steht mit verschränkten Armen vor uns und beobachtet uns mit hochgezogenen Brauen. Neben Mark ist er ein Riese. »Wir brauchen Ihre Hilfe, Mr. Lamont.«

»Das dachte ich mir schon«, erwidert Mark mit einem Blick auf meine Halsfessel. Dann beäugt er Jax. Der hat die Arme immer noch vor der nackten Brust verschränkt, weshalb seine Muskeln besonders zur Geltung kommen.

»Hat er dir was getan, Samantha?«, fragt mich Mark, wobei er Jax nicht aus den Augen lässt.

»Nein, er behandelt mich gut.« Hastig wende ich mein glühendes Gesicht ab, denn Jax durchbohrt uns beide abwechselnd mit seinen Blicken.

»Okay, dann schau ich mal, was ich für dich tun kann. Ich brauche nur euer Ehrenwort, dass ich niemals hier war und mit der Sache nichts zu tun habe! Die Chatnachricht habe ich bereits unwiederbringlich gelöscht.«

»Ehrenwort«, erwidere ich hastig, und Jax sagt: »Mein Wort als Krieger.« Immer noch schaut er Mark finster an. »Warum helfen Sie uns?«

Mark stellt seinen Arztkoffer, ohne den er nie das Haus verlässt, auf den Glastisch im Wohnbereich. »Ich mache das nur, weil mir Samantha viel bedeutet.«

Mein Herz macht einen Satz. Mir bedeuten seine Worte auch viel.

Die Männer messen sich weiterhin mit düsteren Blicken. Was soll diese unterschwellige Aggression? Hallo, hier geht's um mein Leben!

Mark durchtrennt als Erster den Blickkontakt und holt ein kleines Gerät aus dem Koffer. Es sieht wie eine Fernbedienung aus.

»Was ist das?« Neugierig stelle ich mich neben ihn, und auch Jax gesellt sich zu uns.

»Damit kann ich den Sender in der Fessel deaktivieren, damit kein Alarm ausgelöst oder die Injektion aktiviert wird, wenn du die Wohnung verlässt. Ich habe das Gerät gebaut, es erfüllt mehrere Zwecke.«

Er hat das Teil selbst gebastelt? Oh, oh, das hört sich nicht gut an, obwohl ich Vertrauen in Marks Fähigkeiten lege. »Du kannst mir das Halsband doch gefahrlos abnehmen?«

»Leider kann ich nur den Alarm und die Fernzündung ausschalten. Die tödliche Injektion wird sich auf jeden Fall aktivieren, sollten wir versuchen, die Fessel abzumachen. Wenn ich gewusst hätte, dass du sie eines Tages tragen musst, hätte ich eine Hintertür offengelassen.«

Mein Magen verkrampft sich und meine Stimme zittert. »Heißt das, ich habe dieses Ding für immer am Hals?«

»Es tut mir wirklich leid, Samantha«, sagt er leise und tippt einen Zahlencode in die Fernbedienung. Als ein Piepton folgt, zucke ich zusammen. Ein Lämpchen auf dem Gerät leuchtet rot. »So, deaktiviert.«

»Ich werde ihr das Ding jetzt trotzdem abnehmen«, knurrt Jax und packt mich an den Schultern. Sein Blick ist so finster, dass er mir Angst macht.

Nach Luft ringend weiche ich zurück und lege die Hand auf das Metall. »Bitte nicht!«

Sofort drängt sich Mark zwischen uns und drückt ihm eine Hand auf die Brust. »Das dürfen Sie nicht, es wird sie töten!«

Wow, Mark ist echt mutig, sich mit einem Warrior anzulegen. Ich muss ihm tatsächlich viel bedeuten.

»Wo kommt die Injektion raus?«, fragt Jax ungehalten. Dabei wischt er Marks Hand weg, als wäre sie ein lästiges Insekt.

»Genau hier.« Er zeigt ihm eine Stelle unter meinem Ohr, die ich leider nicht sehen kann.

Abrupt lässt Jax mich los. Mit raumgreifenden Schritten marschiert er durch die Wohnung und reißt den Kleiderschrank auf. Er hat einen Safe darin. Nachdem er seinen Daumen auf den Scanner gedrückt hat, springt die massive Tür auf und ich erkenne Messer, Wurfsterne, Pistolen …

»Was hast du vor?« Meine Knie werden weich, ich kann kaum sprechen. Ängstlich greife ich nach Marks Hand. Mein ehemaliger Partner ist bleich, aber er legt mutig einen Arm um meine Schultern und zieht mich an sich, während Jax mit einem Messer in der Hand zurückkehrt.

»Das Ding ist eine tickende Zeitbombe. Wir müssen es entfernen!« Die Klinge blitzt vor meinen Augen auf. Sie ist nicht lang, vielleicht fünfzehn Zentimeter, aber sie besitzt an einer Seite furchterregende Zacken wie eine Knochensäge.

»D-du hast Waffen hier?« Ich dachte, die werden den Soldaten nach den

Einsätzen abgenommen?

»Als Warrior darf ich auch privat welche besitzen. Dein Glück.«

Wieso klingt er so ungehalten? Ist er sauer, weil er mich retten muss, da er mich noch braucht?

Kalter Schweiß drängt aus jeder Pore und ich unterdrücke den Wunsch, wegzulaufen.

»Wenn ich die Schneide zwischen Hals und Fessel schiebe, kommt die Nadel nicht durch.«

Mark schüttelt den Kopf. »Das Gift wird daran vorbeilaufen. Es ist so hoch konzentriert, dass es selbst durch die Haut noch tödlich ist. Es darf wirklich nichts in ihren Körper gelangen«, sagt er scharf und setzt leiser hinzu: »Oder in unsere.«

Jax kneift die Lider zusammen. »Ich könnte den Ring unter der Dusche aufbrechen.«

Mark schnaubt. »Damit sich das Gift überall verteilt?«

Während die Männer hitzig diskutieren, lasse ich mich aufs Bett sinken. Mir ist schlecht, und die Lasagne möchte den verkehrten Weg nach draußen nehmen. Ich höre kaum, wie die beiden streiten, weil sich alles dreht und Flecken vor meinen Augen tanzen.

Plötzlich ist Mark wieder bei mir und schmiert mir etwas Fettiges auf den Hals. »Was ist das?«, frage ich schwach.

»Eine Salbe, um die Poren zu verschließen.« Er benutzt einen Spatel, um die Creme unter meiner Fessel zu verteilen. Danach sehe ich erneut das Messer vor meinen Augen aufblitzen.

»Du musst ganz stillhalten«, sagt Jax, während seine Hand näherkommt. »Ich darf die Haut nicht verletzen.«

Ich schlucke hart, jeder Muskel bebt und meine Zähne schlagen aufeinander. Mittlerweile ist mein Shirt mit Schweiß durchtränkt.

»Hör auf zu zittern«, befiehlt Jax, woraufhin ich ihm in die Augen sehe. Sie sind dunkel, fast schwarz. Wo ist das lebendige Blau hin?

Er reibt sich über das Gesicht und starrt mich eindringlich an. »Bitte, oder ich schneide dich.«

»Ich kann nicht«, wispere ich und zitterte nur mehr. Was, wenn es schiefgeht?

»Wir legen sie aufs Bett.« Wieder Marks Stimme. Ich fühle kaum, wie er mich auf die Matratze drückt. Alles ist so weit entfernt, als würde ich träumen. »Ich halte sie fest.«

Mein Kopf wird auf die Seite gedreht, wehrlos lasse ich alles über mich ergehen. Mark stopft Tücher in meinen Ausschnitt und deckt alles ab, wohl, damit das Gift aufgesaugt wird. Wie viel davon ist denn in diesem Halsband?

»Okay, jetzt«, sagt Jax.

Die kalte Klinge gleitet Millimeter für Millimeter zwischen den Ring und meinen Hals, bis sie festklemmt. Ich traue mich nicht zu schlucken, kneife die Lider zusammen und halte die Luft an, doch mein Körper zittert unaufhörlich weiter.

»Ich zerreiße nun das Band.« Als sich auch noch Jax' Finger unter die Fessel schieben, beginne ich zu würgen. Der Druck auf meine Halsarterien ist enorm, mir wird schwarz vor Augen. »Jax …«, krächze ich. Meine Stimme klingt schwach und wie aus weiter Ferne. Ich strample mit den Beinen, während Mark meinen Kopf hält, als wäre er in einem Schraubstock gefangen.

»Mach endlich, Krieger!«, ruft er, dann knallt es unterhalb meines Ohres. Ich spüre einen Schlag, dann bekomme ich endlich wieder Luft.

Mehrere Hände wischen hektisch an meinem Hals herum, während ich nach Sauerstoff schnappe. Ein feuchter Lappen reibt über meine Haut und ich vernehme Marks Stimme. »Das müsste reichen«, sagt er und streift sich Gummihandschuhe ab.

»Ist es weg?«, wispere ich, wobei Tränen über meine Wangen laufen.

Jax reißt mich in seine Arme und drückt mich an sich. »Du hast es geschafft.«

»*Du* hast es geschafft. Danke.« Zitternd hänge ich in seinem Griff und weine, kralle die Finger in sein Haar und spüre, dass sein Nacken kalt und feucht ist.

Über seine Schulter starre ich auf Mark, der Papiertücher einsammelt und seine Tasche schließt. Er ist weiß im Gesicht. »Das war verdammt riskant!«

Ich löse mich von Jax, um auch meinen alten Freund zu umarmen. »Ich werde nie vergessen, was du für mich getan hast. Ohne deine Hilfe wäre ich …« Neue Tränen hindern mich am Sprechen. Ich bin den beiden so dankbar, ich kann es kaum in Worte fassen.

Nach einem Kuss auf die Wange lasse ich Mark los, um mich zu setzen. Meine Knie sind butterweich und ich friere, weil ich nassgeschwitzt bin. Ständig muss ich mir an den Hals fassen. Die verdammte Fessel ist weg, Jax nimmt sie und wirft sie in der Küche in den Müll.

Befreit atme ich auf. »Und wie geht es jetzt weiter?«

Jax hockt sich neben mich aufs Bett. »Ich muss dringend an die Aufzeichnung aus dem Krankenhaus herankommen von dem Tag, als mein Bruder getötet wurde.«

Mark setzt sich ebenfalls neben mich und fährt sich über den Nacken. »Die Szene ist gelöscht, ich habe längst nachgesehen.«

Ich greife nach seinem Arm und erstarre. »Wieso hast du nichts …« Er hat nichts gesagt, aus demselben Grund wie Jax.

Entschuldigend und zugleich reuevoll sieht er mich an. »Sie haben alle Beweise vernichtet. Was hätte ich tun sollen?«

Sie hätten ihn auch eingesperrt.

»Gibt es denn keine Möglichkeit, an ein Backup zu kommen?«, will Jax wissen. Seine Brauen haben sich so eng zusammengeschoben, dass sich zwei Falten dazwischen gebildet haben.

»Das gibt es, aber dazu müsste ich das Hauptkabel des Zentralrechners anzapfen.« Mark seufzt hörbar. »Ich habe nur keine Ahnung, wie ich dort hinkomme.«

»Wo ist es?« Jax springt auf und tigert unruhig vor uns hin und her.

»Unter der Stadt. Alle Aufzeichnungen werden auf dem Hauptrechner des Senats gespeichert. Selbst wenn die Daten dort gelöscht wurden, kann ich sie wiederherstellen, solange sie nicht überschrieben wurden.«

Durch schmale Lider starrt Jax ihn an. »Wenn ich Sie durch die Kanalisation zum Regierungsgebäude bringe, kommen Sie an die Daten?«

»Ich kann es zumindest versuchen«, antwortet Mark schulterzuckend.

»Dann los!« Jax sprintet zum Schrank und reißt zwei Rucksäcke heraus. Einen wirft er mir zu. »Pack alles ein, was du zum Essen findest.«

Hastig ziehe ich mein nasses Shirt aus und ein neues über, wobei ich den Männern den Rücken zudrehe, danach stopfe ich alles, was ich an Kleidung besitze in die Tasche. Aus dem Kühlschrank hole ich die Lebensmittel. Es sind nicht viele, ein paar verschweißte Fertigprodukte, Trockenfleisch und Nüsse. In der Tür stehen zwei Wasserflaschen, die packe ich ebenfalls ein.

»Wir kommen nicht mehr zurück, oder?«, frage ich, während ich Jax beobachte, wie er sich erst sein schwarzes T-Shirt, dann eine kugelsichere Weste überstreift und Munition in den Rucksack packt.

»Nein«, sagt er kühl und kritzelt etwas auf ein Stück Papier.

»Was schreibst du?«

»Ich hinterlasse Jimmy den Code zu meinem Banksafe. Dort drin wird der Junge einen Abschiedsbrief und andere Dinge finden, die ich ihm gerne geben würde. Außerdem habe ich ein Konto für ihn eingerichtet.«

»Du hast das schon länger geplant?«

»Hm«, brummt er, ohne mich anzusehen, und steckt sich eine Handfeuerwaffe in den Hosenbund.

Hinter meinem Brustbein zieht es. Für ein paar Sekunden muss ich auf den sexy Krieger starren, dessen Hose tief auf den schmalen Hüften sitzt und sich über seinen Knackpo spannt. Der Mann hat ein Herz, er ist alles andere als kalt und grausam.

♥♥♥

Gemeinsam mit Mark fahren wir fünf Minuten später mit dem Aufzug in den Keller. Ständig schaut sich Mark um. »Gibt es hier Kameras?«

»Nicht, dass ich wüsste«, erwidert Jax. »Hat Sie jemand gesehen?«

»Ich denke nicht. Ich bin über die Tiefgarage reingekommen und niemandem über den Weg gelaufen.«

Der Lift hält eine Etage unter der Garage. Dort befinden sich Anschlussräume, Rohre und Stromleitungen. Eine Stahltür, die mit einem Zahlencode gesichert ist, versperrt uns den Weg.

»Wo führt die hin?«, frage ich Jax, der bereits eine Kombination eingibt.

»In die Kanalisation. Falls es einen Notfall gibt und sämtliche Warrior sofort anrücken müssen, können wir gleich von zu Hause aus starten.«

Daher auch die Waffen in seinem Safe!

»Bisher ist das allerdings noch nie geschehen.«

Die Tür öffnet sich, und Jax drückt Mark eine Taschenlampe in die Hand. »Folgt mir, aber leise. Da unten gibt es zu viele Ohren.«

Sofort schlägt uns ein penetranter Geruch nach Kloake und Verwesung entgegen, woraufhin ich ein Würgen unterdrücke. Wir folgen Jax durch die Tür eine Treppe nach unten in die Dunkelheit. Gott, das ist sein »Arbeitsplatz«?

Nach der letzten Stufe bleibt er stehen und bedient seinen kleinen Computer am Handgelenk. Es erscheint wieder das leuchtende, dreidimensionale Bild der Abwasserkanäle.

»Da ich meinen Chip nicht mehr habe, ist meine Position nicht vermerkt und ich kann das Navi nicht benutzen, aber zum Glück kann ich den Plan wie eine gewöhnliche Karte verwenden und kenne die meisten Gänge hier unten wie meine Westentaschen.« Grinsend klopft er sich auf seine Schutzweste, die voller Waffen hängt: kleine Granaten und Wurfsterne. Wenn ich mir vorstelle, dass er diese Dinger auf Menschen schleudert, erschaudere ich.

»Kommt, wir haben nicht viel Zeit. In spätestens zwei Tagen, wenn ich nicht zum Dienst erscheine oder die Wächter Sam abholen wollen, weiß das Regime, was los ist, und sie werden sämtliche Einheiten auf uns hetzen. Bis dahin brauchen wir ein sicheres Versteck.«

Ein sicheres Versteck in dieser Stadt? Da hat eine Ratte im Karton ja mehr Versteckmöglichkeiten. »Ich hoffe, du hast einen Plan«, murmele ich und bleibe dicht bei Mark. Seine Taschenlampe spendet kaum Licht, was wohl Absicht ist, damit uns niemand zuerst entdeckt. Wir sehen gerade mal Jax' Hosenbeine vor uns. Hoffentlich gibt es hier keine Schächte!

»Bleibt immer hinter mir, es ist nicht weit.«

Ich höre Geraschel, Tapsen und leises Quieken und möchte nicht wissen, wer oder was hier unten alles haust. »Werden wir auf Rebellen oder Warrior stoßen?«

»Schon möglich, wobei wir meinen Brüdern ausweichen können, sie werden mir angezeigt und ich weiß ungefähr, wo wir uns befinden.« Er deutet auf eine weiße Linie auf der Karte, bevor er sie ausschaltet.

Ich erinnere mich an die grünen Punkte. In unserer Nähe scheint sich keiner zu befinden, eher am Stadtrand, soweit ich das erkennen konnte. Dann werden dort hoffentlich auch die Rebellen sein.

♥♥♥

Gefühlte zwei Stunden später bleibt Jax stehen, obwohl bestimmt nur zwanzig Minuten vergangen sind. »Da ist es!« Er deutet auf eine Treppe, und Mark lässt den Strahl der Lampe am Geländer entlanggleiten. Über uns liegt erneut eine Stahltür.

Mark möchte vorangehen, doch Jax hält ihn an der Schulter zurück.

»Wenn Sie hier in einem Stück rauskommen wollen, muss ich erst den Sprengsatz deaktivieren.«

»Sprengsatz?«, wispert Mark.

Ich schlucke hart und kralle mich an seiner Hand fest.

Jax öffnet eine beinahe unsichtbare Klappe in der Wand und tippt erneut etwas ein. »Jeder Zugang in die Stadt ist vermint und alarmgesichert, damit niemand durch die Kanalisation eindringen kann.« Nach einem leisen Summen öffnet sich die Tür und wir erreichen erneut einen Anschlussraum.

»Hier ist aber alles sicher, oder?« Mark schaltet die Taschenlampe aus, weil es eine Notbeleuchtung gibt. Es ist warm im Raum, alles ist voller Kabel und Rohre, ein elektrisches Brummen ist zu hören.

Jax zuckt mit den Schultern. »Das ist das Regime-Gebäude, darauf würde ich mich nicht verlassen. Ich gehe vor.«

Wir zwängen uns an den Rohren und Kabeln vorbei, denn der Gang ist schmal. Hoffentlich sind hier keine Wachen! Jax hält seine Pistole in der Hand, auch er rechnet wohl mit Gesellschaft.

»Das muss es sein!« Mark deutet auf ein dickes blaues Kabel, das in einen riesigen grauen Kasten mündet.

Jax nickt und lässt ihn vorbei. »Machen Sie schnell.«

Mark zieht ein Tablet aus seiner Tasche und stellt eine kabellose Verbindung her. Der Monitor leuchtet auf, eifrig tippt er darauf herum. Jax wirft immer wieder einen Blick über seine Schulter auf den Computer.

»Okay, bin drin«, sagt Mark leise. Dicke Schweißtropfen stehen auf seiner Stirn, seine Hände zittern. Obwohl er offensichtlich Angst hat, hilft er uns. Das werde ich ihm nie vergessen.

»Ich habe das Tablet so konfiguriert, dass es keine Spuren hinterlässt«, erklärt er, während er weiterhin eifrig etwas eintippt. Er gibt das Datum des Tages ein, als Cedric starb.

»Du hast dir den Tag gemerkt?«, frage ich.

Er nickt und schaut mich traurig an. »Diesen Tag werde ich wohl nie vergessen. Kennst du noch die genaue Uhrzeit?«

»Es war um 14.35 Uhr«, sagt Jax über seine Schulter.

Markt tippt wieder etwas ein und stößt einen leisen Fluch aus. »Verdammt, das Backup ist ebenfalls weg, sie haben echt an alles gedacht.«

»Fuck«, knurrt Jax.

Mein Magen ballt sich zusammen. Der ganze Aufwand, die Gefahr – alles umsonst? Schweiß bildet sich unter meinen Armen und am Rücken, wo der schwere Rucksack aufliegt.

Jax kommt zu uns, sein Gesicht ist vor Wut verzerrt. »Es muss doch möglich sein herauszufinden, wer meinen Bruder getötet hat. Der Mann muss ja ins Krankenhaus gekommen sein. Gibt es Aufnahmen vom Eingangsbereich?«

Mark nickt. »Würden Sie den Mann erkennen?«

»Ich denke schon«, antwortet Jax. »So einen lächerlichen Kinnbart hat ja nicht jeder.«

Ein Bild flackert auf, das die Anmeldung im Krankenhaus zeigt. Eine junge Frau sitzt hinter der Theke und empfängt die Besucher. Im Hintergrund ist die Eingangstür zu erkennen. Mark lässt das Video rückwärts laufen, bis Jax »Stopp« sagt. »Das ist er!« Er deutet auf einen großen braunhaarigen Mann, der durch die Tür kommt. Kurz wendet er der Kamera das Gesicht zu, sodass ich den Kinnbart erkenne. Er trägt einen weißen Kittel und ist zwischen dreißig und vierzig Jahre alt.

Mein Herz rast. »Das ist kein Arzt! Ich habe ihn noch nie gesehen.«

»Ich auch nicht.« Mit dem Handrücken fährt sich Mark über die Stirn. »Warum ist mir nicht eingefallen, diese Aufzeichnung anzusehen? Ich hätte auch erkannt, dass der Mann nicht zum Personal gehört.«

»Sie sind halt doch nicht so ein schlauer Kerl«, murmelt Jax hinter mir. Ich habe jedes Wort verstanden, doch Mark zum Glück nicht, denn er wendet sich zu ihm um. »Was haben Sie gemeint?«

»Können Sie mir das Bild des Typen in mein Handycom überspielen?« Jax deutet auf den kleinen Computer an seinem Handgelenk.

Mark nickt, und keine zehn Sekunden später schwebt über Jax' »Uhr« das dreidimensionale Bild von Cedrics Mörder.

Mark tippt weiterhin wie verrückt auf seinem Tablet herum.

Jax nimmt meinen Arm und schiebt mich in Richtung Tür. »Wir sollten gehen. Ich habe, was ich wollte.«

»Moment noch … Wenn ich schon mal so eine Gelegenheit habe …« Anscheinend überspielt Mark weitere Daten.

Jax reißt ihn von dem Kasten weg, die Übertragung bricht ab. »Wir verschwinden.«

»Gleich!«

»Nein, jetzt! Was hoffen Sie denn noch zu finden?«

»Da draußen passiert irgendwas. Der Funkverkehr zwischen zwei Partnerstädten ist seit Wochen abgebrochen, die Shuttleflüge dorthin gestrichen.«

»Warum?«

»Keine Ahnung, das hab ich ja eben versucht herauszufinden. Ich hatte Kontakt zu Dr. Nassau aus Royal City. Wir haben zusammen an einer wissenschaftlichen Arbeit geschrieben und er wollte mich besuchen. Der Senat behauptet, ein Satellit sei defekt, weshalb auch das Navi der Shuttles nicht funktioniert, aber das glaube ich nicht. Ich konnte einen Funkspruch von außerhalb abfangen, leider war er kaum zu verstehen, aber ich glaube, die Städte wurden von den Outsidern eingenommen.«

Hörbar sauge ich die Luft ein. »Oh mein Gott, herrscht da draußen Krieg und wir wissen von nichts?«

»Vielleicht wissen ja die Rebellen mehr«, sagt Jax ungehalten, »aber wir müssen jetzt wirklich los!«

Hastig packt Mark alles zusammen und wir steigen erneut in die Kanalisation ab. Jax versiegelt die Tür. Dann wendet er sich an Mark. »Ich bringe Sie zur Mall Street, dort gibt es einen Aufgang direkt in eine öffentliche Toilette, da können Sie unauffällig auftauchen.«

Mark nickt. »Danke.«

»Ich habe Ihnen zu danken, Mr. Lamont«, sagt Jax. »Ich bin dem Mörder meines Bruders ein Stück nähergekommen.«

♥♥♥

Nachdem wir erneut mehrere Minuten durch die Dunkelheit geschritten sind – wobei ich mich frage, wie Jax ohne Licht den Weg sehen kann –, packt er plötzlich Mark am Kragen und drückt ihn gegen die Mauer.

Mark entgleitet die Taschenlampe und ich höre ihn erstickt würgen.

»Jax, was machst du?!« Mein Herz schlägt wie verrückt, vor Anspannung stehe ich ohnehin unter Strom. Hastig hebe ich die Lampe auf und richte den Lichtstrahl auf die beiden. Jax blinzelt und starrt finster auf Mark, während dessen Kopf hochrot ist. Panisch schnappt er nach Luft und hält sich krampfhaft an Jax' Arm fest.

»Lass ihn los, du bringst ihn ja um!« Ich lege die Hand auf seinen Arm und spüre die harten Muskeln unter der Haut. Abermals wird mir bewusst, dass Jax eine Tötungsmaschine ist. Sein ganzer Körper ist darauf ausgelegt.

Langsam lockert er den Griff, und Mark ringt hektisch nach Atem. »Spinnen Sie, Mann? Erst helfe ich Ihnen und dann wollen Sie mich umbringen, oder was?«

»Ich traue Ihnen nicht«, knurrt Jax.

»Bitte, lass ihn gehen«, flehe ich schluchzend.

»Wenn er uns verpfeift, wird es hier innerhalb von Minuten von meinen Waffenbrüdern wimmeln und wir hätten keine Chance, uns ein Versteck zu suchen.«

Ich kann ihn und seine Ängste ja verstehen und rechne es ihm hoch an, dass er mein Leben schützen will, aber Mark hat oft genug bewiesen, dass er zu mir hält. »Er wird uns nicht verraten«, erwidere ich zittrig. »Bestimmt nicht.«

Mark versucht Jax' Hand wegzureißen, doch der lässt immer noch nicht los.

»Wer garantiert uns, dass er uns nicht verpfeift?«

»Ihr habt mein Wort!« Marks Blick wandert hektisch zwischen mir und Jax hin und her. Schweiß steht auf seiner Stirn. »Außerdem bin ich selbst dran, weil ich euch geholfen habe.«

»Und warum haben Sie das?«, zischt Jax. »Würde mich mal brennend interessieren.«

»Weil ich Samantha sehr schätze und die Machenschaften des Regimes schon lange nicht mehr gutheiße.« Seine angespannte Miene drückt Ekel, Wut und Frustration aus. »Ich bin Arzt, da gefällt es mir nicht, wie sie die Würde der Gefangenen verletzen. Es widert mich an.«

Meine Worte, denke ich und weiß, dass wir ihm wirklich vertrauen können. Seine Aussage baut mich auf. Gibt es vielleicht noch viel mehr Menschen da oben, die so denken wie wir?

Endlich lässt Jax ihn los. »Sollten Sie versuchen, uns reinzulegen, sind Sie der Erste, dem ich den Hals umdrehe.«

»Jax, es reicht!«, sage ich ungehalten und umarme Mark. Es ist vielleicht das letzte Mal, dass wir uns sehen. »Danke, für alles, Mark.«

»Ich wünsche dir alles Gute, Samantha«, flüstert er in mein Ohr. »Lass dir von dem Rohling nichts gefallen.«

»Er will mich nur beschützen. Ich habe seine sanfte Seite kennengelernt.«

Offenbar gefällt es Jax nicht, dass wir miteinander tuscheln, denn er sagt grollend: »Wir müssen los, Sam«, aber Mark und ich beachten ihn nicht. Soll er ruhig merken, dass er sich nicht wie ein Barbar verhalten muss.

»Falls du noch mal meine Hilfe brauchst, kannst du jederzeit zu mir kommen«, sagt Mark, ohne Jax anzusehen. »Falls sich die Outlander tatsächlich gegen die Städter verschwören, wird es bestimmt auch hier bald Krieg geben.«

»Jax wird mich beschützen, das weiß ich.« Ich küsse Mark auf die glatte Wange, hauche ihm ein weiteres »Danke« entgegen und löse mich von ihm.

Mit einem Finger zeigt er auf Jax. »Pass bloß gut auf sie auf, Krieger. Und jetzt bring mich hier raus.«

Jax wendet sich ab und murmelt etwas, das sich wie ein übler Fluch anhört, während ich seufzend hinter ihnen hergehe.

Männer …

Aber Marks Worte machen mir Angst. Krieg? Ich hoffe nicht, dass es jemals wieder dazu kommt …

Kapitel 6 – Im Untergrund

»Was machen wir jetzt?«, frage ich, nachdem wir Mark nach oben gebracht haben und wir wieder durch die Kanäle gehen. Jax hat die Taschenlampe an sich genommen und sie ausgeschaltet. Er hält mich fest, weil ich überhaupt nichts sehen kann. Wenigstens fühle ich mich an seiner großen Hand sicher.

»Wir werden die Rebellen suchen. Vielleicht finden wir sie bei den angegebenen Planquadrat-Parametern. Ced hatte mehr mit ihnen zu tun, als er mir erzählt hat, daher muss ich dort weitersuchen.«

»Sie werden dich töten!« Ich bin immer noch sauer auf ihn, wie er Mark behandelt hat, aber ich will nicht, dass er Hals über Kopf in sein Verderben läuft. »Du bist ein Warrior, das erkennt sogar ein Blinder, und die Rebellen hassen euch.«

»Ich habe keine andere Wahl. Dir werden sie vielleicht nichts tun, immerhin bist du eine Ausgestoßene, aber verlassen möchte ich mich darauf nicht. Bevor wir das Planquadrat erreichen, werde ich dich zu einem Tunnel bringen, der nach oben führt, und dir den Zahlencode zum Entsichern geben.«

Er will mich verlassen? Jetzt, wo er das Bild des Mörders hat, braucht er mich nicht mehr, oder was? Wütend knirsche ich mit den Zähnen. »Ich werde nirgendwo ohne dich hingehen, ich überlebe allein doch keine drei Sekunden. Oder sie sperren mich sofort wieder weg.«

»Kannst du mit irgendwelchen Waffen umgehen?«

»Natürlich nicht.« Außer, ich zähle die Waffen einer Frau hinzu und selbst die habe ich nicht im Griff. Für Jax scheine ich nicht so attraktiv zu sein, wie er vorgegeben hat, sonst würde er mich nicht wegschicken. Aber mein Aussehen ist alles, was ich habe, um ihn zu halten. Ich habe Angst, plötzlich auf mich allein gestellt zu sein, und versuche, die aufsteigende Panik herunterzuschlucken. Ich habe wirklich niemanden mehr, nicht einmal eine Familie. Meine Mutter hat mich allein großgezogen, nachdem sie die Genehmigung für eine Schwangerschaft erhielt. Ich weiß nicht einmal, wer mein Vater ist, die Samenzellen stammten aus einer anderen Stadt. Aber das war mir auch immer egal, denn meine Mom war eine tolle Mutter. Leider starb sie vor drei Jahren an einem Schlaganfall.

Während der Einäscherungszeremonie habe ich geweint und ein Jahr gebraucht, bis das Loch in meinem Herzen repariert war. Mark hat mir in der schweren Zeit sehr geholfen.

Vielleicht ist es ganz gut, dass meine Mutter nicht mehr lebt. Wenn sie wüsste, dass aus ihrer Tochter eine Sklavin geworden ist …

Jax drückt meine Hand. »Ich weiß, dass du wegen Mark sauer auf mich bist, aber ich traue niemandem mehr.«

»Mir auch nicht?«, frage ich leise. Er soll nicht hören, dass ich schon wieder heule, doch die Erinnerung an meine Mom hat alte Wunden aufgerissen.

Sanft drückt er meine Finger. »Du bist nicht wirklich eine Gefahr.«

»Ach, Danke schön«, erwidere ich verschnupft, und als ich über irgendetwas stolpere, macht mich das noch wütender, selbst, als sich sein Griff fester zuzieht. Ich strecke meine freie Hand aus, damit ich nirgendwo dagegenrenne. »Sag mal, siehst du überhaupt, wo wir hingehen?«

»Ich sehe genügend.«

»Wie?« Ich sehe rein gar nichts!

»Mir reicht das Restlicht aus, das durch Schächte oder Kanaldeckel fällt und sich bis hierher verirrt. Ich sehe besser als eine Katze.«

Mir stockt der Atem. »Wurde bei dir …«

»Ja, mein Erbgut wurde gentechnisch verändert.«

Ich wusste zwar, dass nur die besten Gene zur Züchtung der Warrior verwendet werden, aber dass sie auch mit tierischem Erbgut experimentieren, ist mir neu. Es dringen kaum Infos aus dem streng geheimen Genforschungslabor an die Ohren der Ärzte, die in anderen Abteilungen arbeiten.

»Widere ich dich nun an?«, fragt er nach einer Weile, wobei er beleidigt klingt.

»W-was? Wieso denkst du das?«

»Du bist plötzlich so still.«

Mit dem Daumen streichle ich über seine Finger. »Du widerst mich nicht an, ich bin nur überrascht.« Ich weiß so viele Dinge nicht, die im Hintergrund ablaufen. Der Senat verkauft uns alle für dumm. »Was ist an dir noch anders?«

»Warrior sind viel stärker als gewöhnliche Menschen, haben bessere Reflexe und sensiblere Sinne. Aber das sind alles menschliche Gene, nur modifiziert, ich bin sonst wirklich ganz normal.«

Er klingt, als würde er sich verteidigen.

»Dann hörst du auch besser?«, wispere ich.

»Hm.« Er bleibt stehen und raunt mir ins Ohr: »Hören, sehen, riechen, schmecken. Du schmeckst übrigens köstlich, ich habe noch nie etwas besseres gekostet.«

Dieser Mann ist immer so … ehrlich! Allein seine dunkle Stimme an meinem Hals sendet ein Pulsieren durch meinen Körper. Und irgendwie kann ich ihm nicht länger böse sein.

»Wo wir gerade von Katzen sprechen …« Er lässt mich los und der schwache Strahl der Lampe flackert auf. Endlich kann ich wieder etwas sehen. Doch was ich beobachte, erschreckt mich. Jax kniet auf dem Boden und streichelt eine grau getigerte Katze!

Ich versuche, ihn an der Schulter zurückzureißen, doch er hockt da wie ein Fels. »Nicht, du wirst krank!«

Katzen und Ratten verirren sich ab und zu über die Kanalisation von den Outlands in die Stadt. Dort werden sie von ausgebildeten Jägern aufgespürt oder mittels aufgestellten Fallen und Ködern getötet, da sie gefährliche Krankheiten übertragen. Außerdem sind sie verstrahlt.

Ohne sich aus der Ruhe bringen zu lassen, krault er das Tier hinter den

Ohren. »Bin noch nie krank geworden.«

Die Katze dreht sich auf den Rücken, streckt genüsslich ihre pelzigen Beine von sich und schnurrt. Ich kenne dieses Tier nur von Warnplakaten, aus Büchern und alten Aufzeichnungen, die noch aus der Zeit vor der Bombe stammen. Ich habe die Fauna, Flora und Erfindungen der vergangenen Ära studiert, weil mich das Leben, wie es einmal war, brennend interessiert. Leider habe ich kaum Inhalte über politische Ereignisse gefunden. Ich weiß jetzt auch warum: Das Regime hat sie alle vernichtet. Wir sollen wohl nicht wissen, wie sich die Menschen früher organisiert haben.

»Ich hätte gerne eine Katze als Haustier gehabt«, sagt er. »Das sind verdammt kluge Tiere. Zwar eigensinnig, aber irgendwie mag ich sie.«

»Wahrscheinlich, weil sie genau so eigensinnig sind wie du«, murmele ich und hocke mich neben ihn. Vorsichtig strecke ich die Hand aus. Was habe ich schon zu verlieren? Wenn ich überleben möchte, werde ich wohl in die Outlands fliehen müssen, wo ich wiederum wegen der Verstrahlung nicht lange am Leben bleiben werde.

Jax lächelt. »Diese Tiere sind mir wirklich ähnlich, vielleicht fühle ich mich auch deshalb so verbunden mit ihnen. Sie jagen hier unten die Ratten, ich die Rebellen.« Er räuspert sich. »Habe gejagt …«

Langsam streiche ich über das Fell. Es fühlt sich weich an, der Körper des Tieres ist warm. Sofort steht die Katze auf und reibt ihr Köpfchen an meinem Knie.

»Sie mag dich«, sagt Jax und seine Stimme klingt eine Nuance tiefer. »Aber wir sollten uns nicht zu lange an einem Ort aufhalten.« Er drückt auf sein Handycom, um die Position der Warrior zu überprüfen, bevor er aufsteht und mich auf die Beine zieht. Das Licht erlischt, und ich finde mich in seinen Armen wieder. Fest drückt er mich an seinen harten Körper.

»Wir sind gleich da«, flüstert er an meinen Lippen.

Mein Herz macht einen Satz. Will er mich küssen?

»Ich bringe dich jetzt in Sicherheit und gehe allein weiter.«

Nein, er will sich verabschieden. Mein Magen ballt sich zusammen. »Ich komme mit dir.«

»Sam, es ist zu …« Bevor er weitersprechen kann, küsse ich ihn. Wenn er mich schon verlassen will, möchte ich noch einmal seine weichen Lippen genießen, ihn schmecken und fühlen. Ich lasse meine Hände an seinen gestählten Oberarmen auf und ab gleiten und reibe mich an ihm. Dabei rast mein Puls. So bin ich nicht, aber ich will nicht, dass er geht. Ich brauche diesen Krieger, diesen Mann! Seinen Schutz und die Gefühle, die er in mir auslöst. Ich kann nicht mehr ohne ihn sein.

»Bitte, nimm mich mit«, flehe ich, während er mich hungrig küsst.

»Ich bringe dich nur in Gefahr«, murmelt er.

»Mehr in Gefahr sein als jetzt kann ich doch gar nicht. Ich fühle mich nur an deiner Seite sicher.«

Abrupt hört er auf mich zu küssen, hält mich aber weiterhin fest. »Du hast zu viel Vertrauen in mich. Du kennst mich nicht, Sam. Ich will meine

Rache. Ich will Blut fließen sehen. Du wirst mich … hassen.«

Mein Herz verkrampft sich. Hat er Angst, dass ich ihn verachte? Empfindet er womöglich doch etwas für mich? »Mein Leben wurde komplett umgekrempelt, Jax. Ich bin nicht mehr Dr. Samantha Walker, sondern nur noch eine Sklavin mit einer Nummer. Ich bin ganz unten angekommen, habe nichts mehr zu verlieren außer mein Leben. Und dieses Leben hat keinen Wert mehr für mich. Das Regime hat mir alles genommen und dich mir geschenkt. Es hat uns auf bestialische Weise zusammengeführt und miteinander verbunden. Ich möchte mich deiner Sache anschließen und kämpfen, weil ich sonst nichts habe, wofür es sich zu kämpfen lohnt. Lass mich dir helfen, und wenn ich nur mit Worten kämpfe und deine Wunden versorge.«

Als ich ende, höre ich für viele Sekunden bloß Jax' Atemzüge und das entfernte Tropfen von Wasser, bevor er sagt: »In dir steckt definitiv eine Kämpferin.«

»Dann nimmst du mich mit?«, frage ich hoffnungsvoll. Aufgeregt beiße ich auf meine Unterlippe.

Ich höre ein Schmunzeln aus seiner Stimme, als er antwortet: »Ich nehme dich mit, weil du mich ja sonst doch so lange nervst, bis ich Ja sage.«

»Danke.« Vor Glück werden meine Beine so weich, dass ich Jax fest umarme.

Er hält mich für einen Moment, und lässt mich viel zu bald los. Seine Stimme klingt streng. »Ich werde trotzdem allein das Planquadrat aufsuchen.« Als ob das sein letztes Wort ist, nimmt er mich an der Hand und zieht mich hinter sich her durch die Dunkelheit.

Mein letztes Wort ist in dieser Sache noch nicht gesprochen, aber das ist mir gerade egal, denn ich habe erreicht, dass ich bei ihm bleiben darf, und das ist im Moment das Wichtigste.

♥♥♥

»Du bleibst hier, bis ich zurückkomme, verstanden?« Jax drückt mir die Taschenlampe in die Hand. »Falls ich in zehn Minuten nicht wieder bei dir bin, wartest du, bis die Nacht hereinbricht, schleichst dich nach oben und suchst Mark auf. Wenn er wirklich loyal ist, ist er der Einzige, der dir dann noch helfen kann.«

»Du wirst zurückkommen«, antworte ich, trotzdem wiederhole ich im Geiste ununterbrochen den Zahlencode, der mich aus dem Untergrund bringt: 3 – 25 – 92 – 7 – 60. »Ich bin so nervös, dass ich die Kombination bestimmt vergesse. Allein deswegen musst du wiederkommen.«

Ich höre ihn im Dunkeln tief durchatmen. »Also bleib schön hier. Bis gleich.« Er drückt mir einen flüchtigen Kuss auf die Wange, dann kriecht er aus dem Rohr.

Jax hat mich einige Meter tief in ein Nebenrohr gebracht, das so niedrig ist, dass ich nicht darin stehen kann. Da in der Stadt an Wasser gespart wird, bekomme ich immerhin keine nassen Füße, trotzdem riecht es hier unten muffig. Der eklige Verwesungsgeruch hat sich schon in meine Nasenschleimhäute gebrannt und sie verätzt. Wenigstens empfinde ich den Gestank als nicht mehr ganz so schlimm.

Seinen schweren Rucksack hat Jax bei mir gelassen, damit ich darauf aufpasse. Ich kann das Ding nicht mal heben. Bestimmt ist er bis zum Rand voll mit Waffen und Munition.

Ich höre nicht, wie Jax sich entfernt. Er kann schleichen wie ein Raubtier. Zitternd hocke ich in dem Rohr, halte mich an Jax' Tasche fest und lausche in die Dunkelheit. Falls er nicht zurückkommt, muss ich zwei Mal links und ein Mal rechts abbiegen, um zu einem Aufgang zu gelangen.

Die Minuten vergehen quälend langsam. Da ich keine Uhr habe, weiß ich nicht, wie schnell die Zeit verstreicht. Zehn Minuten sind doch schon lange vorbei, oder? Ich werde trotzdem so lange sitzen bleiben, bis Jax zurückkommt. Ich weiß, dass ihm nichts passiert, er ist doch ein Warrior, verdammt!

Als ich plötzlich Schritte höre, macht mein Herz einen Freudenhüpfer. Er ist zurück! Ich will bereits aus dem Rohr krabbeln, als ich weitere Schritte und leise Stimmen vernehme. Oh Gott, sind das seine Waffenbrüder?

Zitternd kauere ich mich hinter seinen Rucksack und beobachte mit wild pochendem Herzen, wie es am Ende des Rohres heller wird, dann sehe ich mindestens zehn Hosenbeine daran vorbeilaufen.

Nein, das sind keine Warrior, die würden nicht so einen Lärm und schon gar kein Licht machen. Das müssen Rebellen sein! Sie gehen in dieselbe Richtung wie Jax, und ich kann ihn nicht warnen!

Meine Finger krallen sich fester in den Rucksack, während mir das Gewicht meiner eigenen Tasche, die ich auf den Schultern trage, auf die Knie drückt. Aber ich will sie nicht ablegen, denn darin sind Nahrungsmittel und Wasser, die mich ein paar Tage am Leben halten. Wenn ich den Rebellen folge und mich verlaufe, finde ich nie wieder zurück.

Ob ich eine Granate aus Jax' Tasche holen soll, um sie von hinten auf die Rebellen zu schmeißen?

Allein der Gedanke dreht mir den Magen um. Ich kann niemanden hinterrücks töten! Aber vielleicht sollte ich eine Pistole aus dem Rucksack nehmen, nur zur Sicherheit, falls mich jemand aufspürt. Nein, auch das lasse ich lieber. Ich kann sie ja doch nicht bedienen und außerdem würde ich den anderen erst recht einen Grund bieten, auf mich zu schießen. Daher krieche ich unbewaffnet aus dem Rohr und folge den mutmaßlichen Rebellen in ausreichend Abstand, solange ich das schwache Licht ihrer Lampen noch erkennen kann. Dabei drehe ich mich ständig um, weil ich Angst habe, verfolgt zu werden.

Plötzlich höre ich Rufe. »Waffe fallen lassen, Warrior!«

Oh Gott, sie haben ihn entdeckt!

Ich drücke mich gegen die Wand und halte die Luft an, versuche, durch das Rauschen meines Blutes in den Ohren zu hören, was sich in ein paar Metern Entfernung abspielt.

»Warum trägst du keinen Chip?«, fragt ein anderer. Offensichtlich haben sie Jax allein an seiner Größe und der Bewaffnung als Warrior identifiziert.

»Dachte ich mir doch, dass ihr sie orten könnt«, knurrt er.

»Dreißig Mann haben dich umzingelt. Lass deine Waffe fallen oder du hast ein Loch im Kopf!«

Mach jetzt keinen Fehler!, bete ich. *Ergib dich, dann bleibst du vielleicht am Leben!*

Er muss direkt in das Rebellenlager spaziert sein, oder woher kommen die alle auf einmal?

Ich höre einen harten Aufschlag wie von Metall – Jax hat wohl tatsächlich seine Pistole fallen gelassen, dann stürmen die Männer auf ihn zu.

»Verfluchte Hurensöhne!«, höre ich ihn brüllen. Oh Gott, sie tun ihm doch nicht weh? Es klingt, als würden sie kämpfen!

Ich schleiche näher und erwarte, ein Lager vorzufinden, doch da ist nichts, der Tunnel sieht aus wie alle anderen. Da stehen nur Männer in schwarzen Overalls, allesamt mit Gewehren, Pistolen oder Schlagstöcken ausgerüstet. Einige tragen Sturmhauben, aus denen nur die Augen schauen. Ein Blitz leuchtet auf und Jax geht zu Boden. Sie haben einen Elektroschocker benutzt! Doch Jax scheint nicht gelähmt zu sein, denn er bewegt sich wie in Zeitlupe und stößt üble Flüche aus. Während er sich auf dem Boden windet, treten die Rebellen auf ihn ein; einer rammt ihm den Lauf seiner Maschinenpistole gegen die Stirn. Jax' Flüche verstummen, reglos bleibt er liegen.

Was machen sie jetzt mit ihm? Einer der Kerle fesselt ihm mit Kabelbindern die Arme auf den Rücken.

Ich habe so große Angst um Jax, dass es mir die Kehle zuschnürt. Aber als einer der Männer die Waffe an Jax' Schädel drückt, hält mich nichts mehr.

»Nicht schießen! Wir kommen in Frieden!«, rufe ich und trete aus der Dunkelheit auf die anderen zu. Sofort richtet sich die Hälfte der Waffen auf mich. »Ich bin unbewaffnet! Ich bin Ärztin!« Rasch hebe ich die Arme.

»Sam«, brüllt Jax. Offensichtlich sind seine Lebensgeister zurückgekehrt. Oder hat er seine Bewusstlosigkeit nur vorgespielt? Verdammt, hoffentlich habe ich nichts vermasselt.

Aus einer Platzwunde an seiner Stirn läuft Blut. Er wehrt sich in seinen Fesseln und versucht sie zu zerreißen – vergeblich. Zwei Rebellen entfernen die Wurfsterne, Minigranaten und andere Waffen von seiner Schutzweste und verpassen ihm weitere Tritte, weil er nicht stillhält. Zuletzt nehmen sie ihm auch noch das Handycom weg.

»Was suchst du hier, verdammt?«, grollt er, als würde er die Tritte nicht spüren.

»Ich komme, um dich zu retten!« Meine Stimme zittert genauso stark wie der Rest meines Körpers.

Die Rebellen lachen. Sehe ich tatsächlich so wenig gefährlich aus?

»Du hättest in deinem Versteck bleiben sollen«, knurrt Jax, dann ruft er: »Wer sie anfasst, ist tot!«

Ein blonder Bursche tritt ihm gegen die Schulter. »Halts Maul, Warrior.«

Soweit ich das überblicke, ist unter den Rebellen vom Jugendlichen bis zum alten Mann alles vertreten. Ein Hüne mit braunem Haar, durch dessen Wange sich eine Narbe zieht – wie ich im schwachen Licht erkennen kann –, packt mich am Arm. »Heute ist unser Glückstag. Ein Warrior und eine Ärztin. Zwei Leute, die dem Senat treu ergeben sind. Wer von euch will zuerst sterben?«

»Wir sind auf eurer Seite. Ich bin eine Sklavin!« Verdammt, sie werden uns töten! Hektisch schnappe ich nach Luft. »Ich kann euch helfen, ich bin Chirurgin, habe Medikamente dabei!« Zum Glück habe ich auch alles eingepackt, was ich im Medizinschrank gefunden hatte. Medizin ist für die Outlander wertvoll und für die Rebellen ebenso.

Einer zerrt mir den Rucksack vom Rücken, während ich versuche, mich loszureißen. »Ich muss zu ihm, er ist verletzt!« Ein anderer zieht mir den Ausschnitt des Shirts über die Schulter und betrachtet meine Sklavenzahl. Dann spuckt er darauf, igitt!, und rubbelt mit dem Daumen darüber. »Das Tattoo ist echt!«

Der Griff um meinen Arm lockert sich, aber der Rebell gibt mich nicht frei. »Was suchen eine Sklavin und ein Warrior hier unten?«

»Antworten«, erwidere ich mit wild pochendem Herzen, weil ich nicht weiß, wie viel ich verraten darf.

»Ich bin gekommen, um den Mord an meinem Bruder Cedric Carter aufzuklären!«, ruft Jax. »Und ich bin ein Abtrünniger, habe mich von meinen Waffenbrüdern losgesagt.«

Sofort beginnen einige zu tuscheln, während sich mein Herz zusammenzieht. Ich sehe Jax an, wie schwer es für ihn ist, nicht mehr zu den Kriegern zu gehören. Das war sein Leben, seine Brüder waren seine Familie.

Eine junge Frau löst sich aus der Gruppe. Sie ist mir bisher nicht aufgefallen, wahrscheinlich, weil sie wie alle anderen einen schwarzen Overall trägt und ihr dunkles Haar streng nach hinten gebunden hat. Als sie den Strahl ihrer Lampe auf Jax richtet, werden ihre Augen groß. »Du bist tatsächlich Jax!«

Umständlich hockt er sich hin. »Kanntest du Ced?«

»Ja, er …«

»Halt die Klappe, Sonja«, sagt ein maskierter Rebell ungehalten und zieht sie am Arm zurück. »Wir quetschen ihn aus, sobald Julius da ist. Soll der ihm seine Fragen beantworten.«

Jax legt den Kopf in den Nacken und starrt den Mann finster an. »Julius Petri? Ist er euer Anführer?«

Der Kerl stupst ihn mit dem Lauf seiner Waffe an der Schulter an. »Woher kennst du diesen Namen?«

»Von Cedric. Bevor er starb, hat er gesagt, ich soll ihn aufsuchen. Nur deshalb bin ich hier.«

»Das kann eine Falle sein«, sagt der Rebell grollend und winkt zwei große Männer heran. »Verbindet den beiden die Augen, wir nehmen sie mit ins

Hauptquartier!«

Jax versucht ihnen auszuweichen, doch vergeblich. Schon binden sie ihm ein Tuch um den Kopf. »Ist Julius euer Anführer? Ich will mit ihm sprechen!«

»Er ist unterwegs ins Quartier«, erwidert der Rebell drohend. »Dort wirst du mit ihm und seinen speziellen Verhörmethoden Bekanntschaft machen.«

Stockend schnappe ich nach Luft, während sie auch mir die Augen verbinden. Gott, werden sie uns foltern? Mir wird abwechselnd heiß und kalt. Hört denn diese verdammte Angst niemals auf?

♥♥♥

Blind und die Hände auf dem Rücken gefesselt, stolpere ich vor mich hin, weil ich immer wieder in eine andere Richtung geschubst werde. Offensichtlich laufen wir im Zickzack. Mein Herz rast, Schweiß rinnt meinen Rücken hinunter. Was wird nun mit uns geschehen?

Der Marsch scheint ewig zu dauern. Die Rebellen verhalten sich weitgehend ruhig und haben Jax und mir verboten zu sprechen. Ich weiß nicht einmal, ob er noch bei unserer Gruppe ist. Erst Ewigkeiten später ziehen sie mir die Augenbinde ab. Zwinkernd erforsche ich die Umgebung, wobei ich zuerst nach Jax Ausschau halte. Gott sei Dank, er steht in meiner Nähe!

Sie befehlen uns, in ein niedriges Rohr zu klettern, das zu beiden Seiten mit einem Eisengitter versperrt ist. Offensichtlich benutzen sie es als Zelle. Wir müssen geduckt hineingehen, dann fällt das Gitter hinter uns zu. Zwei Wachen positionieren sich davor. Eine davon ist die junge Frau, die Cedric kannte.

Jax hockt sich hin und wirkt gelassen, während alles an mir zittert, selbst die zusammengebundenen Hände hinter meinem Rücken.

Ich atme tief durch, bevor ich Sonja frage: »Kann ich bitte den Wundlaser haben, um Jax' Verletzung zu versorgen?«

Nachdem ihr der maskierte Kollege zunickt, kramt sie den Laserstift aus dem Rucksack. »Dreh dich um, damit ich deine Fesseln durchschneiden kann.«

Ich strecke die Hände zum Gitter und habe Angst, dass sie mir etwas antut, doch plötzlich bin ich frei. Offenbar hat sie die Plastikfessel mit dem Laser durchtrennt. Dann drückt sie mir den Stift in die Hand, wobei sie mir einen warnenden Blick schenkt. »Wehe, du löst seine Fesseln.« Demonstrativ hält sie den Lauf ihrer Waffe auf mich, ihre Lippen hat sie zu einer schmalen Linie zusammengepresst. »Mach bloß keinen Mist.«

»Mach ich nicht.« Sofort knie ich mich zu Jax und streiche ihm das blutige Haar aus der Stirn. »Tut es sehr weh?«

»Ist nur 'ne Beule«, murmelt er und flüstert mir zu: »Wieso hast du dein Versteck verlassen?« An seinem missmutigen Gesichtsausdruck erkenne ich, wie ungehalten er deswegen ist.

»Ich wollte dir helfen«, antworte ich und beginne, die Wunde zu verschweißen. Das wird länger dauern als sonst, weil meine Hände nicht aufhören wollen zu zittern. »Ich dachte, sie bringen dich gleich um.«

»Ich habe mich absichtlich fangen lassen, und nun hockst du mit mir in der Scheiße, Kleine.«

»Ich gehe nicht ohne dich – schon vergessen?«

Darauf erwidert er nichts – wobei ich glaube, er hat mit den Augen gerollt –, sondern fragt: »Wo sind die Waffen?«

»Noch im Versteck«, wispere ich.

»Verhalte dich ab jetzt ganz ruhig und überlasse mir das Reden.«

»Abgemacht.« Er ist wie immer tapfer und zuckt nicht einmal mit der Wimper, als der glühende Strahl seine Haut verschmelzt. Mit dem Daumen streiche ich über seine Wange, auf der sich erste Bartstoppeln zeigen. Heute Früh hatte er sich frisch rasiert. Sind schon wieder so viele Stunden vergangen? Hier unten verliere ich jegliches Zeitgefühl. »Hab doch gewusst, dass ich zu etwas zu gebrauchen bin.«

»Du warst dumm«, murmelt er, »aber verdammt mutig.«

»Danke für die Blumen.« Tief sehe ich ihm in die blauen Augen und möchte mich am liebsten an ihn kuscheln. Ich habe immer noch solche Angst! »Was ist eigentlich passiert?«

»In dem gesuchten Planquadrat war nichts, keine geheime Zentrale, nur Bewegungsmelder. Es war eine Falle. Also hab ich beschlossen, mich schnappen zu lassen, bevor es zu einem Blutbad kommt und ich gar keine Informationen mehr erhalte.«

Ich schnappe nach Luft. »Dein Bruder würde dir doch nicht schaden wollen?«

»Wir leben noch, daher hab ich Hoffnung. Bin gespannt, wann dieser Julius auftaucht.«

Jax hat sich absichtlich fangen lassen. Was würde er noch alles tun, um seine Rache zu bekommen?

Nachdem ich die Platzwunde an seiner Stirn mit dem Laser verschweißt habe, hebt er die Brauen und lächelt verwegen. »Aber … *Wir kommen in Frieden?* Wo hast du denn den Spruch her?«

»Aus einem Film«, erwidere ich und streiche erneut sein Haar zurück. Die Wunde sieht gut aus. »Ich war doch noch nie in solch einer Situation.« Leider habe ich das unbestimmte Gefühl, dass das keine Ausnahme war.

♥♥♥

Nachdem ich Sonja den Laser zurückgegeben habe, warten wir auf Julius. Es dauert auch nicht lange, bis ein maskierter Rebell zu den Wachen tritt und sagt: »Julius ist hier!«

Keine Minute später steht ein schmächtiger Mann vor unserer Zelle und mustert uns. Er hat blondes Haar, das ihm wie Stacheln vom Kopf steht, und intensiv-grüne Augen. Ich schätze ihn auf höchstens zwanzig Jahre. Wie alle Rebellen trägt er einen schwarzen Overall und hat ein Gewehr geschultert. Nur das rote Stirnband unterscheidet ihn von den anderen.

Als er sich mit den Wachen bespricht, spottet Jax: »Dieses Bübchen ist ihr Anführer?«, woraufhin er von mir einen Stupser mit dem Ellbogen kassiert. Ich habe keine Lust, mit seinen Verhörmethoden Bekanntschaft zu machen.

»Provozier ihn nicht«, wispere ich. Zum Glück scheint der Junge nichts gehört zu haben, da er mit Sonja und der anderen Wache ins Gespräch vertieft ist.

»Worüber reden sie?«, flüstere ich Jax zu.

Er legt den Kopf schief. »Sie überlegen, ob sie uns ins Hauptquartier bringen sollen. Sonja ist dafür. Julius sagt, er wird uns töten, wenn wir auch nur mit der Wimper zucken.«

Ich schlucke hart. Dieser Julius scheint kein angenehmer Zeitgenosse zu sein, Bübchen hin oder her. »Warum vertraut Sonja uns?«

»Das würde mich auch interessieren.«

Als Julius wieder ans Gitter tritt, versteife ich mich.

»Es tut mir leid, dass Cedric gestorben ist, aber ein Krieg fordert nun mal Opfer.« Die Stimme des jungen Mannes klingt sanft, was mich ein wenig beruhigt.

Nur Jax kann sein Temperament nicht zügeln und knurrt: »Der Krieg ist seit achtzig Jahren vorbei!«

Vor achtzig Jahren fielen die Cäsium-Bomben. Der letzte große Krieg der Nationen hat die Erde verstrahlt und die Überlebenden haben die autarken Schutzstädte aufgebaut.

»Ich spreche nicht von diesem Krieg, sondern von dem, den ihr gegen uns und die Outsider führt«, erwidert Julius, diesmal ungehalten. »Aber die Ereignisse vor der Bombe tun einiges dazu. Unsere Urgroßeltern haben White City aufgebaut und zum Dank hat man sie in die verseuchten Outlands verbannt. Nur gesunde Menschen durften in der Stadt leben. Ist das gerecht? Und nun will das Regime sie alle töten.«

Jax wirft ihm einen stechenden Blick zu. »Nur die, die versuchen, in die Stadt einzudringen.«

Die Situation schaukelt sich immer mehr auf. Gut, dass Jax gefesselt in der Zelle sitzt, er sieht aus, als wolle er Julius an die Gurgel gehen.

Der junge Mann funkelt uns beide böse an. »Nein, ihr vergiftet ihr Wasser und schickt tödliche Medizin!«

Wovon spricht er bloß?

»Wer vergiftet das Wasser?«, fragt Jax und klingt ehrlich überrascht. »Du willst doch nur davon ablenken, dass *ihr* meinen Bruder umgebracht habt!«

»Nein, die Granate war nicht von uns.«

»Unmöglich!« Jax' Lider verengen sich zu Schlitzen. »Von wem denn sonst?«

»Es war eines eurer Modelle. Ihr müsst jemanden unter euch haben, der gewusst hat, dass Cedric die Seiten wechseln wollte. Es war längst alles geplant, wir hatten nur auf eine günstige Gelegenheit gewartet.«

»Und Ced wollte dich mit ins Boot holen, Jax«, setzt Sonja hinzu. In ihren dunklen Augen liegt ein trauriger Ausdruck.

Schnaubend lehnt er sich zurück. »Jetzt bin ich ja da. Kennt ihr seinen Mörder?«

Julius schüttelt den Kopf. »Leider nein.«

»Ich habe ein Bild von ihm in meinem Handycom.«

Die Augen des Anführers werden groß, dann grinst er breit und sieht plötzlich aus wie ein Kind, dem ein Geschenk gemacht wurde. »Dann sollten wir uns das ansehen.« Zum Glück klingt er wieder beherrscht. »Und ich glaube, es gibt noch einiges mehr zu besprechen.«

♥♥♥

Weil nur Jax sein Handycom bedienen kann, da es mit einem biometrischen Sensor ausgestattet ist, sitzen wir eine halbe Stunde später in einer Art Verhörraum: ich neben Jax und Julius uns gegenüber. Erneut hatte man uns die Augen verbunden und Treppen hinauf geführt. Theoretisch müssten wir wieder an der Oberfläche sein.

»Wo sind wir?«, fragt Jax. Genau wie ich sieht er sich in dem kleinen Zimmer um, aber es besitzt nicht einmal Fenster. Überall stehen große weiße Stoffsäcke herum, ansonsten gibt es nur einen Tisch und ein paar Stühle.

»In unserem Hauptquartier«, erwidert Julius und befiehlt einer der mindestens zehn Wachen, Jax die Fesseln abzunehmen. Der Rebell bleibt jedoch mit gezogener Waffe hinter seinem Stuhl stehen.

Julius drückt Jax das Handycom in die Hand und sofort erscheint das Bild von Cedrics Mörder.

Nachdem der Anführer lediglich einen kurzen Blick auf den Mann geworfen hat, lehnt er sich in seinem Stuhl zurück und fährt sich mit der Hand über das Gesicht. »Wir kennen den Kerl.«

»Was?!« Jax beugt sich vor und ballt die Hände auf dem Tisch zu Fäusten. »Wer ist das?«

»Tony Greer, der Handlanger von Senator Freeman. Wir hatten ihn schon in Verdacht, aber uns fehlten die konkreten Beweise. Bist du dir sicher, dass er deinen Bruder getötet hat?«

»Daran gibt es keinen Zweifel. Ich habe gesehen, wie er ins Krankenzimmer kam!« Er springt auf, doch die Wache hinter ihm drückt ihn zurück auf den Stuhl.

»Wie komme ich zu diesem Bastard?«, knurrt Jax.

Ich erschrecke über sein erzürntes Gesicht. Er ist ein Mann, der seine Rache möchte. In ihm steckt so viel Wut. Wie würde ich in seiner Situation reagieren? Zumindest würde ich Gerechtigkeit fordern, aber wenn der Senat – unser Rechtsorgan! – in die Sache verwickelt ist, gibt es keine Gerechtigkeit.

»Warum war das Regime hinter Cedric her?«, frage ich, doch Julius beachtet mich kaum.

»Was hat er dir erzählt?«, möchte er von Jax wissen.

»Nicht viel. Er starb, bevor er sich mir anvertrauen konnte.«

»Dann weißt du also wirklich nicht, dass Cedric das Trinkwasser vergiften sollte?«

»Nein!« Jax weicht im Stuhl zurück, sein Mund klappt auf.

Mich trifft diese Neuigkeit ebenfalls wie ein Schlag.

»Cedric hat einen Geheimauftrag von Senator Freeman bekommen. Er sollte Giftampullen in den Rohren installieren. Wahrscheinlich hätte Freemans Lakai Cedric nach Ausführung ohnehin getötet. Ced hat das vermutet.«

»Und da ist er einfach so zu euch spaziert und hat gepetzt?« Schnaubend verschränkt Jax die Arme vor der Brust.

Nicht mal ich kann mir das vorstellen, denn Warrior sind sehr loyal.

Kopfschüttelnd fragt Jax: »Und wessen Trinkwasser sollte er vergiften?«

»Ein Rohr führt in die Outlands. Ein Mal in der Woche wird frisches Wasser nach außen geleitet, um den Pöbel ruhigzustellen. Wir vermuten, der Senat wollte die Outsider vergiften, bevor sie die Stadt angreifen. Immerhin ist das bereits in High End und Royal City geschehen.«

»Mark hat das vermutet!«, werfe ich ein.

Julius legt den Kopf schief und schaut mich zum ersten Mal richtig an, seit wir hier sitzen. »Wer ist Mark?«

»Ein Verbündeter.« Shit, ich will ihn auf keinen Fall in diese Sache reinziehen. Zum Glück stellt Jax eine neue Frage.

»Habt ihr das aus sicheren Quellen?«

Julius nickt. »Sehr sicher, da ich sozusagen direkt an der Quelle sitze. Außerdem hören wir die Satellitenübertragungen ab, daher wissen wir, was da draußen passiert. Der Senat verschweigt euch, was in den Outlands und den anderen autarken Städten abgeht und beschäftigt euch mit blutrünstigen Shows, damit es zu keinem Aufstand kommt. Viele von uns Rebellen führen ein Doppelleben, daher sind einige vermummt. Eins in der Stadt und eines im Untergrund. Sie versorgen uns mit Nahrung und Informationen und helfen beim Tunnelbau.«

Jax beugt sich über den Tisch. »Ihr baut einen Tunnel nach draußen?«

»Wir sind bald durch. Dann wird auch White City fallen.«

Mein Puls beschleunigt sich. »Aber … Ich dachte immer, da draußen kann man nicht überleben, nur die Warrior für kurze Zeit?« Bevor sie nach den Einsätzen in die große Halle marschieren, müssen sie zur Dekontamination in die Anti-Strahlenkammer.

Julius schüttelt den Kopf. »Das sagen sie euch, um die Angst zu schüren, damit ihr brav macht, was sie von euch verlangen. Ich konnte es erst auch nicht glauben, aber vor ein paar Monaten hat es eine Outsiderin über die Todeszone geschafft. Sie hat uns alles erzählt. Danach ist es uns gelungen, eine Drohne über die Sperrzone zu schicken. Das Land ist trocken und öde, aber es leben Menschen dort, eine große Anzahl, das kann ich euch versprechen.«

»Die Outsider haben sich vielleicht angepasst, aber wir werden sterben.« Tief atme ich durch. »Was ist mit der Kontaminierung? Diese Leute werden die Strahlenkrankheit reinbringen!«

»Die Strahlung der Bomben halbiert sich alle dreißig Jahre.«

»Das weiß ich.« Nur habe ich keine Ahnung, ab wann sie ungefährlich wird. »Dann ist Leben wieder möglich?«

»Scheint so. Die Strahlenwerte sind für Menschen offenbar nicht mehr schädlich.«

»Dann sollten die Outsider doch zurechtkommen?«

»Würden sie, wenn das Wasserproblem nicht wäre. White City wurde auf der einzigen sauberen Quelle im Umkreis von vielen hundert Meilen erbaut.«

»Aber das Wasser reicht gerade mal für die Stadt!«, sagt Jax.

»Nein, die Vorkommen sind gigantisch. Ich kann sie euch später zeigen.«

Diese Neuigkeiten überrumpeln mich, ich kann es kaum glauben. Der Senat hat uns all die Jahre etwas vorgespielt. Plötzlich habe ich den Drang, aus der Stadt zu fliehen, die Enge der Kuppel zu verlassen.

Während ich mir vorstelle, wie die Menschen da draußen leben, erzählt Julius mehr. »Die Outsider brauchen nur Wasser und medizinische Versorgung, alles andere haben sie selbst. Sie haben sich den rauen Bedingungen angepasst. Vor achtzig Jahren suchten sie Schutz vor der Verstrahlung unter der Erde, in Höhlen, Kellern und Bunkern. Sie lebten von Konserven und Trockenfutter, viele starben, aber die Stärksten überlebten. Als sie Jahrzehnte später bemerkten, dass sie an der Oberfläche wieder leben konnten, bauten sie Gemüse an, bestellten Felder und errichteten eine neue Stadt. Sie ist lange nicht so modern und sauber wie White City, aber die Menschen dort draußen sind frei. Würde der Senat sie nur ein wenig unterstützen, würden sie euch in Ruhe lassen, stattdessen tötet ihr sie.«

Ich wusste das alles nicht und dachte, da draußen zu leben wäre die Hölle. Jetzt verstehe ich auch, warum die Shuttlefenster undurchsichtig sind, genau wie die Kuppel dieser Stadt.

»Aber was hat der Senat davon, diese Menschen weiterhin auszusperren?«, möchte ich wissen. »Oder uns einzusperren?« Das kann man sehen, wie man möchte.

»Ein kleines Volk kann man in Schach halten, viele hunderttausend Menschen nicht, vor allem keine, die es gewohnt sind, in einer Demokratie zu leben und sich keinen alleingültigen Entscheidungen eines Regimes beugen wollen.«

Jax war lange still und hat uns zugehört, doch jetzt fragt er Julius: »Ich verstehe trotzdem nicht, warum sich Cedric auf eure Seite geschlagen hat, immerhin wusste er, genau wie wir, von nichts.«

Julius hebt die goldenen Brauen und wendet sich an Sonja, die in einer Ecke des Raumes steht. »Magst du das erzählen?«

Sie nickt und tritt an den Tisch. »Für seinen Auftrag hat sich Cedric von den anderen Warrior abgeseilt. Ich hatte gerade Wache am Wasserrohr. Wir haben einen Weg gefunden, die Outsider auch unter der Woche mit ein wenig Trinkwasser zu versorgen, ohne dass es dem Senat auffällt. Als Cedric kam, um die Giftampullen anzubringen, wollte ich ihn töten, aber er hat mich überwältigt. Doch er ließ mich am Leben und hat mich ans Rohr gefesselt. Während er die Ampullen anbrachte, habe ich ihm alles über die Outlands erzählt und dass seine Regierung ihn für dumm verkauft. Er hörte mir tatsächlich zu und änderte seine Meinung.«

»Er hatte wohl auch ein Faible für starke Frauen«, sagt Jax und zwinkert Sonja zu, die daraufhin rot um die Nase wird. Flirtet er mit der Rebellin?

Mein Magen ballt sich zusammen. Der Krampf löst sich erst, als Jax mir einen glühenden Blick schenkt und kurz meinen Oberschenkel drückt.

Himmel, ich empfinde zu viel für diesen Kerl, das wird nur mein Herz zerstören, sofern ich hier heil rauskomme.

»Dann bist du also die Frau aus den Outlands«, sagt Jax. »Kein Wunder, dass mein Bruder dich faszinierend fand.«

Sonja nickt lächelnd. »Cedric war ein guter Mann. Er hat die Ampullen nicht aktiviert und mich freigelassen.«

»Er hat von dir erzählt.« Jax schaut in eine leere Zimmerecke, sein Blick verdunkelt sich. »Leider hatten wir zu wenig Zeit.«

»Nach seinem Tod hat es ein anderer Warrior geschafft, das Gift ins Trinkwasser zu schleusen, nachdem er unsere Wache getötet hat. Viele Menschen in den Outlands starben, bevor wir sie warnen konnten.«

Jax schlägt mit der Faust auf den Tisch. »Welcher Warrior war das?«

»Eine Tunnelwache konnte ihn von ihrem Versteck aus identifizieren«, antwortet Julius. »Es gibt nur einen Warrior mit einer langen blonden Mähne.«

»Blaire«, zischt Jax.

Hart schlucke ich und habe plötzlich die Bilder vor Augen, wie er sich an Miraja vergeht. Ich beginne zu zittern und in meinen Ohren pocht es hart. Bei Blaire könnte ich eine Ausnahme machen, was das Töten betrifft.

»Wieso ist er dann noch am Leben?« Als Jax diesmal aufspringt, drückt ihn keiner in den Stuhl zurück. Er geht um den Tisch herum, bis er an meiner anderen Seite steht, und fährt sich über das Gesicht. Meinen großen, starken Krieger derart verzweifelt zu sehen, tut mir in der Seele weh.

Julius zuckt mit den Schultern. »Er macht wohl einen loyaleren Eindruck als Cedric.«

Loyal? Wohl eher brutal. Die grausamen Bilder haben sich für immer in mein Gehirn gebrannt.

»Oder der Senat hat noch etwas mit ihm vor«, murmelt Jax.

Julius erhebt sich ebenfalls, wobei er die Hände auf der Tischplatte abstützt und sich vorbeugt. »Werdet ihr auf unserer Seite stehen?«

Ich will schon Ja sagen, da es sonst wohl ohnehin eindeutig ist, dass Julius uns nicht wieder laufen lassen wird, als Jax sagt: »Eine Frage: Wieso bist du hier der Chef?«

Julius schmunzelt. »Weil ich die Rebellen unter meiner Führung versammelt habe.«

»Und warum folgen sie einem halben Kind? Wieso vertrauen sie dir?«

»Vor zehn Jahren begann mein Vater, mich in alles einzuweihen, weil er wollte, dass ich eines Tages in seine Fußstapfen trete. Als ich herausgefunden habe, wie er die Menschen in der Stadt verarscht und die Outsider behandelt, hat mich das unsagbar wütend gemacht. Aber ich habe ihm das nie gezeigt, weil ich wusste, er würde mich genauso verbannen wie meine Mutter. Ich spiele bis zum heutigen Tag mit und lasse ihn in dem Glauben, einmal so zu werden wie er.«

»Du bist Senator Pearsons Sohn Andrew!« Der Senator ließ vor Jahren seine Frau exekutieren, weil sie angeblich mit den Rebellen sympathisierte. Jeder kennt die Geschichte. Andrews Gesicht tauchte allerdings nie vor den Kameras auf. Der Senator hatte wohl Angst, sein Sohn könnte Opfer eines Anschlages werden. Nach der Exekution seiner Frau erhielt er eine Menge Drohungen.

Ein Schatten huscht über Julius' Gesicht. »Er ließ sie töten, weil seine menschenverachtenden Praktiken sie genauso anwiderten wie mich.«

Jax brummt zustimmend. »Dann bist du auch ein Mann, der nach Rache sinnt.«

»So ist es.« Jul – ich habe beschlossen, ihn so zu nennen – hebt die Brauen. »Und, wie sieht es nun aus?«

Jax wirft mir einen fragenden Blick zu, woraufhin ich nicke.

»Okay, ich helfe euch, wo ich kann«, sagt er. »Ich beteilige mich sogar am Tunnelbau, wenn ich meine Rache an Tony Greer und Senator Freeman bekomme. Ich will ihnen eigenhändig den Hals aufschlitzen.«

Jul nickt. »Die bekommst du, aber du musst noch warten, bis wir alle evakuiert haben. Ich kann dir nachfühlen, wie schwer es für dich ist.«

»Ich warte«, erwidert Jax. »Doch eine Bitte habe ich noch.« Er schenkt mir einen flüchtigen Blick und sagt zu Jul: »Bring Sam in Sicherheit.«

♥♥♥

Jul führt uns kurz durchs Hauptquartier. Es ist eine große Wäscherei, die er offiziell selbst leitet. In den Hinterzimmern können sich die Rebellen versammeln und von dort in den Untergrund gelangen. Diejenigen, die kein Doppelleben führen, sondern nur im Verborgenen leben, dürfen nicht lange oben bleiben und sich keinesfalls in der Stadt blicken lassen. So wie wir. Daher bringt uns Jul wieder nach unten in die Kanalisation. Vier Wachen begleiten uns, und Jax hat seine Waffe ebenfalls zurückbekommen, ich auch meinen Rucksack mit den Konserven und Medikamenten.

Nach einem längeren Fußmarsch in fast völliger Dunkelheit, bei dem wir mit Angriffen durch Warrior rechnen müssen, erreichen wir ein Planquadrat, in dem es deutlich feuchter wird. Ich höre ein Rauschen.

»Vor uns liegen die Quellen«, erklärt uns Jul. »Da werdet ihr leben, bis der Tunnel fertig ist.«

»Warst du hier schon mal?«, frage ich Jax, während wir Julius hinterhersehen. Er krabbelt durch ein Rohr, vor dem ein Eisengitter angebracht ist, aber es ist nicht verschlossen, sondern lässt sich wie eine Tür öffnen.

»Ich bin schon ein paar Mal hier vorbeigekommen, habe aber nie etwas Verdächtiges bemerkt.« Jax folgt ihm auf allen vieren und ich hänge mich an seine Fersen. Ich glaube, so nah wie in den letzten Stunden habe ich den Boden seit meinem ersten Lebensjahr nicht mehr gesehen.

Der Durchgang ist etwa fünf Meter lang und macht nach der Hälfte einen sanften Knick. Niemand würde hier wohl freiwillig durchklettern oder vermuten, dass sich dahinter ein riesiges Höhlensystem auftut. Jax lässt den Strahl der Taschenlampe kreisen, doch eine Wand ist nicht zu erkennen. Der schwarze Fels schluckt das Licht. Vor uns befindet sich ein unterirdischer See – das Süßwasservorkommen der Stadt. Jetzt höre ich auch das Rauschen viel intensiver, als ob es in der Nähe einen Wasserfall gibt. Jul erklärt, dass das Geräusch von einer Pumpe kommt, die einen halben Kilometer entfernt, auf der anderen Seite des Sees, angebracht ist. Von dort gelangt das Wasser in die Stadt. »Auf dieser Seite sind wir sicher. Da der See wie ein Boomerang geformt ist, sieht uns hinter den Felswänden niemand, falls einmal Techniker herunterkommen, um die Pumpe zu warten.«

»Wow, so viel Wasser!« Ehrfürchtig tauche ich eine Hand in das kalte Nass und nehme einen Schluck. Beste Trinkqualität. Doch wo sollen wir hier leben? Jax und ich sind keine Fische.

»Ist das hier die Stelle, von wo das Rohr in die Outlands führt?« Ich habe nichts Derartiges erkennen können.

»Nein«, sagt Jul. »Das befindet sich ebenfalls bei der Pumpe. Diesen Ort haben wir vor drei Jahren zufällig gefunden, als ein Rebell eine Katze verfolgt hat.«

»Warum hat er das getan?« Sind denn alle wild darauf, diese Tiere zu streicheln?

»Viele, die hier unten leben, ernähren sich von ihnen.«

Wie eine Katze wohl schmeckt? In der Stadt haben wir nur Hühner, Schweine und Fisch zu essen. Rinder gibt es zwar auch, doch nur wenige. Das Fleisch ist sehr teuer und kann sich nur die Oberschicht leisten, genau wie Milchprodukte. Daher müssen alle Menschen täglich Nahrungsergänzungsmittel in Pillenform schlucken.

Früher hat es auf der Erde viel mehr Tiere gegeben, aber der Platz und die Futtermittel sind in der Stadt begrenzt. Wir haben jedoch die DNS aller Nutztiere eingefroren, für den Fall, dass die Outlands eines Tages wieder bewohnbar sind.

Jul führt uns weiter, während die Wachen beim Rohr warten. Wir gehen am Rand des Sees entlang und betreten ein neues Labyrinth aus Höhlen. Es versteckt sich hinter einem Felsvorsprung. Dort ist es ruhig und trocken. Wir treffen auf eine weitere Wache, passieren sie und können bald unsere Lampen ausmachen. Die Höhlen sind wie Wohnungen eingerichtet! Nur nicht so komfortabel. Die verschiedenen Bereiche, die teilweise mit provisorischen Türen oder nur mit Tüchern abgetrennt sind, wurden hauptsächlich mit Matratzen, Liegen und Tischen ausgestattet. Offensichtlich dienen diese Lager nur zum Schlafen, aber wenigstens gibt es elektrisches Licht. Ein paar

Leute befinden sich auch hier, überwiegend Frauen und sogar drei Kinder, die uns Jul kurz vorstellt.

»Ihr dürft hier kein offenes Feuer machen, denn der Rauch zieht schlecht ab. Außerdem könnte er das Versteck verraten. Die Warrior haben einen guten Geruchssinn.«

»Allerdings«, murmelt Jax, der beim Anblick seines neuen Zuhauses die Nase rümpft. In seiner Wohnung war es schließlich sauberer und luxuriöser.

Verwöhnter Krieger, denke ich lächelnd.

Julius zeigt uns eine leere Kammer, die wir uns teilen können. Außer einer breiten Matratze befindet sich nichts darin – nur blanker Fels. Immerhin haben wir so etwas wie eine Tür, wenn man das Stück Blech so nennen kann. »Falls es euch nichts ausmacht, zusammenzuwohnen … aber wir sind leider nicht auf Besuch eingestellt.«

»Kein Thema«, murmelt Jax und schaut mich flüchtig an. »Und für dich?«

»Bin ja schon gewohnt, mit dir das Bett zu teilen«, sage ich leise. Sofort schießt mir in den Kopf, was ich mit Jax schon alles auf horizontaler Ebene erlebt habe. Ob wir uns auf dieser schäbigen Matratze ebenfalls lieben werden? Mir wäre das egal, solange wir zusammen sind.

Juls lächelt uns wissend an. »Wenn ihr Hunger habt, bedient euch an den Konserven, die stehen in unserer Küche. Ist nicht zu verfehlen, weil sich dort die meisten Leute aufhalten. Wasser gibt es hier zum Glück im Überfluss und Sonja kann euch später zeigen, wo ihr euch waschen könnt. Die Toiletten befinden sich am Ende dieses Ganges.« Er deutet auf einen düsteren Tunnel. »Ihr müsst leider in Eimer machen, da wir das Wasser nicht verschmutzen wollen. Deckel drauf und regelmäßig in der Kanalisation entsorgen. Es ist nicht das Paxton (so heißt das einzige Hotel in unserer Stadt), aber mehr kann ich euch nicht bieten.«

»Es ist wunderbar. Danke, Julius«, beeile ich mich zu sagen, bevor Jax einen Rückzieher macht.

»Ihr bleibt am besten gleich hier, die anderen kommen bald von der Baustelle. Wir haben auch ein paar Leichtverletzte und Kranke, würdest du nach ihnen sehen, Samantha?«, fragt er mit einem Blick auf meinen Rucksack.

»Natürlich.« Es tut gut, endlich wieder gebraucht zu werden.

♥♥♥

Sonja stellte uns den über fünfzig Mitbewohnern vor – zwei Drittel davon Männer, die vom Tunnelgraben zurückkamen. Ich hatte nicht erwartet, dass es so viele sind. Ich versorgte einige Wehwehchen, die kaum der Rede Wert waren, und verteilte Aufbaupräparate und Nahrungsergänzungsmittel, überwiegend an Leute, die bereits seit Monaten in der Dunkelheit hausen. Später habe ich mich todmüde mit Jax in unser Quartier verzogen, nachdem wir uns notdürftig an den Quellen gewaschen und eine Kleinigkeit aus dem Rucksack gegessen hatten.

Nun liegen wir im Dunkeln auf der Matratze. Jax hält mich im Arm und mein Rücken schmiegt sich an seine nackte Brust. Er trägt nur Shorts und ich T-Shirt und Slip. Ich fühle mich wohl und würde gerne kuscheln, aber Jax redet bloß von seiner Rache. Tony Greer soll sich jeden Sonntag in der Lustbar »Amore« aufhalten, hat Jul erzählt. Über den Handlanger möchte Jax auch an den Senator herankommen, der den Mord befohlen hat.

Während er Pläne schmiedet, höre ich bloß mit halbem Ohr hin, weil mich selbst so vieles aufwühlt. Heute ist eine Menge geschehen. Jax hat mich heißblütig geliebt, dann haben er und Mark meine Halsfessel zerstört, wir sind geflohen, wurden gefangen genommen … Obwohl meine Lider schwer wie Blei sind, kann ich nicht abschalten und starre in die Finsternis. Jax wird morgen am Tunnel arbeiten, während ich im Lager eingesetzt werde, Trinkwasserspender auffüllen und den Unrat wegbringen darf. Na ja, ich könnte mir wirklich etwas Schöneres vorstellen, dennoch wird mir die neue Beschäftigung guttun.

Ich drehe mich in Jax' Armen und reibe die Nase an seiner Brust. Sein Duft nach Mann ist überwältigend. Sanft fahre ich über die weiche Haut an seiner Hüfte und lasse meine Hand dort liegen, während er die Decke bis zu meinen Schultern hochzieht. Hier unten ist es kühl.

Jax hat Julius gebeten, dass er mich in Sicherheit bringt … also in die Outlands? Ist es dort überhaupt sicher? Ich meine nicht nur wegen der Strahlung, sondern vor allem, weil die Outsider Leute wie mich bestimmt hassen. Schließlich durfte ich in White City aufwachsen und musste nie ums Überleben kämpfen. Bis jetzt.

»Jax«, wispere ich, weil er plötzlich so still geworden ist. »Schläfst du schon?«

»Nein«, murmelt er in mein Haar.

»Was liegt eigentlich außerhalb der Kuppel? Wie sieht es dort aus?« Er muss es als Warrior wissen, weil er die Stadtgrenzen verteidigt.

»Dort liegt die Sperrzone. Wir nennen sie auch den Todesstreifen. Das ist der Ort, an dem die Kuppel von einer hohen Mauer umgeben ist. Daran sind Überwachungskameras und Sonnenkollektoren befestigt. Die Outsider versuchen ständig, die Solarzellen zu stehlen. Sie klettern über eine weitere Mauer, die etwa einen Kilometer von der Kuppel entfernt um die Stadt gezogen wurde. Sie ist über zehn Meter hoch, und wir müssen jeden töten, der darüber in die Todeszone klettert.«

»Wie sieht die Zone aus? Gibt es dort Pflanzen?« Auf den Übertragungen war nicht viel zu erkennen, da das Fernsehen immer nur die Warrior oder die getöteten Menschen in Großaufnahme zeigt.

»Eigentlich ist das eine Wüste. Überall türmen sich Müll und Schutt auf, der noch vom Stadtbau stammt. Das Material ist bei den Outsidern ebenfalls begehrt.«

In der Stadt haben wir Müllverbrennungsanlagen, doch fast alles wird recycelt. »Und was liegt hinter der Mauer?«

»Keine Ahnung, da war bisher niemand von uns. Der Senat hat gesagt, da nimmt die Strahlung drastisch zu und wir sollen uns von der äußeren Mauer fernhalten. Die Verteidigung des inneren Zirkels hat oberste Priorität und daran haben wir uns gehalten.«

Wir … Er redet, als wäre er immer noch einer von ihnen.

Wir unterhalten uns noch ewig, bis uns beiden die Zunge schwer wird und die Augen zufallen.

Ob hinter der Kuppel das Paradies liegt? Ich werde Sonja fragen. Zumindest heute Nacht möchte ich vom Paradies träumen und von einem gemeinsamen Leben mit Jax.

Sobald die Ausgestoßenen und Rebellen in Sicherheit sind, wird sich ein Trupp in die Stadt einschleusen, um eine Lagerhalle zu sprengen. Julius hat Jax dieses Geheimnis anvertraut. Jul sagte, dort werden neue Fluggeräte gebaut, um die Outsider über die Luft anzugreifen. Der Senat hat tatsächlich vor, alles Leben außerhalb auszulöschen. Leider sind wir zu wenige und die Warrior zu stark, um sofort zuschlagen zu können. Die Outsider müssen sich uns anschließen.

Jax hat geschworen mit seiner Rache zu warten, bis ich in Sicherheit bin. Ich muss versuchen, ihn davon abzuhalten. Es ist Selbstmord, sich mit dem Senat und seinen Waffenbrüdern anzulegen.

Kapitel 7 – Hitzewellen

Zwei Tage leben wir nun schon in den Höhlen. Während Jax den ganzen Tag mithilft, den Tunnel zu graben, kümmere ich mich weiterhin um allerhand Verletzungen. Ein Mann hat sich das Bein gebrochen – zum Glück kann ich den glatten Bruch mit einer Schiene richten –, einem Kind läuft die Nase, weitere Personen mit Mangelerscheinungen haben sich gemeldet. Es wird Zeit, dass sie alle wieder Licht sehen und anständige Nahrung zu sich nehmen.

Wenn Jax »nach Hause« kommt, bringt er mir das Kämpfen bei und wie ich die Pistole bediene. Er hat den versteckten Rucksack geholt, eine Waffe umprogrammiert und meiner Biometrie angepasst, nur scharf schießen darf ich in den Höhlen nicht. Wir müssen Munition sparen, außerdem ist es zu gefährlich, falls eine Kugel am Stein abprallt. Diese Trockenübungen geben mir trotzdem Sicherheit.

Jax hingegen fühlt sich in den Behausungen in die Ecke gedrängt. Das Quartier behagt ihm nicht; er schläft sogar mit einer Waffe in der Hand und wirkt ständig unruhig. Er schaut mich kaum an und Sex hatten wir hier unten auch noch nie. Er verhält sich anders als sonst. Aber weiß ich denn, wie er sonst ist? Ich kenne ihn doch erst seit Kurzem.

Auch mir fällt langsam die Decke auf den Kopf. Vor allem die ständige Dunkelheit macht mir zu schaffen und so etwas wie Platzangst macht sich breit; viele leiden an Depressionen und sind verzweifelt. »Höhlenkoller« nennt es Sonja. Manche drehen hier unten durch und bekommen Beruhigungspillen. Der Stress ist enorm, die ständige Angst, entdeckt zu werden, frisst einen auf. Dazu kommen Schlafmangel und die schlechte Verpflegung.

Alle freuen sich auf die Outlands. Der Tunnel ist fast fertig. Noch einen oder zwei Tage, dann können wir hier raus.

♥♥♥

Es muss ungefähr Mittag sein, als ich beim unterirdischen See die Wasservorräte auffülle. Gerade tauche ich einen Kanister in das kühle Nass, als ich aus den Augenwinkeln eine Bewegung wahrnehme. Sofort rast mein Puls und ich wirbele herum. »Jax!« Hat er mich erschreckt. »Was machst du hier?«

Er trägt nur seine Armeehose und die Stiefel. Über seiner nackten Schulter hängt ein Gewehr. Schweiß und Dreck überziehen seine Haut, sein Haar ist staubig.

»Ich hab solch einen Durst.« Er packt den schweren Kanister, als wäre er eine Flasche, und trinkt in gierigen Zügen. Nachdem er den Behälter abgesetzt hat, zieht er sich aus. »Ich brauch ’ne Abkühlung oder ich verbrenne.«

Wortlos schaue ich zu, wie er sich entkleidet und in den See sinken lässt. An dieser Stelle ist er nur etwa einen Meter tief, fällt danach aber gleich steil ab. Jul hat uns gewarnt, ins Wasser zu gehen. Es könnte Strömungen geben, die einen nach unten ziehen.

Jax legt sich hin, sodass ich seine Gestalt am Grund sehe. Die Sekunden verstreichen, er taucht nicht auf. »Jax?« Er liegt da wie tot. Leider kann ich ihn nur schemenhaft erkennen, da das Licht zu schwach ist und der schwarze Fels alles schluckt.

»Jax?!« Ich lege mich auf den Bauch und versuche, ihn zu erreichen, aber lediglich meine Fingerspitzen streifen seinen Arm. Warum kommt er denn nicht raus?

»Jax!« Ich bin schon versucht, ins Wasser zu springen, und sogar die Wache, die in der Nähe steht, kommt heran, da setzt er sich auf.

»Alles okay?«, fragt der Bursche.

Als ich nicke, zieht er sich wieder zurück auf seinen Posten.

»Mir ist so heiß, Sam.« Schwankend steht Jax auf und hockt sich ans Ufer, um nach seinem Slip zu angeln. Dabei drücke ich ihm die Hand auf die Stirn.

»Gott, du glühst ja!«

Mühsam kommt er auf die Beine und zieht sich, nass wie er ist, den Slip an. »Das geht bestimmt gleich wieder weg.«

»Du hast Fieber.« Seine Augen sind glasig, die Wangen gefleckt.

»Wird mich schon nicht umbringen«, murmelt er und kehrt mir den Rücken zu, um sich weiter anzuziehen. »Hatte nur Durst. Ich helf dann mal wieder den anderen.«

»Du gehst nicht zurück, du bist krank!« Was für ein sturer Kerl, unglaublich!

Mit der Hose in der Hand dreht er sich zu mir um. »Sam, ich war noch nie krank.«

»Aber jetzt bist du es, und als deine Ärztin verordne ich dir Bettruhe.« Ich mache mir ernsthaft Sorgen. Was könnte er haben?

Er lässt die Hose fallen und hängt sich stattdessen das Gewehr über die Schulter. »Na gut, ich leg mich hin, aber nur kurz.« Als er losgeht, schwankt er. Sofort bin ich bei ihm, um ihn zu stützen. Hilfe, der Mann wiegt eine Tonne!

Wir schaffen es gerade bis in unser Lager, da schmeißt er die Waffe neben die Matratze und lässt sich auf unser provisorisches Bett fallen.

»War von den Rebellen jemand krank?«, frage ich, während ich seinen Puls überprüfe. Er ist eindeutig erhöht.

»Nein«, sagt er knapp, wobei er sich auf den Rücken dreht. Er stößt die Luft aus und bleibt reglos liegen.

Ja, soll er sich ausruhen. »Schlaf ist die beste Medizin.« Sanft streiche ich durch sein feuchtes Haar. »Ich mache dir kühle Umschläge und Wadenwickel.«

»Du bist die Beste«, flüstert er, bevor ich ihn leise schnarchen höre.

Vielleicht hat er sich nur einen harmlosen Infekt eingefangen. Einen Krieger haut doch nichts um! Kurz muss ich an die Katze denken. Hat sie eine Krankheit übertragen?

Nein, ich lass mich nicht verrückt machen und werde mich um meinen Retter kümmern.

♥♥♥

Leider verschlimmert sich sein Zustand in den nächsten Stunden. Fieber und Schüttelfrost wechseln sich ab; Schweiß steht in dicken Tropfen auf seinem Körper, sammelt sich im Bauchnabel und den Tälern seiner Muskeln. Jax klagt über Gliederschmerzen und wälzt sich hin und her, weil er nicht weiß, wie er liegen soll. Mehrmals krümmt er sich zusammen und muss sich sogar übergeben.

Verdammt, wenn ich doch an Medikamente käme! Ich will nicht, dass er Schmerzen hat und kann ihn kaum leiden sehen, auch wenn er tapfer die Zähne zusammenbeißt und kaum einen Laut von sich gibt. Leider haben sich keine Schmerzmittel in seinem Schrank befunden.

»Was ist das für ein Scheiß, Sam?« Seufzend legt er sich einen Arm über die Stirn.

»Ich habe keine Ahnung, aber die Symptome deuten auf Entzugserscheinungen hin.«

»Entzug … was?«, lallt er.

»Nimmst du Drogen?« Es tauchen immer wieder illegal zusammengemixte Substanzen auf, mit denen sich einige berauschen.

Jax schüttelt den Kopf. »Hast du meine Aufbauinjektionen eingepackt?«

»Nur die Vitaminpräparate. Was anderes hab ich nicht in deinem Badschrank gefunden.«

»Verdammt, die waren ja im Safe«, murmelt er.

»Warum?«

»Ich hab das Gefühl, sie würden mir helfen. Nach einer Spritze fühle ich mich immer wie neu geboren.«

Sonja und Jul haben mittlerweile unser Quartier betreten. Es hat sich herumgesprochen, dass Jax krank ist. Sonja schaut ihn besorgt an. Sie hat uns Suppe gebracht, die ich ihr dankbar abnehme.

Jul, der unsere Unterhaltung offenbar mitbekommen hat, nickt. »Es sind die Warrior-Aufbaupräparate. Sie enthalten ein Dopingmittel, das abhängig macht, damit sich die Warrior spätestens alle drei Tage einen Schuss setzen, um stark und leistungsbereit zu bleiben. Außerdem ist ein stimulierender Stoff beigemischt, damit sie nach den anstrengenden Einsätzen noch einen hochbekommen, um das Volk zu unterhalten.«

Ich schlucke hart. War Jax nur deshalb erregt? Nicht, weil ich ihm gefallen habe?

Mein Inneres verkrampft sich, als ich daran denke, dass wir keinen Sex mehr hatten, seit wir hier sind.

Nein, wir hatten keine Zeit, waren erschöpft, zu aufgewühlt … und außerdem kann uns hier jeder zuhören!

Mit zitternden Händen halte ich Jax eine Wasserflasche an die Lippen. »Du musst viel trinken.«

Er nimmt weitere große Schlucke, als wäre er am verdursten, und ich bin froh, dass wir hier Wasser im Überfluss haben.

»Jax muss langsam entwöhnt werden, sonst kann sein Herz stehen bleiben.« Ich bin so wütend auf den Senat, dass ich am liebsten nach oben laufen möchte, um alle Menschen aufzuklären. Aber würde mir jemand zuhören? Mir, einer Sklavin?

Wie können die Senatoren nur mit Menschenleben spielen? Wer weiß, was das Zeug für einen Schaden anrichtet? »Ich werde Mark kontaktieren, hörst du, Jax?« Erneut wische ich ihm den Schweiß von der Stirn. »Er kommt bestimmt an das Mittel heran.«

»Nein!« Sein Arm schießt hervor und hält meine Hand fest. »Du bleibst hier, es ist zu gefährlich! Außerdem mag ich mich von nichts und niemandem mehr beeinflussen lassen.« Matt sinkt seine Hand zurück und er schließt die Lider.

Ich muss seine Entscheidung akzeptieren. Tränen brennen in meinen Augen. Jax ist hart im Nehmen, sein Herz wird das aushalten.

»Okay«, wispere ich. »Ich bleibe bei dir.« Das ist bestimmt am vernünftigsten. Hier sind wir sicher. Das viele Wasser verwischt unsere Spuren und die Messgeräte der Soldaten können keine Lebenszeichen anzeigen, weil wir uns so tief in den Höhlen befinden.

Jul und Sonja verlassen unser Quartier, doch die junge Frau dreht sich noch einmal um. »Wenn du irgendwas brauchst oder ich etwas tun kann, gib mir Bescheid.«

»Ich danke dir.«

Sonja bleibt an der Blechtür stehen und blickt seufzend auf Jax. »Weißt du«, sagt sie leise, »ich war schwer in Cedric verliebt, und Jax sieht ihm so ähnlich. Das erinnert mich daran, wie sehr ich ihn immer noch vermisse.«

Jetzt wird mir klar, warum sie uns vertraut hat. Als sie Jax so bekümmert anschaut, bohrt sich ein Stachel durch meine Brust. Himmel, ich bin eifersüchtig! Sie sieht aber auch verdammt gut aus, hat den perfekten, schlanken Körper, trägt Waffen und diesen schwarzen Overall, der sie zu einer Soldatin macht. Ich erinnere mich daran, wie Jax ihr zugezwinkert hat.

»Ich glaube, Cedric hat dich auch geliebt«, sage ich, obwohl ich nicht weiß, ob sie das aufmuntert.

Wehmütig lächelnd verlässt sie uns.

Jax und ich sind kein Paar. Er kann sich mit jeder vergnügen. Nur will ich nicht daran denken. Im Moment möchte ich nur, dass er gesund wird, alles andere ist zweitrangig.

♥♥♥

Draußen ist längst die Nacht hereingebrochen, auch wenn man hier drinnen nichts davon mitbekommt. Meine innere Uhr allerdings schon. Gähnend liege ich neben Jax auf der Matratze und überlege, ob ich mir nicht ein wenig Schlaf gönnen soll. Ihm scheint es besser zu gehen. Das Fieber ist gesunken, die Krämpfe haben aufgehört.

Sonja hat eine Kerze vorbeigebracht. Eine echte, keine mit LED-Lämpchen. Das finde ich lieb von ihr. Wachskerzen sind in der Stadt etwas Besonderes und kosten viel Geld. Das Flackern der Flamme beruhigt mich, außerdem spendet sie ein schwaches Licht. Jax scheint tief und fest zu schlafen. Sein Gesicht wirkt entspannt, nur ab und zu zuckt ein Muskel in seiner Wange.

Ich habe mit Sonja über die Outlands geredet. Sie hat es als Einzige von draußen in die Stadt geschafft, ist über die Mauer – sie nennt sie »den zweiten Ring« – in die Todeszone geklettert und konnte sich tatsächlich im Kanalsystem in Sicherheit bringen. Dort stieß sie eines Tages, als sie halb verhungert war, auf Julius. Sie erzählte ihm alles über draußen und sie schickten eine Drohne über die Mauer, um mit den Outlandern Funkkontakt aufzunehmen. Diese Menschen hinken dem Fortschritt weit hinterher, da sie lange Zeit unter der Erde hausten. Sie leben jetzt in etwa wie die Menschen vor der Bombe im 19. Jahrhundert, bauen pflanzliche Medizin an, haben dampfbetriebene Maschinen, die auch mit dem verseuchten Wasser laufen, Fahrzeuge auf Schienen und eine vereinfachte Telekommunikation über Kabel.

Was sie erzählt hat, fasziniert mich sehr. Ich kann es kaum erwarten, nach draußen zu gelangen.

Vorsichtig, um Jax nicht zu wecken, drehe ich den feuchten Lappen auf seiner Stirn um. Da murmelt er plötzlich: »Danke, dass du dich um mich kümmerst, Doc.«

Nur mit Mühe halte ich meine Tränen zurück. Langsam mutiere ich zur Heulsuse, das ist ja nicht mehr normal. »Natürlich kümmere ich mich um dich. Nicht nur, weil ich Ärztin bin. Ich hätte es auch so getan.«

»Es ist verdammt lange her, dass sich jemand um mich gekümmert hat.« Er nimmt den Lappen von der Stirn und wischt sich damit über die Brust. Dann lässt er die Hand darauf ruhen. Sanft entziehe ich ihm das Tuch, um es auf die Seite zu legen. Das braucht er nicht mehr.

Als ich vermute, dass er wieder eingeschlafen ist, sagt er leise: »Ich bin im Heim aufgewachsen, wie alle Warrior. Die ersten Jahre habe ich in schöner Erinnerung, die Erzieherinnen haben sich gut um uns gekümmert, uns viel Liebe geschenkt. Bis wir etwa acht Jahre alt waren. Da ging das harte Training los.«

Ich halte die Luft an. Zum ersten Mal erzählt mir Jax etwas Persönliches. Ob man sie in solchen Einrichtungen erzieht, damit sie keinen zu engen Kontakt zu Familienangehörigen haben, die sie eventuell beeinflussen könnten? Damit sie niemanden haben außer ihren Brüdern und den Befehlen, die sie von oben entgegennehmen?

»Ehemalige Warrior haben uns täglich abgeholt und in ein Camp am Stadtrand gebracht. Da gab es nur Drill und Züchtigungen. Ich glaube, das hat mich abgestumpft.« Er dreht sich zu mir und sucht nach meiner Hand, ohne die Augen zu öffnen. Hastig ergreife ich sie.

»Ich hatte fast vergessen wie gut es sich anfühlt, wenn sich jemand um einen kümmert.« Er gähnt, drückt meine Finger und bleibt stumm.

Minutenlang starre ich ihn an, sein kantiges Gesicht, den muskulösen Körper, seine leicht behaarte Hand, und könnte davonschweben. Leider sind meine Lider so schwer, dass ich die Kerze lösche und mich dicht zu ihm lege. Ich bin überglücklich, dass er das Heftigste überstanden und mir solch ein Geständnis gemacht hat. Er ist nicht so abgestumpft, wie er glaubt. Seine Gesten zeigen das deutlich. Sämtliche Gefühle liegen tief in ihm vergraben und sein Zustand hat sie hervorgelockt. Vielleicht besteht doch noch Hoffnung für uns.

♥♥♥

»Bist du schon wach?«, flüstert er.

»Jetzt ja.« Ich blinzle in die Dunkelheit, genieße den warmen Körper an meinem Rücken und die Männerhand an meinem Bauch, die sich unter mein Shirt schiebt. »Wie spät ist es?«

Jax drückt auf sein Handycom. »Fünf Uhr morgens.«

Erst jetzt kehrt die Erinnerung zurück. Ich habe geschlafen wie eine Tote. Jax war krank! Rasch taste ich nach der Taschenlampe, schalte sie ein und drehe mich in seinen Armen um. »Wie geht es dir?«

»Ganz gut, fühle mich nur noch etwas schlaff, aber um den Eimer zu benutzen und ein Bad zu nehmen hat es gereicht.« Sein verschmitztes Grinsen hat er zumindest schon drauf.

»Du hättest mich wecken können!« Typisch harter Kerl, er macht seinem Namen, der »Unbesiegbare« zu sein, alle Ehre. Er steht immer wieder auf.

»Du hast so süß geschlafen«, murmelt er in mein Ohr.

Süß? Hat er tatsächlich dieses Wort benutzt? In meinem Magen flattert es.

Fest schließt er die Arme um mich und zieht mich auf sich. Ich sitze genau auf seinem besten Stück, das sich durch seine Unterhose weich an meinen Schritt schmiegt. Ansonsten ist Jax nackt, während ich Slip und T-Shirt trage.

»Ob ich noch kann?«, fragt er, seine unglaublich blauen Augen auf mich gerichtet, oder besser gesagt: auf meine Nippel, die sich durch den Stoff drücken.

»Was denn?«, frage ich, obwohl ich weiß, welche Richtung das Gespräch nehmen wird. Meine Klitoris beginnt sanft zu pochen.

»Ich habe gehört, was Julius gesagt hat. Dass die Spritze ein Potenzmittel enthielt. Was, wenn ich ohne die Injektionen nicht mehr …«

»Oh, ähm, du kannst bestimmt noch.« Ich hab doch beim Aufwachen gespürt, wie sich etwas Hartes an meinen Po geschmiegt hat. Das war garantiert nicht seine Waffe. Und dieses Etwas ist erneut auf dem besten Weg, gleich in Aktion zu treten. Mein Inneres zieht sich zusammen.

Jax kratzt sich am Kopf und lässt dann beide Arme angewinkelt daneben liegen. »Vielleicht sollten wir das testen. Es ist ohnehin längst Zeit für eine neue Behandlung, oder?«

Er schaut so unschuldig, dass ich grinsen muss. »Du musst das jetzt unbedingt wissen, oder?«

»Auf der Stelle.« Sein Schlafzimmerblick ist phänomenal, hat er den vor dem Spiegel trainiert? »Aber ich bin so schwach. Du musst mich ausziehen.«

»Muss ich das?«, frage ich süffisant und lasse einen Finger um seine Brustwarzen kreisen, bis sie genauso hart sind wie meine. Der Kerl ist so verboten heiß und er möchte Sex. Jetzt!

Ich bin aufgeregt und weiß gar nicht, warum. Schließlich haben wir schon einmal miteinander geschlafen. Doch da hat er geführt. Nun muss ich ran.

Mit beiden Händen streichle ich über seinen harten, flachen Bauch nach unten, wo ich die Finger in den Bund seiner Hose schiebe. Danach rutsche ich tiefer und ziehe den Slip nach unten. Sein halb erigierter Schaft liegt auf seinem Unterleib.

Langsam streife ich mein Shirt über den Kopf und beobachte jede von Jax' Regungen. Sein Penis zuckt, seine Bauchmuskeln spannen sich kurz an. Nachdem ich aus dem Slip gestiegen bin, schaut er zwischen seine Beine und raunt: »Ich glaube, er braucht mündlichen Zuspruch, um …«

Noch ehe er zu Ende gesprochen hat, knie ich neben ihm und nehme seinen noch leicht weichen Schaft in den Mund. Jax stöhnt leise, sofort wird er hart und stößt gegen meinen Gaumen.

Meine Zunge kitzelt seine glatte Spitze und stupst in den Schlitz. Ich glaube, das mag er, denn dann hebt er mir sein Becken entgegen. Auch wenn ich um den Kranz der Eichel züngle, scheint ihm das zu gefallen. Mir gefällt es ebenfalls, ihn auf gewisse Art in meiner Gewalt zu haben.

Ich hebe seine Hoden auf meine Handfläche und streiche mit dem Daumen darüber, während ich seine Erektion tief aufnehme. Dabei pocht es in meinem Schoß immer härter. Ich möchte ihn endlich in mir spüren. Ich bin bereits feucht zwischen den Schamlippen, bloß weil ich ihm einen blase.

Da er mit meinem Speichel benetzt ist, nutze ich das aus, um ihn zu massieren. Mit dem Daumen drücke ich auf die Narbe und reibe über das verhärtete Gewebe.

»Das fühlt sich fantastisch an, Doc«, sagt er atemlos.

»Wir sind nicht mehr bei *Sam*?«, frage ich ihn neckend.

»Es macht mich an, wenn ich dich Doc nenne. Ich stelle mir vor, ich bin bei dir in Behandlung und du verführst mich, bedienst dich an mir, machst, was dir gefällt.«

»Etwa so?« Kurzerhand setze ich mich auf ihn, halte seinen Penis an der Wurzel fest und führe ihn mir ein. Die dicke Kuppe dehnt meinen Eingang, dann gleitet der Rest in mich, so tief, dass es beinahe wehtut, aber der sanfte Schmerz bringt meinen Unterleib noch mehr zum Brennen. Es fühlt sich so gut an, mit Jax verbunden zu sein.

Aus großen Augen beobachtet er mich. »Du bist der Hammer!«

»Ich dachte, du bist gerne der Boss und gibst den Ton an?«

»Ja, ich liebe es, dich unter mir stöhnen zu hören, aber ab und zu ist so ein Rollentausch nicht schlecht.« Seufzend schließt er die Lider und wirft den Kopf hin und her, wobei er mir ständig seine Hüften entgegendrückt. Er will also mehr? Das kann er haben, ich kann mich ohnehin kaum zurückhalten. Immer schneller lasse ich ihn rein und raus gleiten, reibe meinen Kitzler an ihm und küsse seine Brustwarzen. Ich reite auf meinem erschöpften Krieger und bediene mich an ihm, weil es uns beiden gefällt.

Als Jax stöhnt, drücke ich ihm die Hand auf den Mund. »Pst, du weckst noch alle.«

Frech wie er ist, leckt er meine Finger ab. Sofort ziehe ich den Arm zurück, woraufhin ich ein zufriedenes Grinsen ernte.

»Es darf jeder hören, dass ich dich ficke.«

»Du mich?« Provozierend lasse ich meine Hüften kreisen und genieße das Gefühl, von ihm ausgefüllt zu werden. »Ich mache ja wohl allein die ganze Arb…«

Er stößt zu, sodass er noch ein Stück tiefer in mich eindringt. Dort berührt er einen Punkt, der mich dem Gipfel rasch entgegentreibt. Als Jax auch noch meine Brüste massiert, kann ich den Orgasmus mich mehr zurückhalten. Er pulsiert von tief in mir in alle Richtungen, rast hin und her und lässt mich Sternchen in der Düsternis sehen.

Während sich meine Scheidenmuskeln um ihn krampfen, kommt auch er laut stöhnend. Sein Körper zittert, Gänsehaut überzieht seine Brust. Er wirft den Kopf zurück, sodass sein Kehlkopf hervortritt. Dabei hält er meine Hüften gepackt, um tief in mich eindringen zu können.

Nach einem leisen Knurren bleibt er entspannt liegen. Ich fühle, wie er langsam in mir weicher wird, und rutsche von ihm, um mich neben ihm auszustrecken.

»Es funktioniert noch alles ausgezeichnet«, sage ich atemlos und lächle. Jax hatte auch ohne dieses Aphrodisiakum Lust auf mich, und wie. Es war schneller, aber schöner Sex.

Es ist noch früh, wir sollten uns noch ein wenig Schlaf gönnen. Genießerisch schließe ich die Augen, um dem sanften Pochen nachzuspüren, das immer noch in meinem Schoß klopft. Wenn ich nicht so müde wäre und Jax seine vollen Kräfte hätte, würde ich glatt noch einmal wollen.

»Findest du mich eigentlich attraktiv?«, frage ich ihn leise, nachdem sich mein Rausch gelegt hat. Blinzelnd sehe ich ihn an, wobei meine Wangen brennen. Ich habe immer noch Sonja im Hinterkopf, obwohl ich diejenige bin, mit der Jax schläft. Eifersucht ist etwas Ätzendes.

Er dreht sich zu mir und stützt den Kopf auf seinen angewinkelten Arm. »Ich hab noch nie so eine sexy Frau gesehen wie dich. Du hast einen Wahnsinnskörper, bist intelligent und hast mich gerettet.«

»Ich glaube, du leidest am Nightingale Syndrom«, sage ich grinsend.

Jax hebt die Brauen. »Was ist das?«

»Wenn sich ein Patient in seinen Arzt verliebt. Oder war es umgekehrt?«

So genau weiß ich es tatsächlich nicht mehr, ich hatte darüber in einem alten Ärztefachbuch gelesen.

Sofort beiße ich mir auf die Zunge. Was rede ich da bloß? Ich möchte nicht, dass er meine wahren Gefühle kennt, weil ich nicht enttäuscht werden möchte.

Jax' Miene wird ernst. »Du hast dich in mich verliebt?«

Atemlos nicke ich. Jetzt ist es raus. Warum sollte ich ihm und mir länger etwas vormachen?

»Sam …«, stößt er gequält hervor und presst die Kiefer aufeinander. Er sieht an mir vorbei und ringt offensichtlich nach Worten, da ein Muskel in seiner Wange zuckt.

Als ich glaube, dass nichts mehr kommen wird, sagt er: »Ich kann dir nur Sex und Schutz geben, auch wenn das nicht alles ist, was du möchtest. Ich weiß nicht mehr, was Liebe ist und wie sich das anfühlt. Ich kann dich mit meinem Schwanz lieben, aber nicht mit dem Herzen.«

Obwohl ich mit so einer Antwort gerechnet habe, tun mir die Worte mehr weh, als ich dachte. Mühsam halte ich die Tränen zurück.

Ob er mit Sex die Leere in sich kompensiert? Jeder Mensch sehnt sich doch nach einem anderen, dem er seine Sorgen anvertrauen, mit dem er kuscheln und Spaß haben kann.

»Ist gut«, erwidere ich mit belegter Stimme und versuche zu lächeln. »Ich nehme dich so, wie du bist.« Ich werde einen Warrior nicht ändern können, auch wenn ein Teil von mir das hofft.

Er schlägt die Augen nieder und ergreift meine Hand. Möchte er mir noch etwas sagen? Mein Herz rast.

Als plötzlich Tumult im Gang ausbricht, zucke ich zusammen und ziehe die Decke bis zur Brust hoch. »Was ist da los?«

Jax ist bereits dabei, in seine Hose zu springen und schnappt sich das Gewehr, als auch schon unsere provisorische Tür aufgeht.

Jul stürmt herein. »Ich hab eine gute und eine sehr schlechte Nachricht für euch«, sagt er atemlos.

»Die schlechte zuerst!« Jax starrt ihn finster an.

»Unsere Spione haben gemeldet, dass die Warrior ausströmen. Alle Einheiten sind im Einsatz. Sie suchen nach euch.«

»Shit, aber das war zu erwarten«, knurrt Jax.

Ich schlucke hart. Alles nur meinetwegen.

»Und die gute?«, frage ich vorsichtig.

»Der Tunnel ist fertig«, antwortet er mir, bevor er sich erneut Jax zuwendet. »Wie gut kennst du deine ehemaligen Waffenbrüder? Gibt es vielleicht welche, die wir auf unsere Seite bringen können?«

Langsam schüttelt er den Kopf. »Fällt mir keiner ein.«

Wieso sollten sie auch die Seiten wechseln? Einem Warrior fehlt es an nichts, er verdient gut, ist beliebt, angesehen … Warum sollte er ein solches Leben aufgeben? Die Soldaten müssen zwar hart kämpfen und setzen ihr Leben aufs Spiel, doch der Kampf und die anschließende Befriedigung –

die der applaudierenden Menge und die Auslebung ihrer Gelüste – scheint sie süchtig zu machen. Ob sie uns glauben würden, wenn man ihnen die Wahrheit erzählt? Dass sie für korrupte Leute arbeiten, die sie nur ausnutzen?

Die Menschen in den Outlands sind frei und die Bewohner der autarken Städte die eigentlichen Gefangenen. Sie müssen sich einer strengen Regierung unterwerfen, die sie ausbeutet, klein und dumm hält, nur damit die Oberen ein Leben in Luxus führen können. Die relativ wenigen Menschen in den autarken Städten haben sie gut unter Kontrolle, die Millionen da draußen nicht.

Jul fährt sich durch sein blondes Haar und sieht plötzlich viel älter aus. Sorgenfalten zeichnen sich in seinem Gesicht ab. »Wir sollten sofort alle durch den Tunnel evakuieren.«

Jax nickt. »Schau, dass Sam gut durchkommt, ich werde die Warrior ablenken.«

»Du allein?« Mein Herz macht einen Satz. »Das ist doch Selbstmord!«

»Ich kenne mich hier unten genauso gut aus wie meine Brüder. Außerdem können sie mich nicht mehr orten, ich aber sie.« Er tippt auf sein Handycom. »Sobald ihr durch seid, gehe ich nach oben, um den Senator und seinen Handlanger zu töten.«

»Okay.« Jul gibt ihm einen freundschaftlichen Klaps auf die Schulter. »Wir versammeln uns in fünf Minuten am See«, sagt er und verlässt unser Lager.

»Du willst deine Rache – jetzt?« Ich bekomme kaum Luft.

»Jetzt ist der beste Zeitpunkt. Alle Warrior sind beschäftigt. Wer wird mich in der Stadt vermuten?« Ein beinahe irrer Glanz liegt in seinen Augen.

Hastig ziehe ich mich an und stopfe all unsere wenigen Habseligkeiten in den Rucksack, während Jax seine Schutzweste und die Waffen anlegt. Ich weiß, dass ich ihn nicht aufhalten kann, und das zerreißt mich fast.

An der Tür dreht er sich zu mir um und schenkt mir einen ernsten Blick. »Wir sehen uns dann auf der anderen Seite.«

Ich lasse den Rucksack fallen, damit ich Jax umarmen kann. »Pass auf dich auf.«

Sanft drückt er mich an sich. Es tut so gut, ihn zu spüren. Ich will ihn nicht verlieren.

Hastig zwinkere ich ein paar Tränchen weg und sehe zu ihm auf. »Bekomme ich noch einen Abschiedskuss?«

»Ich komm doch wieder«, flüstert er an meiner Wange.

Seufzend fahre ich durch sein Haar. »Das kannst du nicht wissen. Und vielleicht passiert mir ja …«

Plötzlich drückt er seinen Mund auf meine Lippen. Sein feuriger Kuss kommt überraschend und droht, meine Haut zu versengen. Genauso schnell ist er auch wieder vorbei.

Jax lässt mich los, raunt: »Bis später«, und geht. Er lässt mich allein in unserer kahlen Kammer zurück, in der ich ihn eben noch geliebt habe.

Ich weiß, dass er einer der Besten ist, doch er ist weder unsterblich noch ganz wiederhergestellt und das macht mir Angst.

Kapitel 8 – Feinde und Freunde

Den Tunneleingang sehe ich zum ersten Mal. Er liegt hinter einer beweglichen Betonwand verborgen, die sich wie eine Tür aufklappen lässt. Was für eine geniale Tarnung!

»So lange kein Warrior die Geheimtür entdeckt, können wir den Tunnel nutzen«, sagt Jul leise, während er Männer, Frauen und Kinder durchwinkt.

Niemand gibt einen Laut von sich, alle sind schwer bepackt mit Taschen, Rucksäcken und Waffen. Erst im Tunnel schalten sie ihre Taschenlampen ein.

Jul trägt eine Schutzweste, an der kleine Granaten hängen, genau wie bei Jax, und eine Pistole in der Hand, nur dass Jul neben meinem Warrior wie ein Kind wirkt. Ich vermisse Jax so sehr und muss ständig an ihn denken.

»Willst du wieder zurück in die Stadt?«, frage ich in die Dunkelheit. Dabei halte ich mich krampfhaft an den Riemen meines Rucksackes fest. Die Pistole, die Jax mir gegeben hat, habe ich weggesteckt. Vor Nervosität würde sich nur ein Schuss lösen. Wo bleibt er nur?

»Ich muss zurück. Mein Vater darf keinen Verdacht schöpfen. Er denkt nach wie vor, ich betreibe die Wäscherei. So sitze ich weiterhin an der Quelle und kann sofort reagieren. Aber morgen möchte ich mit den Outsidern einen Plan ausarbeiten. Wir brauchen noch mehr Leute, um die Lagerhalle zu zerstören. Wir müssen die Bomber vernichten, bevor sie die Outlands angreifen.« Er lässt den letzten Mann hindurch und bedeutet mir, ihm zu folgen.

»Ich will auf Jax warten«, sage ich, wobei ich mich ständig hastig umschaue, doch außer Finsternis gibt es nichts zu sehen.

Jul blickt auf den kleinen Tablet-Computer in der Handfläche, und sein Gesicht leuchtet geisterhaft im Dunkeln. Das Display zeigt ihm an, ob ein Warrior in der Nähe ist. »Ich weiß nicht, wie Jax das gemacht hat, aber fast alle Soldaten befinden sich auf der anderen Seite unter der Stadt. In unserer Nähe ist keiner, es dauert mindestens zehn Minuten, bis uns einer erreichen könnte.«

Ich atme auf. Zehn Minuten klingen nicht viel, aber es ist ein guter Vorsprung.

Jul holt ebenfalls tief Luft. »Okay, ich warte noch fünf Minuten, dann gehen wir. Ich habe Jax versprochen, dich rauszubringen. Außerdem muss ich wirklich pünktlich zurück sein.«

Vor Aufregung habe ich eine Gänsehaut, daher rubble ich über meine kalten Arme. »Findet es dein Vater nicht seltsam, dass du als zukünftiger Senator eine Wäscherei leitest?«

Jul hebt eine Braue. »Er war erst skeptisch, aber als ich ihm erklärt habe, dass ich durch diesen Job nah am Volk bin, es studieren und später besser manipulieren kann, fand er die Idee genial.«

Ich möchte mir nicht ausmalen, was sein Vater mit ihm anstellen würde, sollte er die Wahrheit erfahren. »Werden uns die Outsider nicht töten? Immerhin sind wir ihre Feinde.«

Wir schließen die schwere Betontür und entfernen uns ein Stück von der Stelle, um uns in einem Nebengang zu verbergen. Dort stelle ich meinen Rucksack neben meine Füße und Jul flüstert mir zu: »Wir haben Sonja als Verbündete, sie wird alles regeln. Und wir haben ja Funkkontakt, da wir eine Drohne über die Todeszone schicken konnten. Sie haben von der anderen Seite am Tunnel gegraben. Gemeinsam werden wir einen Plan ausarbeiten, wie wir den Senat stürzen und alle friedlich miteinander leben können. Die Outsider brauchen nur ein wenig Unterstützung, damit sie eine eigene Trinkwasseraufbereitungsanlage bauen können. Sie wollen gar nicht unsere Stadt, nur sauberes Wasser.«

»Warum kam Sonja eigentlich her? So ein Risiko einzugehen …«

»Sie brauchte dringend Medikamente für ihr schwerkrankes Kind. Es hatte Lungenentzündung und wäre sicher gestorben. Kaum jemand überlebt in den Outlands, wenn er schwer krank wird.«

»Sie hat ein Kind?« Diese Neuigkeit haut mich fast um. Wenn eine Mutter ihr Kind verlässt, muss es wirklich schwer krank gewesen sein.

»Ja, ihre Mom kümmert sich um ihren kleinen Sohn. Wir haben es geschafft, die Medis mit einer illegalen Wasserlieferung rauszuschmuggeln. Zum Glück sind die Rohre dick genug, so können wir das System wie eine Rohrpost nutzen.«

Als Jul erneut auf sein Display schaut, sehe ich aus den Augenwinkeln eine Flamme aufzüngeln und höre einen gedämpften Knall – im selben Moment fliegt Jul nach hinten, kracht mit dem Kopf gegen die Wand und fällt zu Boden, mit ihm sein Tablet, das sein sanftes Licht in den Gang schickt.

Wie gelähmt presse ich mich neben ihn an die Wand und sehe jemanden auf uns zukommen. Er trägt Einsatzstiefel, eine Tarnhose, einen Gürtel mit Granaten … Je näher er kommt, desto mehr erkenne ich.

Mein Blick huscht vom reglosen Jul zum Computerdisplay. Nichts ist zu sehen, zumindest kein Warrior-Signal. Das kann nur bedeuten … »Jax?«, wispere ich und schlucke meine Angst hinunter. »Warum hast du Julius erschossen?«

Als ein eisiges Lachen ertönt, weiß ich, dass das nicht Jax ist, der auf mich zuschreitet. Schon sehe ich ein kantiges Gesicht mit einer blonden Mähne – und mein Atem stockt vor Furcht. Es ist Blaire!

Oh Gott! Meine Finger krallen sich in den Stein, bevor ich mich an die Waffe in meinem Gürtel erinnere.

Blaire reißt die Pistole aus meinem Holster und schmeißt sie weg, dann drückt er den Lauf seines Gewehres so fest gegen meine Stirn, dass mir vor Schmerzen Tränen in die Augen steigen. »Sieh an, wenn das nicht Jax' entflohene Sklavennutte ist.«

Ich warte darauf, dass er mir eine Kugel in den Kopf jagt. Wie wird es sich anfühlen? Werde ich überhaupt etwas spüren?

Im Geiste sehe ich mein Gehirn hinter mir an der Wand kleben. »Na los, brauchst du eine Einladung?«, frage ich stockend.

In seinem Gesicht lese ich, wie er es liebt, mich zu quälen. Er weidet sich an meiner Angst. Da geht ihm offenbar einer ab, denn als er den Lauf wegzieht und mich mit seinem Körper gegen den Beton presst, höre ich seinen erregten Atem an meinem Ohr. »Ich glaube, ich schneide dich lieber auf. Ganz langsam.« Er lächelt diabolisch. »Das macht mehr Spaß.«

Ich will nur noch so schnell sterben wie möglich. Hoffentlich bleibt mein Herz stehen! Ich werfe einen kurzen Blick auf Jul, doch der bewegt sich nicht. Blut klebt an der Wand. Ich bin allein, niemand kann mir helfen. »Jax!«, brülle ich aus Leibeskräften – da trifft mich Blaires Faust an der Stirn. »Maul, Schlampe!«

Durch die Wucht des Schlages falle ich zu Boden und bleibe benommen liegen. Mein Schädel dröhnt und fühlt sich an, als würde er platzen.

Der Druck nimmt zu und sprengt beinahe meinen Körper, als Blaire sich auf mich wirft. »Auf deinen Warrior-Schnuckel kannst du lange warten. Ich habe ihm ein paar Kugeln verpasst.«

»Bist du dir sicher?« Er will mir doch nur Angst machen, oder? Jax ist nicht tot!

Blaire hebt eine Braue. »Die Schlampe zweifelt?«

Eine nie gekannte Wut steigt in mir auf. »Jax wird dir den Schädel wegpusten. Er steht immer wieder auf. Er ist der Unbesiegbare!«

Blaire lacht so irre los, dass der gruslige Laut schrill von den Wänden hallt. Dabei erdrückt er mich fast mit seinem Gewicht.

Hektisch schnappe ich nach Luft – vergeblich. Ich kann nicht einatmen, nicht mehr sprechen und habe das Gefühl, meine Augen ploppen gleich aus ihren Höhlen. Nur benommen höre ich Blaires Worte, während ich matt auf ihn einschlage.

»Es macht mir einen Heidenspaß, alles zu töten, was Jax liebt. Schade, dass er deinen Tod nicht mehr miterlebt. Wenigstens hat er seinen Bruder sterben sehen. Es war mir eine Ehre, die Granate auf diesen Verräter werfen zu dürfen.«

Er hat Cedric getötet? Das raubt mir für einen Moment die letzte Kraft.

»Und jetzt habe ich auch noch Jax ausgeschaltet. Dieser Loser hat seit meinem Attentat eh nichts mehr zerrissen. Jetzt bin ich die Nummer eins.«

Ein Schluchzer hängt in meinem Hals fest, doch er kann nicht hinaus. Ich unternehme einen letzten, verzweifelten Versuch, um an sein Gesicht zu gelangen, damit ich ihm die Augen auskratzen kann, doch ich bin zu schwach, meine Arme wiegen eine Tonne. Blaire packt sie und schüttelt milde lächelnd den Kopf.

»Kein Wunder, dass du ihm gefallen hast. Er mochte dicke Titten und Frauen mit Pep. Vielleicht gefällt mir das ja auch?« Grinsend leckt er über mein Gesicht, und ich würde mich am liebsten übergeben.

»Das wirst du nur nie mehr herausfinden!«, brüllt plötzlich jemand hinter uns. Ich höre die Stimme kaum, weil mein Puls lautstark in den Ohren klopft. Fast zeitgleich knallt es – und Blaire bricht auf mir zusammen.

Etwas Warmes läuft auf meine Schulter, dort, wo Blaires Kopf liegt, dann wird mir schwarz vor Augen. Mein Sauerstoff ist verbraucht, das Gewicht des leblosen Körpers drückt auch noch das letzte bisschen Luft aus meinen Lungen …

♥♥♥

»Sam, bitte mach die Augen auf!«

Was für ein schöner Traum. Jax ist bei mir, er hält und küsst mich. Sein warmer Atem dringt tief in meine Lungen und … Wieso bläst er mich auf?

Ich reiße die Lider auf und schnappe so heftig nach Luft, dass ich husten muss und meine Augen feucht werden.

»Sam, Gott sei Dank!« Jax wiegt mich in seinen Armen und streicht mein Haar zur Seite. Als er über meine Stirn fährt, zucke ich zusammen.

»Hat er dir was getan?«

»Ich hab eine Beule am Kopf«, flüstere ich. »Bin ich tot?«

Ein mattes Licht erhellt sein wunderschönes Gesicht. So sexy, so männlich. Er ist ein Engel. Das muss es sein. Er ist gekommen, um mich mit sich zu nehmen.

Er lächelt, und Grübchen bilden sich in seinen Wangen. »Nein, Blaire ist tot. Ich habe ihm in den Kopf geschossen.«

Blaire ist tot … Mir fällt alles wieder ein. »Er hat die Granate auf euch geworfen und …«

»Pst, ich hab alles gehört. Ich habe nur auf eine günstige Gelegenheit gewartet, damit ich dich nicht treffe. Dieser Schweinekerl tut niemandem mehr was.«

»E-er hat gesagt, er hat dich getötet.« Passiert das wirklich? Ist Jax bei mir und hält mich? Ich fühle seine Wärme und rieche seinen unvergleichlichen Duft nach Mann und Schweiß. Eine Dusche würde uns trotzdem beiden nicht schaden.

»Der Mistkerl hat mich nur am Arm getroffen«, erklärt er grollend.

Plötzlich bin ich hellwach und richte mich auf. »Du bist verletzt?«

Er schüttelt den Kopf. »Bloß ein Streifschuss.«

»Du lebst!« Schluchzend vor Glück falle ich ihm um den Hals. »Du bist nicht Greer suchen gegangen? Sonst wärst du doch noch länger weg gewesen, oder?«

Jax seufzt in mein Haar. »Als ich glaubte, die Warrior lange genug abgelenkt zu haben, zog ich mich zurück, um nach oben zu gehen, und entdeckte dabei Blaire, wie er sich von der Gruppe absonderte. Nur sah ich ihn nicht auf dem Handycom.«

»Wir auch nicht. Sein Senderchip muss defekt sein.«

»Nein, er wurde entfernt. Ich habe nachgesehen.« Er nickt der leblosen Gestalt neben mir zu, die in einer Blutlache liegt, und ich springe fast auf

Jax' Schoß. Die Taschenlampe auf dem Boden spendet ein diffuses Licht, alles sieht so unwirklich aus.

»Er ist tot, Sam. Ich wünschte, ich hätte eher bei dir sein können, aber nachdem Blaire mich entdeckt hat und es zu einem Schusswechsel kam, verlor ich seine Spur. Bis ich dich schreien hörte.« Immer wieder fährt er über meinen Körper, als ob er nach Verletzungen suchen würde. In seinem Gesicht liegen Kummer und Verzweiflung. Mein Herz hüpft. Er empfindet mehr für mich, als er wahrhaben möchte.

Zärtlich streichle ich über seine Wange und versuche das Pochen in meinem Schädel zu ignorieren. »Mir geht es gut, aber Julius …« Mit zitternden Knien stehe ich auf, und Jax hilft mir. Er lässt mich nicht los. »Blaire hat ihn erschossen! Und das nur meinetwegen, weil ich nicht durch den Tunnel wollte.«

»Warum nicht?« Jax klingt ungehalten, während wir uns neben Juls leblosen Körper knien. »Du hast doch gewusst, dass ich so schnell nicht zurückkomme. Wenn mir Blaire nicht in die Quere gekommen wäre, wäre ich direkt nach oben gegangen, um Freeman und Greer zu suchen.«

»Ich weiß, doch ich habe so sehr gehofft, dass du es nicht tust, und zu mir zurückkommst.« Schnell untersuche ich Jul, um mich abzulenken. Ich möchte nicht hören, was Jax sagen wird, ich kenne seine Meinung. Er kann mir nur Sex und Schutz geben, und diese Aufgaben erfüllt er meisterlich.

Als ich Juls Hals abtaste und ein Klopfen an meinen Fingerspitzen fühle, stockt mein Atem. »Er lebt!«

Jax reißt Juls Schutzweste auf. Sie hat den Schuss abgefangen, doch die Wucht des Aufschlages war so stark, dass Julius gegen die Wand geschleudert wurde. Das Blut stammt von einer Platzwunde am Hinterkopf. Deshalb ist er auch bewusstlos.

»Ich trage ihn«, sagt Jax. »Lass uns endlich abhauen.« Während er auf sein Handycom drückt, hebe ich das Tablet sowie meine Pistole auf. Ich verstaue beides in meinem Rucksack und schultere ihn.

Da stößt Jax einen Fluch aus und wirbelt herum.

Ein großer Mann tritt in den Lichtkegel der Taschenlampe, die immer noch auf dem Boden liegt. Er trägt dieselbe Kleidung wie Blaire.

Bitte nicht noch ein Warrior!

Er hat feuerrotes Haar und kantige, hohe Wangenknochen, was ihn noch furchterregender aussehen lässt. Er gleicht einem teuflisch schönen Höllendämon.

Beide Männer richten den Lauf ihrer Gewehre aufeinander, während mich Jax hinter sich schiebt.

»Das ist eine Sache zwischen dir und mir, Crome«, sagt er bedrohlich. »Lass Sam laufen. Sie hat mit alldem nichts zu tun.«

»Ich schlage dir einen Deal vor.« Die Stimme des Kriegers klingt fast genauso dunkel wie die von Jax.

»Lass hören«, knurrt Jax.

»Ich habe dich nicht gesehen und du mich nicht.«

Was? Habe ich etwas in den Ohren?

Als Jax nichts erwidert, luge ich an ihm vorbei.

Crome lässt die Waffe sinken, und auch Jax senkt den Arm.

Nachdem Jax wohl diese Überraschung verarbeitet hat, antwortet er: »Damit kann ich leben, Bruder.«

Crome nickt uns zu und verschwindet.

»Was war das denn bitte?«, wispere ich und merke erst jetzt, wie sehr ich zittere.

»Keine Ahnung.« Jax schultert sein Gewehr, wirft einen Blick auf sein Handycom und schiebt die Hände unter Juls schlaffen Körper. »Aber jetzt verschwinden wir wirklich, bevor noch jemand auftaucht, der mir nicht wohlgesonnen ist.«

»Das war Crome? Hatte der nicht weißes Haar?« Ich erinnere mich noch schwach an seinen Auftritt.

»Der wechselt ständig die Haarfarbe, ist so ein Markenzeichen von ihm.«

Wir gehen zum Tunnel und ich öffne den geheimen Durchgang. Es ist anstrengend, die schwere Tür aufzuschieben, aber bestimmt weniger anstrengend, als Julius zu tragen.

Nachdem Jax mit Julius in den Armen hindurchgeschritten ist, möchte ich von innen die Tür zuziehen, schaffe es aber nicht. Da greift Jax' Hand an mir vorbei, und schon ist der Tunnel geschlossen.

»Warum hat Crome uns nicht ausgeliefert?« Das würde mich brennend interessieren.

»Falls er mir noch mal über den Weg läuft, werde ich ihn fragen«, antwortet Jax grinsend, aber seinen Sinn für Humor teile ich weniger. Ich bin einfach nur glücklich, dass wir beide noch leben.

Mit der Taschenlampe in der Hand eile ich voraus. Der Stollen ist niedrig, sodass ich den Kopf leicht einziehen muss, und das Erdreich mit Balken aus allen möglichen Materialien abgestützt. Jax kann nur gebückt gehen, dennoch schafft er es irgendwie, Julius zu tragen.

»Wo habt ihr denn die ganze Erde hingetan?«, möchte ich wissen.

»Ein Planquadrat von hier entfernt haben die Rebellen alte Bohrschächte gefunden, die noch vom Stadtbau stammten. Angeblich Fehlbohrungen für die Pfeiler der Kuppel. Dort haben wir alles reingekippt.«

»Und die Stützpfeiler?«

»Hier unten liegt eine Menge Müll herum, der lässt sich prima verbauen.«

Der Weg kommt mir ewig vor, und da er eine leichte Kurve macht, sehe ich das Ende nicht. »Wirst du gleich zurückgehen, wenn du uns rausgebracht hast?« Ich bin aufgeregt, was mich dort erwartet, doch genauso aufgeregt bin ich, ob Jax weiterhin nach Rache sinnt.

»Nicht, bevor ich dich irgendwo angekettet habe.«

Plötzlich wird es heller, ich erkenne gelbes Licht am Ende des Tunnels. Nach einer weiteren Minute kann ich die Taschenlampe ausschalten. Der Ausgang! Ich drücke einen gigantischen Busch zur Seite, woraufhin mir Wärme und trockene Luft entgegenströmen. Eine glühend-gelbe Scheibe geht am Horizont auf und die Helligkeit treibt mir Tränen in die Augen. Es ist das erste Mal, dass ich die Sonne sehe, weshalb ich meinen Blick kaum abwenden kann.

»Ist das schön«, wispere ich.

»Sonnenaufgang. Die beste Zeit des Tages«, sagt Jax und legt Julius im Gras ab, damit er den Tunneleingang mit dem riesigen Busch abdecken kann.

Der Ausgang befindet sich in einem Hügel, der eher einem Schrotthaufen gleicht, allerdings ist er teilweise mit Büschen bewachsen.

»Warte, bis die Sonne am Zenit steht, dann ist es hier draußen im Sommer wie in einem Glutofen und leider nicht mehr so toll.«

Mit der Hand schirme ich meine Augen ab, um mir einen Überblick zu verschaffen. Ich sehe weder Menschen noch Tiere, bloß eine Wüste: vertrocknetes Gras, knochige Sträucher und diese stachligen Riesenfinger sind wahrscheinlich Kakteen. Am Horizont erstrecken sich graubraune Bergketten – ansonsten sind wir umzingelt von Ruinen ehemaliger Hochhäuser, halb verfallenen Konstrukten aus Glas, Stahl und Beton. Der Krieg muss hier ziemlich gewütet haben.

Hinter uns erkenne ich die hohe Betonmauer der Stadt – den äußeren Ring –, dahinter die milchige Kuppel.

Als ich ein leises Stöhnen vernehme, wirble ich herum. Jul ist aufgewacht. Sofort hocke ich mich zu ihm. »Wie geht es dir?«

»Scheiße, hab ich Kopfweh«, murmelt er und zwinkert. Dabei drückt er sich eine Hand auf die Stirn. »Was ist passiert?«

»Du hast einen heftigen Schlag abbekommen und warst bewusstlos. Blaire hat auf dich geschossen, doch deine Weste hat dich gerettet.«

»Ich kann mich an nichts erinnern.« Mit Jax' Hilfe setzt er sich auf. »Wo ist der Hurensohn?«

»Jax hat ihn erschossen und uns rausgebracht.« Ich krame den Wundlaser aus dem Rucksack, um Juls Platzwunde zu behandeln. Das Kontrolllämpchen blinkt, die Energie ist fast verbraucht und ich bezweifle, dass es hier draußen eine Ladestation gibt.

»Also haben wir es geschafft?«

Ich nicke.

»Dann kann ich ja jetzt wieder die Augen schließen«, sagt er matt.

»Nein, du musst wach bleiben, Jul!«

»Ich könnte dringend ein Nickerchen vertragen«, nuschelt er.

»Verdammt, er muss in ein Krankenhaus.« Das wird es hier draußen sicher nicht geben. »Er könnte eine Gehirnblutung davongetragen haben.«

Jax beugt sich zu mir und fragt leise: »Ist das tödlich?«

»Wenn sie nicht behandelt wird, ja.« Hektisch schaue ich mich um. »Wo liegt denn nun die Stadt der Outsider?« Hier scheint es nur Ruinen zu geben. Etwas entfernt erkenne ich eine vergilbte Tafel, auf der steht: »Willkommen in Las Vegas«, ansonsten sehe ich nur graue Büsche und Sträucher, kaum Grün. Alles andere als ein Paradies.

»Jul«, sanft rüttle ich ihn an der Schulter. »Wo müssen wir hin?«

Er blinzelt kurz und murmelt etwas Unverständliches, das sich wie »Osten« anhört. Ich glaube, von ihm dürfen wir keine richtige Auskunft erwarten. Hoffentlich hat er bloß eine Gehirnerschütterung.

Jax klettert auf den Hügel und dreht sich im Kreis, bevor er kopfschüttelnd zurückkommt. »Ich kann vorgehen und die Stadt suchen. Du bleibst mit Julius hier, aber ihr versteckt euch lieber in einer der Ruinen, falls die Warrior den Tunnel entdecken.«

Etwas anderes bleibt uns wohl kaum übrig. »Okay, aber zuerst lass mich deinen Streifschuss behandeln, hier draußen liegt mir zu viel Dreck. Du könntest dir eine Infektion holen.«

Ohne zu murren setzt er sich neben Jul und lässt mich seinen Oberarm versorgen. Als ich ihm so nah bin, starrt er mich die ganze Zeit an, ohne etwas zu sagen. Ich versuche mich zu konzentrieren, was mir in der Nähe dieses Mannes jedes Mal schwerfällt, doch sein Blick ist heißer als die Sonne in meinem Rücken und macht mich wie immer nervös.

Jax räuspert sich. »Als ich deinen Schrei hörte, habe ich geglaubt, ich hätte dich verloren.«

Nachdem ich über die geschlossene Wunde gepustet habe, schaue ich ihn mit wild pochendem Herzen an. »Ich habe nur darum gebetet, dass Blaire schnell macht. Ich hatte solche Angst.«

Seine Augen sind unergründlich. Was denkt er?

Ich schlucke hart und meine Hände zittern, als ich den Laser wieder im Rucksack verstaue. Seine Energie ist verbraucht, aber vielleicht ist er noch zu etwas gut. »Wärst du traurig gewesen, wenn ich …«

Jax greift nach meiner Hand und zieht mich auf seinen Schoß. Seine Lippen liegen direkt vor meinem Mund.

»Ich …«, sagt er zögerlich, doch plötzlich schaut er über meine Schulter und greift zur Waffe. »Da kommt jemand!«

Ich springe auf, ein Stich rast durch meine Brust. Lange mache ich die Aufregung nicht mehr mit oder kann man sich an ständige Angst gewöhnen?

Jul pflückt sich eine Granate von seiner Schutzweste, bleibt jedoch am Boden sitzen.

Jax lässt die Waffe sinken. »Es ist Sonja!«

Jetzt erkenne ich sie auch. Sie trägt noch den schwarzen Overall mit einer Pistole am Gürtel und einen Strohhut sowie eine Sonnenbrille. Lachend winkt sie uns zu.

Als sie bei uns ist und Julius sieht, wird ihre Miene ernst. »Was ist passiert?« Sie kniet sich zu ihm, um seine Kopfwunde zu begutachten.

Jax erzählt ihr die Kurzversion und ich füge hinzu: »Er muss dringend in ein Krankenhaus.«

»Ach, Sam hat mich doch schon versorgt«, murmelt Jul.

»Nein, Sam hat Recht«, sagt Sonja mit Nachdruck.

»Habt ihr denn ein Krankenhaus?« Das zweifle ich stark an, wenn ich mich hier so umsehe.

»Kommt mit, ihr werdet überrascht sein.« Sie drückt jedem von uns eine Sonnenbrille in die Hand, die sie aus einer Brusttasche gezogen hat. »Die werdet ihr brauchen. Haben sie nach unserer Ankunft verteilt.«

Ich setze meine sofort auf und atme durch. Eine Wohltat für unsere an die Dunkelheit gewöhnten Augen.

»Wie geht es Noel?«, fragt Julius sie, während ihn Jax und Sonja in ihre Mitte nehmen.

Sie strahlt über das ganze Gesicht. »Ihm geht es sehr gut. Mama und er haben in der Nähe gewartet, als wir aus dem Tunnel kamen. Noel hat sich so gefreut. Er ist so groß geworden!« Sie blinzelt sich eine Träne weg. »Sicherheitshalber sind sie zurück in die Stadt.« Nach einem kurzen Blick auf Jax setzt sie hinzu: »Als sie hörte, dass auch ein Warrior erwartet wird, hat sie sich gefürchtet.«

»Wird Jax Probleme bekommen?«, frage ich.

»Jul und ich werden mit dem Bürgermeister reden.« Sie wendet sich an Jax. »Immerhin hast du uns geholfen. Aber vielleicht solltest du mir lieber deine Waffen geben, bevor wir ankommen.«

Zehn Minuten später befinden wir uns auf einer Straße, deren Asphalt porös und an vielen Stellen aufgebrochen ist. Zu beiden Seiten nur Ruinen.

Es wird rasch wärmer, die Luft flirrt, die Sonne brennt auf meiner Haut. Ich möchte tief durchatmen, doch der Staub bringt mich zum Husten.

»Du gewöhnst dich daran«, sagt Jax.

Die Brille steht ihm. Sie verdeckt die Schatten unter seinen Augen. Seine Kiefer mahlen. Es hat ihn sichtlich angestrengt, Jul zu tragen. Kein Wunder, hatte er gestern noch Fieber. Dafür geht es ihm erstaunlich gut, aber er sollte sich ausruhen. Vielleicht kann ich ihn dazu überreden, ansonsten wird er zu schwach sein, wenn er sich an Greer rächt.

Ich recke den Kopf, kann aber immer noch niemanden erkennen. Ein riesiges, halb eingefallenes Gebäude versperrt uns die Sicht, aber Sonja führt uns darauf zu. Jul spricht kaum ein Wort, sondern gibt sein Bestes, ein Bein vor das andere zu setzen. Er hat sich geweigert, sich tragen zu lassen. Jetzt schwitzt er stark und schnauft heftig. Hoffentlich kommen wir bald an. Jul sollte sich ebenfalls dringend hinlegen.

»Nicht so schnell, Sonja«, sagt er plötzlich.

Sie schenkt ihm ein entschuldigendes Lächeln. »Ich kann es kaum erwarten, Noel und Mama alles zu berichten. Wir sind gleich da.«

»Noel ist also dein Sohn?«, frage ich.

Sie nickt. »Nur seinetwegen hab ich all das auf mich genommen. Es war jede Mühe wert.«

Ich sehe den Stolz in ihren Augen. Auf sich und ihr Kind. Wie es wohl ist, Mutter zu sein? Ich bin nicht wirklich wild darauf, es herauszufinden, schon gar nicht in den Outlands. Das Leben hier ist kein Zuckerschlecken.

Als wir um die gigantische Ruine herumgehen, traue ich meinen Augen kaum. Was dort zum Vorschein kommt, habe ich noch nie gesehen. Inmitten dieser zerstörten Stadt mit nichts als Wüste drumherum, steht eine Pyramide aus schwarzem Glas. Eine mächtig große Pyramide! Sie ist bestimmt über hundert Meter hoch! Die kleinen wuselnden Punkte davor sind sicherlich Menschen. Himmel, der Weg ist noch so weit!

»Was ist das?«, frage ich Sonja.

»Das ist unsere Stadt. Wir nennen sie Resur.«

»Resur?«

»Ja, das ist die Abkürzung für Resurrection – Auferstehung. Früher war das ein Hotel. Es besteht aus dreißig Stockwerken. Wie durch ein Wunder blieb das Gebäude erhalten, nur auf der Westseite wurde es ein wenig zerstört, aber das haben wir provisorisch gerichtet.«

»Dann habt ihr gar nicht unter der Erde gehaust?«

»Nein, alle Überlebenden haben Zuflucht in der Pyramide gesucht. In ihr war es schon vorher wie in einer kleinen Stadt, mit Geschäften, einem Kino, einer Krankenstation und vielem mehr. Sie hat über viertausend Zimmer.«

Eine Krankenstation. Gott sei Dank!

Ich hatte etwas völlig anderes erwartet, eher eine Westernstadt aus Holzhäusern, ähnlich den Baracken, die vor der Pyramide stehen. »Ihr lebt gar nicht so hinterher, wie du erzählt hast.«

»Ich wusste ja nicht, ob ich euch trauen kann. Aber das Wasserproblem ist nicht erfunden. Wie du siehst, befinden wir uns in einer Wüste. Wir bekommen zwar nach wie vor Wasser von einem entfernten See, der diese Stadt schon früher versorgt hat, aber es ist immer noch zu verseucht, um es trinken zu können. Wir nehmen es nur, um uns zu waschen und für unsere Felder. Leider können wir keine Ionenaustauscheranlage entwickeln, um Uran und andere Schwermetalle herauszufiltern. Uns fehlen einfach die Mittel.«

Sonja scheint richtig Ahnung von dieser Materie zu haben.

Offensichtlich hat sie meinen erstaunten Blick bemerkt, denn sie sagt grinsend: »Ich bin Ingenieurin.«

Ihre gute Laune ist direkt ansteckend, wäre die Sorge um Julius nicht. Er ist sehr bleich um die Nase.

»Sonja«, beginne ich vorsichtig, »ich glaube nicht, dass Julius noch so weit gehen kann.«

»Das müssen wir nicht. Ab hier fahren wir mit der Monorail.« Sie führt uns um eine kleinere Ruine herum, die sich als Bahnhof entpuppt. Dort wartet ein großes Gefährt: ein Zug mit zwei Waggons. Er hat eine runde Schnauze, Fenster ohne Glas und steht auf einer dicken Metallschiene. Der gelbe Lack der Wagen ist fast überall abgeblättert.

»Tadaa!« Sonja lächelt. »Hab ich wieder zum Laufen gebracht. Daran habe ich fast ein Jahr lang gearbeitet.«

Wir steigen ganz vorne in den ersten Waggon ein, und Julius atmet hörbar auf, als Sonja und Jax ihm auf eine Sitzbank helfen. Die meisten Polster sind zerschlissen oder fehlen ganz, sodass wir auf dem blanken Gestell

Platz nehmen müssen. Dabei hocke ich mich neben Jax ans Fenster; den Rucksack nehme ich auf meinen Schoß.

»Bitte bleibt von den Türen weg, die schließen nicht mehr.« Sonja geht zum Fahrpult, das sich gleich hinter mir befindet. Dort drückt sie ein paar Knöpfe und betätigt einen Hebel. Quietschend setzt sich der Zug in Bewegung.

Oh Gott, hoffentlich kippt das Ding nicht von der Schiene! Ich kralle die Finger in Jax' Oberschenkel und er legt seine Hand auf meine. Es poltert, ruckelt und knirscht. Immer schneller fährt der Zug, viel schneller, als man je mit einem Pedovehikle unterwegs sein kann.

»Wir haben die Schienen neu aufgestellt, allerdings führen sie jetzt am Boden entlang, früher standen sie auf Pfeilern und liefen über die Straße«, ruft Sonja aus dem Führerhaus.

Na welch ein Glück wir doch haben, dann fallen wir wenigstens nicht so tief.

Ich versuche mich zu entspannen, nehme dankbar den Fahrtwind an und betrachte die Gegend, je näher wir Resur kommen.

Jetzt erkenne ich Sonnenkollektoren vor der Stadt. Das sind bestimmt die, die sie gestohlen haben. Und überall stehen Baukräne. »Hast du das alles gewusst, Julius?«

Er schüttelt den Kopf und blinzelt nach draußen. »Nein, die Drohne stürzte gleich hinter der Mauer ab, sodass wir keine Bilder der Stadt bekamen, nur Funkkontakt herstellen konnten.«

Sonja wirft einen schuldbewussten Blick über ihre Schulter. »Tut mir leid, aber du bist der Sohn eines Senators, ich musste mir erst sicher sein …«

Er lächelt. »Schon okay.«

Die Sonne scheint durch das kaputte Fenster auf mein Gesicht und trotz des Fahrtwindes spüre ich ihre Kraft. Es wird rasch wärmer und sie brennt auf meiner Haut. »Ist es in der Pyramide nicht recht heiß?« Wenn ich mir die dunklen Scheiben ansehe …

»Nein, das ist Spezialglas. Es verhindert, dass es sich im Inneren übermäßig erwärmt. Außerdem haben wir eine Klimaanlage.«

»Wow«, erwidere ich atemlos.

Wir kommen an einer ehemaligen Schwimmbeckenlandschaft vorbei, in der Getreide wächst. In White City gibt es auch ein kleines Schwimmbad, in dem ich manchmal meine Bahnen geschwommen bin. In so einen erfrischenden Pool würde ich jetzt auch gerne springen. Die Kleidung klebt an meinem Körper, Haarsträhnen in meiner Stirn.

Auch Jax schwitzt. Und er ist erstaunlich still. Was geht in seinem Kopf vor? Immer, wenn ich ihn ansehe, schaut er in meine Richtung, sagt aber nichts. Überlegt er, wie er mir beibringen soll, dass er gleich wieder zurückgeht?

»Und wie viele Bewohner gibt es?«, frage ich Sonja, um mich von dem unangenehmen Ziehen in meiner Brust abzulenken.

»Mittlerweile über dreißigtausend.«

Je näher wir heranfahren, desto mehr Details erkenne ich. Was ich zuvor für Baracken gehalten habe, entpuppen sich als Holzhäuser. Um die Pyramide herum wurde eine neue Stadt errichtet. Ich sehe Autos auf den geräumten Straßen – Hybridfahrzeuge, wie Sonja mir erklärt. Sie können mit Benzin oder Wasserstoff betrieben werden.

Ich komme aus dem Staunen nicht mehr heraus.

Als unser Zug langsamer wird und in einen Bahnhof einfährt, steht dort eine Gruppe von etwa zwanzig Männern. Sie sind mit Schlagstöcken oder einfachen Pistolen bewaffnet, die nicht so modern aussehen wie die Waffen der Krieger und Rebellen. Alle tragen Sonnenbrillen und Cowboyhüte, dazu Jeans und Hemden. Also jetzt fühle ich mich schon ein wenig an einen Westernfilm erinnert.

»Das ist die Stadtwache.« Sonja schaltet die Motoren ab und ruft nach draußen: »Wir haben einen Verletzten!«, dann kommt sie zu uns. »War zu erwarten, dass sich deine Ankunft rumspricht. Jax, du solltest mir jetzt deine Waffen geben oder zurückfahren. Ich zeige dir, wie man den Zug bedient, ist nicht schwer.«

»Als ob ihre Spielzeuge mir Angst machen«, sagt er mit einem Blick auf die Männer.

»Na ja, die erfüllen ihren Zweck.« Sonja fächelt sich mit ihrem Strohhut Luft zu und schaut nachdenklich auf Julius, der wieder das Bewusstsein verloren hat. »Diese Männer vertreten hier das Gesetz. Waffen zu tragen ist allen Bürgern in der Stadt verboten, nur Wachen und Jäger haben eine Sondergenehmigung.«

»Jäger?«, frage ich und schlucke. »Wen jagen sie?«

»Bisons und andere Tiere. Nahe der Bergkette konnten sie sich ungestört vermehren. Es sind hunderttausende. Sie liefern uns einen Großteil der fleischlichen Nahrung.« Sonja senkt den Kopf. »Aber in unserem Gesetz steht, sollte jemand exekutiert werden müssen, darf das auch ein Jäger ausführen.« Sie legt ihren Waffengürtel ab und reicht ihn mitsamt ihrer Pistole einem der Gesetzeshüter durch das Fenster. Es ist ein älterer Mann mit braungebranntem und wettergegerbtem Gesicht.

Ich gebe ihr meine Waffe aus dem Rucksack, die sie ebenfalls dem Alten reicht.

»Was ist mit dem Warrior?«, fragt er und nickt Jax zu. »Wir haben den Befehl, ihn festzunehmen.«

»Um ihn könnt ihr euch noch früh genug kümmern. Wo bleiben die Sanitäter?«

Zitternd atme ich ein und klammere mich fest an Jax' Hand. »Fahr lieber zurück.« Meine Güte, was rede ich da? Ich möchte nicht, dass er geht. Und was soll er auch in White City? Sich ewig in den Höhlen verstecken? Aber wenn er bleibt, werden sie ihn verhaften und vielleicht töten. Er ist ein Warrior – ihr Erzfeind!

»Er macht euch keine Probleme, ohne seine Hilfe wären wir nicht hier«, ruft Sonja nach draußen und wendet sich wieder Jax zu. »Wie entscheidest du dich?«

Ohne den Blick von mir abzuwenden, überreicht er Sonja sein Gewehr, dann legt er die Schutzweste ab, an der weitere Waffen hängen.

Leicht schüttle ich den Kopf und zwinkere die ersten Tränen weg. In seinen blauen Augen kann ich alles lesen. Er bleibt. Meinetwegen. Wollte er mir das zuvor sagen, als wir aus dem Tunnel kamen?

»Jax, du musst meinetwegen nicht dein Leben aufs Spiel setzen«, wispere ich.

»Meine Entscheidung, Kleine. Ich muss erst wissen, dass du in Sicherheit bist.« Er fasst in meinen Nacken und küsst mich kurz, hart und leidenschaftlich, sodass mir die Luft wegbleibt. Zum Schluss schenkt er mir einen seiner berühmten glühenden Blicke, der noch heißer lodert als jemals zuvor, bevor er mit erhobenen Händen den Zug verlässt.

Wie gelähmt bleibe ich zurück, während ich hilflos beobachte, wie die Stadtwache ihm befiehlt, sich hinzuknien und die Arme hinter dem Rücken zusammenzunehmen.

Jax gehorcht widerstandslos. Als sie ihm Handschellen angelegt haben und ihn abführen, möchte ich hinterherlaufen, aber Sonja hält mich zurück. »Tu nichts Unüberlegtes, solange wir nicht wissen, was mit ihm passiert.«

Der ziehende Schmerz hinter meinem Brustbein bringt mich fast um.

In diesem Augenblick kommen zwei Sanitäter mit einer Trage den Bahnsteig entlang. Ich erkenne sie an dem roten Kreuz auf ihren hellblauen Overalls. Sie betreten den Wagen und betten Julius auf die Liege. Ich erkläre ihnen, was geschehen ist, und sie versprechen, sich gleich um ihn zu kümmern. Dabei bin ich hin- und hergerissen, ob ich hinter Jax herlaufen oder bei Julius bleiben soll.

Aber Sonja hat recht, ich sollte vielleicht niemandem zeigen, wie viel mir Jax bedeutet, wobei zumindest die Stadtwache gesehen hat, was ich ihm bedeute. In diesem Kuss haben all seine Gefühle für mich gelegen. Richtige Gefühle, nicht nur sexuelles Verlangen, da bin ich mir sicher.

Als Jax sich umschaut und mir über seine Schulter ein aufmunterndes Lächeln schenkt, reiße ich mich zusammen und lächle zurück. Alles wird gut. Es muss!

Hat Jax durch meinen Beinahe-Tod bemerkt, wie viel ich ihm bedeute? Wird das etwas zwischen uns ändern? Darf ich auf mehr hoffen?

In meinem Kopf fällt alles drunter und drüber.

Resolut wische ich mir die Tränen aus dem Gesicht und folge Sonja und den Sanitätern. Was auch immer jetzt mit Jax geschehen wird – ich werde für ihn da sein, so wie er für mich da war. Sobald ich weiß, dass Jul gesund wird, werde ich Himmel und Hölle in Bewegung setzen, um Jax zu retten.

Kapitel 9 – Ein neues Leben

Die Halle im Inneren der Pyramide ist mehrere Stockwerke hoch und läuft spitz nach oben zu. So etwas habe ich noch nie gesehen. Sogar die gläsernen Aufzüge verlaufen schräg. Und genau wie Sonja erzählt hat, existiert hier drin eine Stadt. Überall stehen Marktstände und es gibt richtige kleine Gebäude, wie zum Beispiel orientalisch anmutende Tempel und Häuser, in denen verschiedene Waren verkauft werden. Des Weiteren Restaurants und sogar ein Theater. Es tummelt sich eine geradezu riesige Anzahl an Menschen in der Pyramide. Sie reden miteinander und lachen, obwohl sie krank und ausgemergelt aussehen. Ihnen fehlt sauberes Wasser.

Ich schiebe die Sonnenbrille in mein Haar, weil es recht düster ist, dafür angenehm kühl. Es gibt elektrisches Licht, nur funktionieren lediglich wenige der Lampen, die an den Balustraden angebracht sind.

Für mich unvorstellbar, dass der Senat plant, das alles zu zerstören, wo sich die Outsider perfekt angepasst haben. Und alles wegen des Kampfes ums Trinkwasser. Unter White City gibt es genug für alle. Wenn Resur eine eigene Wasseraufbereitungsanlage hätte, gäbe es keine Probleme mehr. Die beiden Städte könnten friedlich nebeneinander existieren. Outsider und »Kuppelmenschen« – wie wir hier heißen – könnten sich auch gegenseitig besuchen, voneinander lernen und auf anderen Wegen voneinander profitieren.

Aber genau das möchte der Senat nicht. Eine Koexistenz mit den Outsidern ist für ihn undenkbar. Das Regime möchte nicht, dass wir uns nach diesen paradiesischen Zuständen hier draußen sehnen. Auch wenn das Leben in Resur ebenfalls nicht perfekt ist, führen die Outsider ein selbstbestimmtes Dasein in Freiheit und nicht wie wir unter einer Diktatur. Genau wie Julius gesagt hat: Ein kleines Volk kann man in Schach halten, viele Hunderttausend nicht.

Ich schlucke hart. Ein neuer Krieg steht bevor. Warum muss es immer wieder machtbesessene, egoistische Menschen geben, die ihr Wohl über das aller stellen? Das macht mich wütend und hilflos.

Ein alter Mann auf Krücken hinkt an mir vorbei. Trotzdem lächelt er mich an. Ihm fehlen fast alle Zähne, seine Augen sind blutunterlaufen, die Wangen fahl und eingefallen.

Als er uns nicht mehr hören kann, sagt Sonja: »Wir brauchen einfach mehr sauberes Trinkwasser. Wir haben einen so großen Zuwachs, dass die wenigen Spenden aus White City schon lange nicht mehr für alle reichen. Daher trinken viele das verseuchte Wasser. Wir haben sehr viele Kranke und die Sterblichkeit ist hoch.«

Mit Magenschmerzen denke ich an die beiden Wasserflaschen in meinem Rucksack. Ich bin versucht, einem dieser Menschen eine Flasche zu geben, doch wem? Und wann werde ich etwas zu trinken bekommen? Ich werde sie selbst brauchen. »Wenn Jax aus dem Gefängnis kommt, wird er an eurer Seite kämpfen, damit sich dieser Zustand endlich ändert.« Sonja hat mir erzählt, dass die Zellen im Keller der Pyramide liegen. Jax befindet sich also irgendwo unter meinen Füßen.

»Leben denn alle Outsider so modern wie hier?«, frage ich, während wir durch die Halle gehen.

»Nein, darum haben wir auch einen sehr hohen Zulauf. In anderen Teilen des Landes hatten die Menschen nicht so viel Glück, sie hausen tatsächlich in einfachsten Verhältnissen und greifen deshalb die Kuppelstädte an.«

Sonja führt mich zu einer Rezeption, die früher wohl auch dem Hotel als Empfang gedient hat. Vor dem hohen Tresen steht eine große Menschenschlange an. Es sind die Rebellen, die ihre Ankunft in der Stadt registrieren lassen müssen.

»Damit wir immer wissen, wie viele hier leben«, erklärt mir Sonja. »Auch wenn jemand vorhat, die Stadt zu verlassen, um zum Beispiel im Gebirge jagen zu gehen, muss er sich hier abmelden. Falls derjenige nicht mehr zurückkommt, wird sein Zimmer neu vergeben. Die Räume sind begehrt.«

Das kann ich mir vorstellen. »Dein Zimmer wurde nicht vergeben?«

»Nein, weil Mama und Noel auch dort leben.«

Zu dritt in einem Raum …

Ich seufze tief, da ich keine Lust habe, mich ebenfalls in die Schlange einzureihen. Ich muss zu Julius und danach möchte ich Jax sehen!

Sonja grinst mich an. »Komm mit mir, ich regle das.«

Wir gehen zu einer brünetten, älteren Dame, die am anderen Ende des Empfangs hockt und von einem Mann eine Pistole entgegennimmt.

»Im Gebäude sind keine Waffen erlaubt«, flüstert mir Sonja zu. »Sie werden hier unten in einem Safe verwahrt.«

Dann sind wir an der Reihe.

»Name?«, fragt die Frau, ohne aufzusehen. Sie sitzt vor einem Monitor, der sich in einem kleinen grauen Kasten befindet. Zeitgleich tippt sie auf einer Tastatur herum, die vor ihr auf dem Tisch liegt. Das ist wohl so eine Art Computer, wie es sie früher gab. Hätten mich die alten Zeiten nicht so brennend interessiert, hätte ich keine Ahnung von all diesen Dingen. Es ist allerdings schwer, in White City an Aufzeichnungen vor der Bombe zu kommen. Die meisten hat Mark mir besorgt. Ich habe ihm wirklich viel zu verdanken. Ich vermisse ihn sogar, aber nur als Freund. Mein Herz gehört Jax.

»Sonja Anaya meldet sich zurück«, sagt Sonja, woraufhin die Frau erneut auf der Tastatur herumtippt. Auf der Nase balanciert sie ein Gestell: Es ist eine Brille. In White City unnötig, weil wir Fehlsichtigkeiten mit dem Laser korrigieren.

Die Frau kräuselt ihre Stirn und schaut Sonja zum ersten Mal an. »Sie waren über fünf Monate verschwunden!«

»Und nun bin ich wieder da«, antwortet sie gut gelaunt.

»Wo waren Sie denn so lange?«

»In White City, um meinem Kind Medikamente zu besorgen.«

»Ach, *Sie* sind das!« Ehrliche Begeisterung steht ihr ins Gesicht geschrieben. »Sie sind eine Heldin.« Plötzlich huscht ein Schatten über ihr Gesicht. »Ich wünschte, ich hätte Ihren Mut besessen.« Ihr Kind hat es wohl nicht geschafft.

Sie tippt noch einmal etwas ein und sagt: »Schön, dass Sie wieder da sind. Hoffentlich ist das Wasserproblem bald gelöst.«

»Da bin ich guter Dinge.« Sonja räuspert sich, wobei sie mich neben sich zieht. »Könnten Sie mir einen Gefallen tun und einen Neuzugang melden?«

Die Dame lächelt. »Gerne.« Anschließend wendet sie sich mir zu. »Sie kommen aus White City?«

Ich nicke.

»Beruf?«

»Chirurgin.«

Die Frau hebt die Brauen. »Als Ärztin haben Sie einen Sonderstatus und dürfen in der Pyramide wohnen. Ich werde gleich nachfragen, ob es noch ein freies Zimmer möglichst in der Nähe der Krankenstation gibt.«

Erleichtert atme ich auf.

Die Empfangsdame greift zu einem Gerät, das wie ein Telefon aussieht, aber es hängt an einem Kabel.

»Keine Satellitenverbindung«, erläutert mir Sonja, »aber die Kommunikation funktioniert auch so.«

»Ja, sie sagt, sie ist Chirurgin«, erklärt die Frau demjenigen am anderen Ende der Leitung. »Ist gut, ich schicke sie sofort hoch!«

Nachdem sie aufgelegt hat, schaut sie mich mit gerunzelter Stirn an. »Sie haben bestimmt eine anstrengende Flucht hinter sich, aber auf der Krankenstation haben sie eben einen Notfall hereinbekommen und könnten jede Hilfe brauchen.«

Julius! »Kein Problem, wo muss ich hin?« Mein Pulsschlag beschleunigt sich.

»In die fünfte Etage.«

Sonja zieht mich mit sich und sagt: »Ich zeige ihr den Weg!«, obwohl sie es kaum erwarten kann, zu ihrer Familie zu kommen. Sie ist so ein lieber Mensch.

♥♥♥

Der nächste Morgen ist angebrochen. Nachdem ich ein Gespräch mit Bürgermeister Forster geführt habe, der mich in Resur herzlich willkommen geheißen hat, darf ich Jax im Gefängnis besuchen. Sonja zeigt mir erneut den Weg. An der Hand hält sie ihren sechsjährigen Sohn Noel. Er ist ein aufgewecktes Kerlchen mit Sommersprossen um die Stupsnase und hat ebenso schwarzes Haar wie seine Mutter. Offensichtlich gibt es keinen Vater. Ob er gestorben ist oder er und Sonja lediglich kein Paar mehr sind? Fragen traue ich mich nicht, da ich keine alten Wunden aufreißen möchte.

Mit einem der schrägen Aufzüge fahren wir in die unterste Kelleretage, wo ein Aufpasser vor dem Lift steht und einen langen kahlen Gang bewacht. Ich steige allein aus, und Sonja fährt mit Noel wieder nach oben.

Ich zeige dem Mann die Besuchsgenehmigung des Bürgermeisters, woraufhin er mich bittet, mit ihm zu kommen. Ich bin froh, dass Bürgermeister Forster ein umgänglicher Mensch ist. Er ist jünger, als ich gedacht habe, ein großer Mann Mitte vierzig, und hat die Rebellen und mich ein wenig skeptisch, aber freundlich aufgenommen. Die Resurer mögen ihn auch. Obwohl das Leben hart ist, herrscht hier Gerechtigkeit und es wird versucht, jedem das zu ermöglichen, was er wünscht, solange es niemanden sonst schädigt. Jeder hat eine wichtige Aufgabe, bekommt genug zu Essen und hat ein Dach über dem Kopf. Da der Platz in der Pyramide begrenzt ist, wurden drumherum neue Häuser gebaut. Alle helfen mit, zum Wohl der Gemeinschaft. Natürlich gibt es auch hier welche, die sich nicht den Regeln beugen möchten, und die landen schon mal im Gefängnis. Wenigstens ist der Ort sauber. Der Wachmann führt mich zu einer Metalltür und sperrt lediglich eine Art Fenster auf.

»Sie haben fünf Minuten«, sagt er und verschwindet.

»Sam!« Schon steht Jax am vergitterten Türfenster und lächelt mich an. »Wie geht es dir?«

Ich schlucke schwer. Jax sieht gesund aus, sie haben ihn offenbar nicht gefoltert. Er ist unrasiert, seine Augen strahlen. »Mir geht es gut. Und dir?«

»Könnte besser sein, aber wenigstens konnte ich mich mal so richtig ausschlafen.« Leiser setzt er hinzu: »Es ist ziemlich einsam hier.«

Zitternd atme ich ein und strecke meine Finger durch das Gitter. »Du fehlst mir auch.«

Als er mich berührt, halte ich es vor Sehnsucht nach ihm kaum aus.

Er drückt meine Finger an seine stoppelbärtige Wange. »Wo bist du untergebracht?«

»Im fünften Stock, neben der Krankenstation. Ich habe dort ein hübsches Zimmer.« Der Raum ist wirklich schön. Mit einer Fensterfront, die schräg verläuft, genau wie die Außenwand der Pyramide, doch die Innenwände sind senkrecht. Ich habe einen wunderbaren Ausblick auf die Berge. Eingerichtet ist mein neues Reich wie ein Hotelzimmer und enthält wohl auch noch die original Hoteleinrichtung: ein Doppelbett, einen Schreibtisch und eine kleine Polstergarnitur. Die Möbel sehen in die Jahre gekommen aus, aber alles ist staubfrei und erfüllt seinen Zweck. Nur aus den Hähnen im angrenzenden Badezimmer fließt kein sauberes Wasser, doch zum Waschen darf man es benutzen. Ich bin auch sehr froh, dass die Toiletten funktionieren, denen ist es egal, ob das Wasser ungenießbar ist.

Täglich darf man sich pro Person einen Kanister Trinkwasser in der Lobby abfüllen, sofern der riesige Tank noch etwas hergibt. Da die Rebellen erst vor Kurzem heimlich Wasser nach draußen schleusen konnten, gibt es noch ein wenig, aber das wird höchstens für eine Woche reichen.

»Wie geht es Julius?, möchte Jax wissen. »Ist er wieder nach White City zurückgekehrt?«

Seufzend schüttele ich den Kopf. »Gleich nach meiner Ankunft mussten wir ihn operieren. Er hatte eine Hirnblutung, an der er gestorben wäre. Im Moment ist er noch nicht außer Lebensgefahr und liegt im Koma.« Die Operation dauerte drei Stunden. Sie verlief anstrengend und ungewohnt, da es in Resur keine Medibots gibt.

»Wer ist wir?« Jax hebt eine Braue. »Gibt es hier Ärzte?«

»Ja, sogar acht und fünfzehn Schwestern, aber sie sind trotzdem überfordert. Es gibt zu viele Kranke und so gut wie keine Medikamente gegen schlimmere Leiden. Dafür hat Dr. Nixon schon ausgezeichnete Erfahrungen mit pflanzlichen Mitteln gemacht, die sie selbst anbauen.«

Sein Blick verdüstert sich. »Der Kerl scheint dich zu beeindrucken.«

Ich lächle. »Ja, das tut er, aber nicht auf die Art, die du denkst. Er ist übrigens glücklich liiert, keine Sorge.«

Jax Blick bleibt dunkel. Er ist eifersüchtig!

Mein Lächeln wird breiter. »Er ist mit einem Mann zusammen.«

Da erst entspannt er sich und drückt meine Finger. »Weißt du noch, als ich dir gesagt habe, dass ich dir niemals das geben kann, was du gerne hättest?«

Vorsichtig nicke ich, meine Knie zittern.

»Ich glaube, jetzt kann ich es.«

Stockend hole ich Luft. Warum sagt er mir das hier unten? Das macht alles nur schwerer.

Kurz lässt er meine Hand los, um sich durchs Haar zu fahren. »Ich bin dieses Gefühlschaos in mir echt nicht gewohnt. Es macht ein Weichei aus mir.«

»Das bezweifle ich«, sage ich und beuge mich nah zum Gitter. Für mich wirkt er dadurch noch anziehender. Mein Puls klopft hart vor Liebe, in meinem Bauch tanzt ein Männlein.

Jax kommt ebenfalls ganz nah heran, bis sich unsere Lippen berühren. Erst zart, dann pressen sie sich aufeinander. Das dumme Gitter stört an meiner Nase, trotzdem genieße ich Jax' weichen Mund und das Necken seiner Zunge.

Sein Blick wirkt verklärt und er raunt: »Wenn ich hier raus bin, habe ich eine Menge nachzuholen«, bevor er sich ein Stück zurückzieht.

Meine Knie sind wie aus Gummi, sodass ich mich an die Tür lehnen muss. Ich wünschte, Jax wäre frei. Dann würde ich ihn sofort mit auf mein Zimmer nehmen.

Er räuspert sich. »Was wird aus Julius, wenn er aufwacht? Wissen sie Bescheid, wer er wirklich ist?«

»Zum Glück hat ihn keiner verraten«, wispere ich. Wenn sie wüssten, dass er der Sohn eines Regime-Mitgliedes ist, würde er sich wohl mit Jax eine Zelle teilen dürfen.

»Du brauchst nicht zu flüstern, hier gibt es keine Mikrofone.« Als er von der Tür zurücktritt, erkenne ich, dass es außer einer Toilette und einer Pritsche nichts in der kahlen Zelle gibt. Jax greift zu einer Flasche auf dem Boden, um einen Schluck zu trinken. Er trägt nur seine Armeehose, nicht die Stiefel. Er ist barfuß.

Mein Herz blutet. Das hat mein Krieger nicht verdient. Ohne seine Hilfe wäre der Tunnel nicht rechtzeitig fertig geworden, vielleicht wären alle Rebellen jetzt tot.

»Hast du gehört, was sie mit mir vorhaben?«, fragt er, als er wieder zu mir zurückkommt.

»Bürgermeister Forster möchte das Urteil über dich davon abhängig machen, was Julius erzählt. Seine Aussage wird dich entlasten. Der Bürgermeister vertraut Julius, mit ihm hatte er Funkkontakt. Außerdem möchte Sonja ein gutes Wort für dich einlegen. Sie ist hier aufgewachsen und scheint bei vielen Leuten beliebt zu sein. Auf sie werden sie hören. Ich werde auch aussagen, nur bezweifle ich, dass eine ehemalige Bürgerin von White City viel zu melden hat.«

Jax senkt den Blick. »Wenn es Julius nicht schafft …«

»… werden sie dich wahrscheinlich erschießen«, setze ich mit erstickter Stimme hinzu und verdränge die schrecklichen Bilder, die sich sofort in meinem Kopf auftun. Die Resurer hassen die Warrior-Soldaten.

Plötzlich nähern sich Schritte und ich wirbele herum. Der Wachmann kommt zurück. »Die Besuchszeit ist um.«

»Ich hol dich da raus, Jax, versprochen!« Ich gebe ihm noch einen flüchtigen Kuss, bevor die Wache das Türchen schließt.

♥♥♥

Jul erwacht einfach nicht. Seit zwei Tagen liegt er im Koma, und ich kann nichts mehr für ihn tun. Sein Körper muss nun allein damit fertigwerden und zwar schnell, denn es fehlt hier an so vielem. Zum Glück gibt es noch Wasser, daher konnte Schwester Amy ein paar Tropfbeutel mit Kochsalzlösung füllen, damit Juls Körper wenigstens nicht austrocknet.

Die Krankenstation umfasst fünfzig Betten, die beinahe immer belegt sind, wie Dr. Nixon mir erzählt hat. Er ist erst seit einem Jahr in Resur und lebte früher an der Küste, in der ehemaligen Stadt Los Angeles. Doch dort sind sie weniger organisiert, Plünderungen und Gewalt sind an der Tagesordnung. Die schlimmen Zeiten stehen ihm noch ins Gesicht geschrieben: Es wirkt fast so grau wie sein Haar und ist mit Falten durchzogen, obwohl er noch keine vierzig Jahre alt ist. Er sitzt neben mir an Juls Bett und hört dessen Herz ab. Julius hat einen Verband auf dem Kopf und sieht aus, als würde er schlafen. Doch plötzlich zucken seine Lider.

»Ich glaube, er wacht auf!« Sofort stehe ich neben Jul. »Julius, hörst du mich?«

»Durst«, wispert er.

Dr. Nixon und ich lächeln uns an. Ich fülle Wasser in eine Schnabeltasse und lege sie an Juls Lippen. »Mach vorsichtige Schlucke, Jul. Jetzt wird alles gut, du hast es geschafft.«

»Was wird gut? Wo bin ich? Was ist passiert?«, fragt er, nachdem er getrunken hat. Sein Blick wandert zwischen Dr. Nixon und mir hin und her. »Wer sind Sie?«

Ich zucke zusammen, mein Magen verkrampft sich. »Erkennst du mich nicht mehr? Ich bin Samantha. Jax und ich haben dich durch den Tunnel nach draußen gebracht.«

»Tunnel?«

»Amnesie«, sagt Dr. Nixon und ich nicke.

»Hoffentlich nur vorübergehend.« Ich wende mich wieder an Jul. »Du bist in den Outlands, in Sicherheit.«

Seine Augen werden groß. »Bin ich verstrahlt?«

»Nein, alles ist gut, das Leben ist außerhalb wieder möglich. Woran kannst du dich erinnern?« Ich vermeide es, nach seinem Namen zu fragen, damit niemand seine wahre Identität erfährt, doch Jul sag: »Dad hat Mum töten lassen.« Seine Augen füllen sich mit Tränen.

Oh Gott, er hat die letzten Lebensjahre vergessen! »Alles wird gut, Jul. Deine Erinnerungen werden zurückkehren.« Das hoffe ich zumindest. »Und dann wirst du alles verstehen.«

»Warum sagen Sie immer Jul zu mir? Mein Name ist Andrew. Andrew Pearson. Das weiß ich ganz sicher.«

Dr. Nixon steht auf. »Dann werde ich veranlassen, dass man diesen Namen ins Ankunftsverzeichnis einträgt.«

»Nein!« Ich eile ums Bett herum und ziehe Dr. Nixon zur Seite. »Bitte nicht, oder Jul kommt ins Gefängnis.«

Noch mehr Falten erscheinen auf seiner Stirn.

»Darf ich an Ihre Schweigepflicht appellieren?«

»Natürlich«, antwortet er, und ich erzähle ihm die ganze Wahrheit. Dass Julius eigentlich der Sohn eines Regime-Mitgliedes ist, sich aber den Rebellen anschloss und sogar ihr Anführer geworden ist.

»Er wird nicht mehr zurück können, um verdeckt zu operieren. Er fehlt seit zwei Tagen. Er ist ein guter Junge und hat so viel für diese Stadt und ihre Menschen getan. Er verdient keine Strafe.« Alles sprudelt nur so aus mir hervor, bis Dr. Nixon lächelnd meinen Arm drückt. »Ich werde nichts sagen. Versprochen.«

»Danke.« Das erleichtert mich ein wenig, doch die Sorge um Jax ist geblieben. Jul kann nicht aussagen. Noch nicht. Ich hoffe so sehr, dass er sich bald an alles erinnern kann.

Kapitel 10 – Entscheidungen

Juls Amnesie hat sich nicht gebessert. Ich bin am Boden zerstört und mache mir unentwegt Vorwürfe: Nur meinetwegen wurde er so schwer verletzt.

Sonja konnte den Bürgermeister allerdings überreden, dass Jax zumindest angehört wird und eine richtige Verhandlung bekommt. Immerhin hat Sonja während der letzten Monate an Juls Seite vieles mitbekommen. Und sie ist eine Bürgerin von Resur. Doch sie hätte Bürgermeister Forster gar nicht überzeugen müssen, Jax hätte ohnehin eine Verhandlung bekommen, das sei bei ihnen üblich. Wieso hat mich erst jeder in dem Glauben gelassen, alles hänge von Juls Aussage ab? Ich bin so erleichtert, ich kann es nicht in Worte fassen, dennoch ist es nur ein Lichtblick.

Eine Woche hockt Jax bereits in dem Loch und wird fast verrückt da drin. Und ich werde verrückt, weil ich ihn bald verlieren könnte, sollte das Gericht ihn schuldig sprechen. Wenigstens darf ich jeden Tag kurz zu ihm.

Im Theater, das den Bürgern auch als Gemeindesaal dient, soll die Verhandlung stattfinden. Ich sitze neben Sonja und dem Bürgermeister auf der Bühne; mir ist schlecht, ich schwitze und zittere. Außerdem blenden mich die Scheinwerfer, die auf uns gerichtet sind.

Hinter uns sitzen auf einer erhöhten Bank acht Geschworene – vier Frauen und vier Männer. Alles unbeteiligte Bürger, die nach der Anhörung ein Urteil fällen werden. Zwar hat niemand von ihnen ein Familienmitglied durch einen Warrior verloren, was aber nichts an der Tatsache ändert, dass sie diese Soldaten hassen und sämtlichen Kuppelmenschen mit Skepsis begegnen. Die Eingliederung der Rebellen war nicht leicht, wie ich erfahren habe, und nicht jeder von außerhalb wird so herzlich aufgenommen wie ich. Wobei ich in den letzten Tagen mitbekommen habe, wie einige hinter meinem Rücken über mich tuscheln. Natürlich hat es sich herumgesprochen, dass ich die Gespielin des Kriegers bin.

Ankläger und Publikum befinden sich auf den Stühlen im Zuschauerbereich; ein Murmeln erfüllt den Saal. Wieso bloß habe ich gerade ein Déjà-vu.

Als der Richter in der schwarzen Robe die Bühne betritt, wird es still und alle stehen auf. Richter Morris ist ein kleiner Mann mit einem runden Bauch und erstaunlich dunkler Hautfarbe. Das habe ich in White City nie gesehen. Er begibt sich hinter sein Rednerpult, begrüßt alle Anwesenden und liest den Fall vor. Ich höre nur die Wörter »Jackson Carter«, »Warrior« und »Kuppelmenschen« heraus, so aufgeregt bin ich.

Als Sonja an meinem Ärmel zupft, setze ich mich wie ferngesteuert. Wie werden die Geschworenen entscheiden? Sollte unentschieden abgestimmt werden, wird Jax nach dem Grundsatz »Im Zweifel für den Angeklagten« freigesprochen. Wir brauchen also nur vier, die für ihn sind.

Als er von zwei Stadtwachen in Hand- und Fußfesseln auf die Bühne gebracht wird, geht ein Raunen durch die Menge und ich halte die Luft an. Er trägt ein schwarzes T-Shirt, das ich noch im Rucksack hatte und ihm geben durfte, sowie seine Stiefel und die Einsatzhose. Er hat sich frisch rasiert und sieht atemberaubend gut aus. Dadurch, dass seine Arme vor dem Körper fixiert sind, drücken sich die Brustmuskeln heraus. Seine große Gestalt überragt sogar noch den Richter hinter dem erhöhten Pult. Jax ist schon ein imposanter Mann.

Als er mich sieht, wirft er mir ein kurzes Lächeln zu. Am liebsten möchte ich aufspringen, um ihn zu umarmen, stattdessen zerquetsche ich Sonjas Hand. Ich bin so froh, dass sie bei mir ist. In den letzten Tagen ist sie mir eine gute Freundin geworden. Gemeinsam haben wir sogar an einem Ladegerät für den Wundlaser gebastelt. Der Stift erleichtert meine Arbeit ungemein.

Jax wird zu einem Stuhl geführt, der mitten auf der Bühne steht, sodass ihn alle gut sehen und hören können. Er sitzt uns als Einziger gegenüber, die Wachen positionieren sich hinter ihm.

Einer gegen alle, wie ungerecht, denke ich, während sich mein Herz verkrampft.

»Ihnen wird gezielte Tötung zur Last gelegt, Mr. Carter«, sagt Richter Morris. »Wir sprechen also von Mord. Was haben Sie dazu zu sagen?«

»Es war mein Auftrag, jeden zu töten, der die Sperrzone betritt. Ich hatte den Befehl, White City zu schützen.« Jax' Stimme hallt durch den Saal. Er spricht laut und deutlich, sieht der Wahrheit furchtlos ins Gesicht. Wie kann er nur so ruhig bleiben? Ich sterbe fast vor Angst um ihn.

»Und diesem Befehl sind Sie stets nachgekommen?«, fragt der Richter.

Jax nickt. »Bis vor drei Monaten schon.«

Morris hebt die buschigen Brauen. »Und dann nicht mehr?«

»Es passierte etwas, das mich mein Handeln überdenken ließ.«

Im Publikum wird aufgeregt getuschelt, doch als der Richter den Bürgern einen ermahnenden Blick zuwirft, wird es wieder still. »Erzählen Sie uns davon, Mr. Carter.«

»Mein Bruder Cedric fiel einem Attentat zum Opfer. Erst dachte ich, die Rebellen stecken dahinter, später erfuhr ich jedoch, dass Senator Freeman den Auftrag gab. Aber egal, wer Schuld an seinem Tod hatte: Ich spürte zum ersten Mal, wie es sich anfühlt, einen geliebten Menschen zu verlieren.« Jax schaut kurz in meine Richtung, und ich erkenne Schmerz in seinen Augen. Er ist noch immer nicht darüber hinweg.

»Und zuvor spürten Sie niemals Mitgefühl für die Menschen, die Sie umgebracht haben?«

Jax senkt den Blick. »Ich war ein Killer. Das Regime macht uns weis, dass die Outsider keine Menschen sind, sondern Mutanten. Verstrahlte Bestien. Doch Cedric behauptete, die Outsider wären Menschen wie du und ich. Menschen mit einer Familie, mit Freunden und einem Leben, aus dem wir sie reißen. Von Geburt an wurde ich gedrillt, die Outsider zu hassen. Das Regime hat uns einen Giftstachel in den Kopf gepflanzt, Gehirnwäsche betrieben. Wie ein Roboter habe ich getan, was sie verlangten. Bis zu dem Tag, als Cedric mich aufklärte.«

»Und woher kannte Ihr Bruder die Wahrheit über uns?«

Jax' Blick schweift kurz zu Sonja. »Cedric hatte sich in eine Frau aus den Outlands verliebt.«

Ein Raunen geht durch das Publikum, dann ruft jemand: »Die Warrior haben doch keine Gefühle, das ist alles erlogen!«

Wütend balle ich die Hände zu Fäusten und unterdrücke den Wunsch, den Leuten das Gegenteil zu beweisen.

»Vielleicht hat er meinen Mann erschossen!«, ruft eine Frau, und es wird immer unruhiger. Im Saal befinden sich viele, die Angehörige an der Mauer verloren haben. Sie sind dafür, Jax erschießen zu lassen. Es wäre das erste Mal in der Geschichte der Stadt, dass die Todesstrafe ausgeführt würde.

Ich bekomme immer schlechter Luft, mein Herz rast. Jax wird verlieren. Sie hassen ihn! Das treibt mir Tränen in die Augen.

»Ruhe im Saal!« Richter Morris klopft mit einem Holzhammer auf sein Pult und schaut mich an. »Dr. Samantha Walker darf nun sprechen. Aber zuerst möchte ich noch von Mr. Carter wissen, wer die Frau war, in die sich Ihr Bruder verliebt hat.«

»Das war ich!«, ruft Sonja, woraufhin das Gemurmel im Saal erneut losgeht. »Cedric hat mich am Leben gelassen, als er mich entdeckt hat. Ich habe ihm alles erzählt und er hat mir geglaubt. Er hatte auch kein kaltes Herz. So wie ihr euch in den Warrior irrt, so irren sie sich in uns. Wir sind keine Mutanten und sie keine herzlosen Kreaturen.«

»Danke, Mrs. Anaya«, sagt Morris und wendet sich mir zu.

Ich räuspere mich und zwinkere hastig die Feuchtigkeit aus den Augen.

»Sie kennen Jackson Carter?«, fragt er.

Ich nicke. »Ihm habe ich meine Freiheit zu verdanken. Außerdem hat er mein Leben gerettet und einen seiner Waffenbrüder erschossen, als er mich …« Ich schlucke und atme tief durch. » … als er mich foltern wollte.«

»Natürlich deckt sie ihn!«, brüllt eine weitere Frau aus dem Publikum. »Sie ist sein Liebchen!«

»Er handelte doch nur auf Befehl des Regimes!«, rufe ich zurück. »Er wurde dazu gezwungen oder man hätte ihn getötet! So wie sie jeden töten oder wegsperren, der sich gegen den Senat stellt.«

»Haben Sie ein Verhältnis mit Jackson Carter?«, will Morris von mir wissen.

Er kennt die Wahrheit längst von Bürgermeister Forster, aber natürlich muss er mich das vor Gericht auch fragen.

»Ja, das habe ich. Am Anfang hatte ich genauso viel Angst vor ihm wie ihr.« Scharf blicke ich die Leute im Publikum an. »Aber schon bald habe ich bemerkt, dass ein guter Kern in der harten Schale steckt. Jackson Carter hat mir mehr als einmal bewiesen, was für ein guter Mann er ist. Ich liebe ihn.«

Ein Muskel in Jax' Wange zuckt und er senkt den Kopf.

»Mir kommen ja gleich die Tränen!«, schreit erneut jemand, sodass sich Richter Morris wieder Gehör verschaffen muss.

»Wer noch einmal stört, verlässt den Saal!«

Als Jax sich plötzlich erhebt, wird es sofort still, als ob sie allein vor seiner Größe Respekt haben. Auch die Stadtwachen zucken und fassen an ihre Holster.

»Sie haben Recht, Sam«, sagt Jax laut und deutlich. »Ich kann ihnen nicht verdenken, dass sie mich hassen. Wenn ich mir vorstelle, ich hätte dich verloren, würde ich alles tun, um deinen Tod zu rächen. So wie ich auch Cedrics Tod rächen möchte.«

Morris klopft mit dem Hammer auf sein Podium. »Bitte setzen Sie sich wieder, Mr. Carter.«

Jax gehorcht und lässt sich auf den Stuhl zurückfallen.

Im Saal herrscht weiterhin völlige Stille. Erkennen sie endlich, dass Menschlichkeit und Gefühle in diesem Warrior stecken?

Dieses Hin und Her frisst mich noch auf. Ich bin noch nervöser als damals, als ich mit den anderen Servas in einer Reihe stand und gebangt habe, dass mich keiner der Soldaten nimmt.

»Ich plädiere, das Urteil auf lebenslänglich abzumildern«, ruft von irgendwo weiter hinten jemand, woraufhin ich fast vom Stuhl falle. Ein erster Erfolg?

Hoffnungsvoll lächle ich Jax an. Langsam fangen die Resurer an, umzudenken. Vielleicht kommt Jax frei! Doch er schaut eher wehmütig zu mir, als würde er nicht an einen Freispruch glauben.

»Sie haben ausgesagt, dass der Senat vorhat, unsere Stadt anzugreifen und Fluggeräte baut.« Richter Morris spricht nun wieder zu Jax. »Der Rebellenführer Julius Petri, den wir wegen seiner Amnesie nicht verhören können, soll geplant haben, die Luftflotte zu zerstören.«

»Das stimmt«, erwidert Jax. Ich weiß, dass sie ihn im Gefängnis schon ausgefragt haben. »Der Senat möchte Resur aus der Luft angreifen, und das wird bald geschehen. Julius wollte mit einer Truppe zurück, um das zu verhindern. Ich hätte ihn begleitet und zudem dafür gesorgt, dass neues Wasser geliefert wird.«

Ein weiterer Bürger ruft etwas zu, klingt aber weniger aufgebracht: »Das erzählen Sie doch nur, um uns Angst zu machen und damit wir Sie gehen lassen.« Ich lese Unsicherheit und Furcht in ihren Gesichtern.

Morris wirkt ebenfalls nachdenklich und scheint sogar vergessen zu haben, dass er jeden Störenfried aus dem Saal verweisen wollte.

Nun meldet sich auch Bürgermeister Forster zu Wort. »Julius Petri hat Derartiges tatsächlich nicht erwähnt, als wir Funkkontakt hatten.«

»Natürlich nicht, Julius hatte Angst, dass die Funksprüche vom Regime abgefangen werden könnten«, ruft Sonja dazwischen, woraufhin sie vom Richter einen finsteren Blick erntet.

»Haben die anderen Rebellen davon Kenntnis?«, fragt Morris.

»Nein, nur Sonja und ich«, antwortet Jax.

»Mr. Petri hat Ihnen also vetraut?«

Jax grinst frech. »Scheint so.«

Oh, wie kann der Kerl nur so gelassen bleiben? Wahrscheinlich hat er längst seine Flucht geplant, so cool wie er sich gibt. Ich würde es ihm glatt zutrauen, schließlich ist er der Unbesiegbare!

»Richter Morris«, sagt Jax ernst. »Wie ich erfahren habe, wollten die Resurer White City angreifen. Dann haben Sie Soldaten oder eine Armee?«

Ich habe noch keine Armee gesehen, nur hin und wieder gehört, dass sich die Menschen hier rächen wollen, weil so viele an dem vergifteten Trinkwasser gestorben sind. Und sie wollen erkämpfen, dass das Wasser der sauberen Quelle gerecht geteilt wird. Was nur fair wäre.

Der Richter räuspert sich. »Die Stadtwache hat ein paar Männer ausgebildet.«

»Die Stadtwache?« Jax Augen werden groß. »Sie wollen mich auf den Arm nehmen. Ich werde alleine gehen – sollten Sie mich freisprechen.«

»Und Sie meinen, Sie schaffen das?«

»Ich kann mich quasi unsichtbar machen und kenne mich in und unter der Stadt bestens aus. Alleine bin ich zudem schneller. Und falls es nicht klappt, musste niemand sonst sein Leben lassen.«

Zitternd hole ich Luft. Muss er jetzt den Helden spielen? Irgendwann hat er nicht mehr so viel Glück, unbesiegbar hin oder her. Doch wenn das seine einzige Chance ist, ein freier Mann zu werden, muss ich sein Selbstmordkommando schweren Herzens akzeptieren.

»Der Warrior könnte verraten, wie wir leben!«, ruft erneut jemand aus dem Publikum.

Bürgermeister Forster bittet um Erlaubnis zu sprechen, Morris nickt ihm zu. »Das weiß der Senat längst, sonst würde er uns nicht fürchten. Wir sollten sogar dafür sorgen, dass die Kuppelmenschen erfahren, was hier draußen passiert, damit sie sich gegen ihr Regime stellen und es stürzen.«

Aufgebrachtes Gemurmel macht sich breit. Der Bürgermeister ist auf unserer Seite! Wer hätte das gedacht?

»Ich fasse noch einmal zusammen«, sagt Morris. »Jackson Carter, ein ehemaliger Warrior, hat – ich weiß nicht wie viele – Resurer getötet. Er hat sich gegen sein Regime gestellt, den Rebellen zur Flucht verholfen und eine Bürgerin unserer Stadt nach Hause gebracht. Er würde weiterhin sein Leben geben, um uns zu helfen. Er würde nach White City zurückgehen, um uns mehr Wasser zu bringen und die feindlichen Streitmächte zu zerstören.«

Vor Aufregung würde ich am liebsten an meinen Nägeln knabbern, stattdessen zerquetsche ich weiterhin Sonjas Hand. Sie trägt es mit Fassung.

Als sich Richter Morris an die Geschworenen wendet, halte ich die Luft an.

»Ich frage Sie, liebe Geschworenen, verzeihen wir Mr. Carter, wenn er die Halle der Luftwaffe zerstört und Wasser bringt? Wird er ein freier Bürger von Resur? Oder muss er für seine Vergehen büßen?«

Hinter uns stecken die Leute ihre Köpfe zusammen, um sich zu besprechen. Angestrengt versuche ich einige Gesprächsfetzen aufzuschnappen: »White City hat die Wasserlieferung eingestellt. Wenn er nicht geht, werden wir verdursten oder an dem verseuchten Dreck zugrunde gehen … Ob das mit dem Luftangriff tatsächlich stimmt? Wir haben keine Chance, wenn sie uns von oben angreifen … Wir können doch keinen Mörder laufen lassen! Außerdem traue ich ihm nicht …«

Unruhig rutsche ich auf meinem Stuhl hin und her, wobei ich Jax nie aus den Augen lasse. Gefasst schaut er mich an, doch seine Hände zucken, als ob er mit dem Gedanken ringt, seine Fesseln zu zerreißen.

Einatmen, ausatmen, denke ich, wobei ich hoffe, nicht in Ohnmacht zu fallen. Das Warten frisst mich auf! Mein Mund ist trocken und in meinen Schläfen pocht es.

Als einer der Geschworenen hinter mir verkündet: »Wir sind zu einem Urteil gekommen«, kralle ich die Finger so fest in Sonjas Hand, dass sie diesmal ihren Arm zurückzieht.

»Fünf von uns sind der Meinung, dass Mr. Carter ein freier Bürger von Rasur wird, wenn er seine Mission erfüllt.«

Ich brauche einige Sekunden, um die Worte aufzunehmen. Das bedeutet, Jax ist frei?

Kreischend springe ich auf und laufe auf die Bühne. Jax grinst breit, als ich auf seinen Schoß hüpfe und ihn umarme. Ich überschütte ihn mit Küssen, die er gierig erwidert. Vor allen Anwesenden! Leider kann er mich wegen der Fesseln nicht in den Arm nehmen. Aber es tut so gut, ihn zu fühlen, seine Wärme, das weiche Haar und die sündhaften Lippen.

»Dr. Walker, disziplinieren Sie sich!«, ermahnt mich Richter Morris, doch seine Worte dringen kaum zu mir vor. Erst als ein Wachmann mich von Jax' Schoß zieht, stehe ich auf und gehe zurück auf meinen Platz, ein strahlendes Lächeln im Gesicht.

♥♥♥

Jax hat nur noch wenige Stunden, bevor er gehen muss. Bei Sonnenuntergang wird er Resur verlassen, damit er im Dunkeln den Anschlag ausführen kann. Er hat Pläne von Sonja bekommen, wo genau sich die Halle befindet und wie es in ihr aussieht. Sonja kannte das Passwort für Juls Tablett. Sie hat mir erzählt, dass Jul ein Auge auf sie geworfen hat, aber er ist ihr zu jung.

Ich glaube, sie scheint einfach eine andere Art Männer zu bevorzugen, denn so viel älter ist sie auch nicht. Außerdem ist sie noch in Trauer wegen Cedric und sie hat schon einmal einen Mann verloren, Noels Vater. Er ist an Lungenentzündung gestorben, daher hatte sie auch so große Angst um ihren Sohn.

Auf dem Gang vor meinem Zimmer haben sich zwei Stadtwachen postiert, über die Jax bloß schmunzelt, weil er weiß, dass er sie mit Leichtigkeit ausschalten könnte.

Was für eine verdrehte Situation. Noch vor Kurzem war ich die Gefangene.

Jetzt steht er vor dem schrägen Fenster und sieht nach draußen. »Es ist nicht White City, aber das war mir eh immer zu steril«, sagt er, ohne sich umzudrehen.

Offensichtlich weiß er nicht, worüber er mit mir reden soll. Die Woche im Gefängnis hat uns ein wenig entfremdet. Oder bilde ich mir das ein?

Ich möchte über so vieles mit ihm sprechen, aber nicht jetzt. Jetzt will ich nur seine Nähe genießen.

Ich umarme ihn von hinten und schmiege seufzend meine Wange an seinen breiten Rücken. Ihn wieder spüren zu können, ist im Moment das schönste Geschenk.

Ich gleite mit den Händen unter sein Shirt, um seinen Bauch zu befühlen. Er ist noch viel härter geworden, wenn das überhaupt möglich ist. »Kommt es mir nur so vor, oder kann ich da jetzt meinen Lasagnekäse reiben?« Mit dem Zeigefinger fahre ich durch die Täler zwischen den Muskeln.

Grinsend dreht er sich um. »Im Gefängnis gab es nicht viel zu tun, also hab ich den halben Tag Sport gemacht.«

»Und die restliche Zeit?«

»Hab ich mich selbst therapiert.«

Er schafft es immer wieder, mir die Hitze ins Gesicht zu treiben.

»Ich hab dich so vermisst«, raunt er und zieht mir mein Shirt über den Kopf.

»Mich oder meine Wohlfühlzone?«

Lachend packt er mich an den Hüften und schmeißt mich aufs Bett. »Ich liebe die verruchte Sam, die in diesem verführerischen Körper steckt.«

Und ich liebe dich.

Ob er sie ein Mal zu mir sagt, diese drei magischen kleinen Worte? Ich habe sie während der Verhandlung ausgesprochen, vor all den fremden Menschen. Es war ihm offenbar unangenehm. Jax hat nie gelernt, Gefühle zu zeigen geschweige denn, darüber zu sprechen. Insofern ist das, was ich mit ihm habe, alles, was ich haben kann. Ich brauch die Worte auch nicht hören, solange ich sie fühlen kann.

Er beugt sich über mich, den Blick verdunkelt vor Leidenschaft. »Ich muss dich jetzt ficken, Sam. Muss in dir sein, um zu vergessen, was vor mir liegt.«

Ich wünschte, ich könnte es auch vergessen, doch ich muss immerzu daran denken. Es könnte unser letztes Mal sein.

Er reißt mir die Kleidung vom Leib, bis ich nackt vor ihm liege, dann zieht er sich aus. In seiner vollen Pracht steht er vor mir, mein Mann, mein Krieger. Sein von Narben gezeichneter Körper demonstriert, wie oft er davongekommen ist. Wird er diesmal wieder so viel Glück haben?

Seine Erektion zuckt, hart und bereit, mich zu nehmen, doch Jax steht nur da und starrt mich an. »Ich habe fast vergessen, wie schön du bist.«

Sein Kompliment wärmt mein Herz. »Dann musst du deine Erinnerungen auffrischen. Hast du etwa auch vergessen, was ich mit meinem Mund anstellen kann?«

Erneut zuckt sein Penis.

Ich grinse verwegen. »Der hier offenbar nicht.« Auf allen vieren krabble ich zum Bettrand und hauche einen Kuss auf seine Eichel.

Jax zittert und schnappt nach Luft. Es macht mir Spaß, meinen Krieger zum Schmelzen zu bringen. Das ist die einzige Waffe, mit der ich ihn bezähmen kann.

Ich lasse die Zunge um seinen Bauchnabel kreisen, küsse den schmalen Streifen schwarzer Härchen darunter und puste auf seine Erektion.

Ein Knurren vibriert in seinem Brustkorb. »Ich kann mich nicht mehr lange beherrschen, Sam.«

»Ich mich auch nicht«, antworte ich, bevor ich seinen Penis mit beiden Händen umfasse und die gespannte Haut auf dem harten Kern vor und zurück schiebe.

Jax legt den Kopf in den Nacken, er wird noch härter in meiner Hand. »Gott, wie ich es liebe, wenn du mich berührst.«

Ich ziehe die Vorhaut so weit zurück, wie es für ihn gerade noch erträglich ist und wiege die schweren Hoden in der Hand. Mit den Lippen forme ich einen festen Ring, den ich so weit über seinen Schaft stülpe, wie ich kann. Dann sauge ich vorsichtig und genieße das sanfte Pochen in meinem Schoß.

»Fuck!« Hastig weicht er zurück.

Vorboten seiner Lust perlen aus dem Schlitz, doch es ist keine klare Flüssigkeit, sondern bereits Ejakulat. Milchige Tropfen laufen über seine Eichel.

»Mein Druck ist so groß, Doc.« Jax atmet schwer. »Ich könnte sofort in dein Gesicht kommen, wenn du mich noch einmal berührst.«

Wagemutig lehne ich mich vor, doch er schubst mich, sodass ich auf den Rücken rolle. »Nichts da, jetzt bist du dran.«

Ich kann es ohnehin kaum erwarten, ihn endlich in mir zu spüren.

Sein Blick ist auf meine Scham gerichtet. »Mach die Beine breit, Süße. Zieh deine Knie an und öffne dich weit für mich.«

Allein seine Worte reichen aus, damit sich mein Inneres lustvoll verkrampft. Mein Kitzler prickelt und sehnt sich nach seinen Berührungen, während ich ihm gehorche. Für mich ist es immer noch beschämend, wenn er alles von mir sieht, dazu in dieser demütigenden Stellung, aber gerade das gefällt mir. Verrückt, oder?

»Du bist schon feucht für mich.« Als seine Zunge gegen meine Klitoris stupst, zucke ich vor Erregung.

»Jax, bitte gib mir mehr und zwar schnell, denn ich brauch es heute genauso wie du.« Habe ich das wirklich gesagt?

Stöhnend kriecht er über mich, hält seinen Penis fest und dringt hart in mich ein.

Der süße Lustschmerz steigert mein Verlangen. Sein Schaft dehnt mich, drängt mehr von meinem Saft nach draußen.

Jax legt beide Hände auf meine Brüste, um sie zu kneten, während seine Zunge meinen Mund fast genauso hart penetriert wie sein Schwanz meine Vagina. Dabei öffne ich mich für ihn so weit ich kann. Tief nehme ich ihn auf, bis er mich ganz ausfüllt.

»Deine kleine, enge Pussy ist genau das, was ich brauche«, sagt er heiser und schiebt seine Hüften noch ein Stück vor. Er trifft einen Punkt in mir, von dem ich nicht wusste, dass es ihn gibt. Mein Schoß glüht vor Begierde, möchte mehr.

Nein, er lässt sich nicht zähmen, er wird immer ein wildes Tier bleiben.

Keuchend kommen wir unserem Ziel näher, innig vereint, die Leiber ineinander verschlungen. Ich umarme ihn, streichle seinen Rücken und die harten Pobacken, bis die süßen Spasmen des Höhepunktes durch meinen Unterleib zucken. Dabei küsst er mich ohne Unterlass, bis auch er Erfüllung findet. Seine Bewegungen werden langsamer, bis er sich ein letztes Mal tief in mich schiebt, wobei sein Körper zittert.

Seufzend gleitet er aus mir, die Augen geschlossen, und zieht mich mit sich, sodass ich seitlich neben ihm liege.

»Weck mich bitte rechtzeitig«, murmelt er, ohne mich loszulassen.

Wie kann er jetzt schlafen? Ich habe Angst, auch nur eine Sekunde zu verpassen, die er noch bei mir ist.

Mein Herz verkrampft sich. »Das mache ich«, sage ich leise und streichle über sein entspanntes Gesicht. »Das mache ich …«

Kapitel 11 – Überraschungen

Ich brauche ihn nicht zu wecken, denn zwei Stunden später hämmert es gegen die Zimmertür. »Jax, Sam!«

Sofort sitzen wir beide im Bett und starren uns an.

»War das nicht Juls Stimme?«, fragt Jax.

Ich nicke. »Einen Moment!«

Hastig ziehen wir uns an. Ob wir es jemals schaffen werden, entspannt nebeneinander aufzuwachen, ohne dass uns jemand stört?

»Ich kann mich wieder erinnern, an alles!«, klingt es durch das Holz.

Mein Herz macht einen Freudenhüpfer und ich grinse Jax an, der mit nacktem Oberkörper und verwuscheltem Haar vor mir steht.

Mit zitternder Hand sperre ich die Tür auf, um Jul hereinzulassen, wobei er den Wachmännern erklärt, dass sie ihn nicht begleiten brauchen.

»Jul!« Erleichtert umarme ich ihn. »Ich bin so froh!«

Jax klopft ihm auf den Rücken, doch Julius befreit sich aus meinem Griff und umarmt auch ihn kurz. »Es tut mir so leid, dass ich bei der Verhandlung nicht dabei sein konnte, aber wie ich gehört habe, konntet ihr die Resurer auch ohne mich überzeugen.« Er schwankt leicht, und ich bedeute ihm, sich aufs Bett zu setzen. Er muss sich nach der Operation noch schonen.

Seine Augen leuchten jedoch, als wäre er neu geboren. »Ich danke dir, Sam, dass du mich gerettet hast.«

»War nicht allein mein Verdienst«, murmele ich. Immer noch fühle ich mich schuldig. »Außerdem wärst du ohne mich …«

»Ach, vergessen wir das.« Jul trommelt mit den Händen auf seine Oberschenkel. »Wann geht es los? Ich komm auf jeden Fall mit.«

»Ich werde allein gehen«, sagt Jax resolut.

»Außerdem darfst du dich auf keinen Fall schon anstrengen!«, setze ich hinzu.

Jax zieht sich sein Hemd über und schaut Julius ernst an. »Wenn sie dich erwischen, wird dein Vater dir wohl persönlich die Haut abziehen.«

Juls Miene verfinstert sich. »Er wird ohnehin längst Verdacht geschöpft haben. Mein Doppelleben kann ich somit vergessen. Aber ich wollte sowieso nie wieder zurück zu diesem Tyrannen.« Seufzend fährt er sich durchs Haar und schaut Jax flehend an. »Falls ich dir trotzdem irgendwie helfen kann, sag es.«

Jax nickt. »Du kannst auf Sam aufpassen. Sonja hat mir die Pläne gegeben, ich komme klar. In einer Stunde werde ich aufbrechen.«

♥♥♥

Erneut muss ich um sein Leben zittern, aber er hat die Chance, seine Loyalität zu beweisen und ein freier Mann zu werden. Wir sitzen wieder in dieser schrecklichen Wackelbahn, um ihn vor die Kuppel zu bringen. Sonja und zwei Männer der Stadtwache begleiten uns. Sie tragen auch Jax' Waffen, die er erst bekommt, wenn er ausgestiegen ist. Doch er braucht Granaten mit Fernzündung. Die wird er aus dem geheimen Rebellenlager beim unterirdischen See holen. Zuvor möchte er Wasser nach Resur schicken.

Abwechselnd betrachte ich den glutroten Ball, der am Horizont untergeht, und Jax' Gesicht. Es wirkt angespannt. Der Fahrtwind wirbelt sein Haar durcheinander und in den Gläsern seiner Sonnenbrille spiegelt sich die Pyramide, die aussieht, als würde sie brennen; die langsam abkühlende Luft ist zwar erfrischend, trotzdem glaube ich, kaum Atem holen zu können.

Jax hält meine Hand, sieht mich jedoch nicht an. Wahrscheinlich geht er in Gedanken seinen Plan durch. Er muss allein zurück in die Höhle des Löwen. Dabei muss er aufpassen, dass die Warrior den Tunnel nicht entdecken. Falls sie ihn zerstören, gibt es nur noch einen Weg hinein: über die Mauer. Und soweit bekannt ist, war Sonja die Einzige, die es bisher geschafft hat, den Todesstreifen zu überqueren.

Wie verfaulte Zähne ragen die Ruinen der ehemaligen Hochhäuser in den beginnenden Abendhimmel. Resur ist der einzig beleuchtete Fleck in der Wüste und verschwindet langsam hinter einem alten Hotelkomplex. Dafür tut sich auf der anderen Seite White City auf. Die Kuppel schimmert in einem milchigen Blau, weil in der Stadt die Lichter angegangen sind. Sie wirkt harmlos. Wie eine gigantische Seifenblase. Die fünfzigtausend Einwohner haben keine Ahnung, was hier draußen passiert und was der Senat mit den Resurern vorhat. Jax ist ihre einzige Hoffnung, den Angriff durch die Luftwaffe aufzuhalten.

Als der Monorail-Express in den verfallenen Bahnhof einfährt, atme ich zitternd ein und drücke seine Hand.

Sonja tritt zu uns und erklärt Jax, wie er den Zug bedienen kann, damit er bei seiner Rückkehr den weiten Weg in die Stadt nicht zu Fuß zurücklegen muss. Die Bahn lässt sich auch über einen Computer steuern, so kann Sonja sie nach unserer Ankunft in Resur allein zurückfahren lassen.

Gemeinsam mit Jax steige ich auf den düsteren Bahnsteig. Die Wachen geben ihm seine Weste und das Gewehr, anschließend gehen sie wieder in den Zug.

Sonja verabschiedet sich mit einem militärischen Gruß von Jax und sagt: »Zeig es ihnen, Großer«, bevor sie sich ebenfalls ein Stück zurückzieht.

Er nickt ihr zu und wendet sich dann an mich. Hastig fährt er sich durchs Haar und überreicht mir seine Sonnenbrille, damit ich sie aufbewahre, solange er weg ist. »Also, bis später.«

Ich packe ihn an der Weste. »Pass auf dich auf. Wehe, du kommst nicht zurück.«

»Mir passiert schon nichts«, sagt er, nur klingt es wenig überzeugend. Er weiß selbst, wie gefährlich seine Mission ist.

Ununterbrochen starre ich ihn an, um noch einmal jedes Detail in mich aufzunehmen: sein hartes, männliches Gesicht, die blauen Augen, die feine

Narbe, die sich durch seine Unterlippe zieht. Ich habe kein Foto von ihm, nichts, was er mir zurücklässt außer meinen Erinnerungen.

»Brav bleiben, meine Kleine«, raunt er an meinen Lippen, bevor er mich küsst. Es ist ein einfacher Abschiedskuss, aber für mich fühlt es sich an, als würde er für immer gehen.

Er möchte schon los, als ich ihn erneut festhalte. Meine Augen brennen. »Du weißt, wie sehr ich dich liebe?«

»Ja, das weiß ich.« Er drückt mich an seinen harten Körper, gibt mir einen letzten Kuss und wendet sich abrupt ab. Ohne auch nur ein einziges Mal zurückzublicken, marschiert er davon.

Kein: Ich liebe dich auch. Weil es ihm verdammt schwerfällt, über Gefühle zu reden. Das verstehe ich, trotzdem hätte ich es gerne gehört. Nur ein Mal bevor er … Nein, er wird zurückkommen!

»Lass uns heimfahren, Sam.« Sonja nimmt meine Hand und zieht mich in Richtung Zug, doch ich möchte Jax noch so lange hinterhersehen, bis seine Gestalt hinter den Ruinen verschwindet. Dabei weine ich hemmungslos. Ich sollte lieber sparsamer mit meinen Tränen sein, denn falls es Jax nicht schafft, wird es kein frisches Wasser mehr geben. Dann wird es bald nichts mehr geben außer Kriegsleid.

Falls Jax gefangen, gefoltert oder erschossen wird, erfahren wir es nicht. Er hat kein Funkgerät dabei, nichts, das seine Feinde auf ihn Aufmerksam machen könnte. Und es gibt keinen Verbündeten in White City zu dem wir Kontakt haben.

Bitte, Jax, komm zu mir zurück …

♥♥♥

Im Inneren der Pyramide tigere ich durch die Stadt, zwischen Verkaufsständen und unzähligen Leuten hindurch. Sobald ich an ihnen vorbeigehe, verstummen sie, sehen mir nach und tuscheln miteinander. Ob sie glauben, Jax hätte sich nun abgeseilt oder dass er ein Spion der Kuppelmenschen ist? Sollen sie doch denken was sie wollen – ich weiß es besser und ich will ihn nur zurück.

Alle warten auf die erlösende Lautsprecherdurchsage des Bürgermeisters, dass frisches Trinkwasser eingetroffen ist. Die Stunden vergehen – nichts passiert. Ich bekomme immer schlechter Luft, und Sonja kann mich auch nicht ablenken. Irgendwann hat sie es aufgegeben mit mir zu sprechen und ist zu Jul gegangen. Er muss noch ein paar Tage zur Überwachung auf der Krankenstation bleiben.

Wieso läuft das Wasser nicht? Jax müsste längst am Rohr sein. Haben die Warrior ihn entdeckt? Oder muss er sich verstecken, weil es im Untergrund nur so von Soldaten wimmelt? Er ist allein. Allein gegen eine Armee. Der Gedanke macht mich verrückt.

Plötzlich gesellt sich ein Mädchen zu mir. Es ist keine achtzehn und schwänzelt schon die ganze Zeit hinter mir her.

»Darf ich dich was fragen?« Ihre großen braunen Augen schauen neugierig.

Ich versuche zu lächeln, doch es mag mir nicht gelingen. »Natürlich.«

»Liebst du diesen Krieger wirklich?«

Nickend erwidere ich: »Das tue ich.«

Mehr Leute schließen sich mir an, stellen mir Fragen. Über das Leben in White City haben sie mich längst ausgehorcht, nun wollen sie wissen, ob der Warrior tatsächlich auf ihrer Seite steht und ihnen helfen wird. Ich beruhige sie, erzähle ihnen, was für ein guter Mensch Jax ist und dass er schon immer ein Herz für die Schwachen hatte, auch wenn ihm das vielleicht nicht bewusst war. Doch ich muss nur an Jimmy, der seine Wohnung in Schuss gehalten hat, oder mich denken.

Kurz vor Mitternacht erklingt ein Gong und alle verstummen.

»Liebe Mitbürgerinnen und Mitbürger«, tönt es von allen Seiten. Der Bürgermeister macht eine Durchsage. »Wir haben Wasser!«

Nach einer weiteren Sekunde völliger Stille bricht Jubel aus. Alle um mich herum springen in die Luft und schreien vor Freude. Jax hat es geschafft!

Auf einmal werde ich von allen Seiten umarmt und hochgehoben. Musik ertönt – ein Lied, das ich noch nie gehört habe. Es heißt »I'm a Believer« und die Resurer tanzen dazu. Ich wische mir die Freudentränen aus dem Gesicht und lache erleichtert. Auch Sonja taucht mit Julius bei mir auf und wir halten uns fest. Als ich jedoch auf den Songtext achte und heraushöre, dass es sich dabei um ein Liebeslied handelt, wird mir sofort wieder schwer ums Herz. Nachdem der Sänger »I couldn't leave her if I tried« geträllert hat, entschuldige ich mich bei den beiden und laufe hinaus in die Nacht.

♥♥♥

Seit Stunden plätschert Wasser in die gigantischen Tanks, die sich im Keller befinden. Sie sind fast voll. Schon jetzt reicht der Vorrat für drei Wochen, wenn alle sparsam damit umgehen. Ob Jax beim Rohr Wache hält oder ob er zwischenzeitlich schon die Flugzeugwerft in die Luft gesprengt hat?

Oder ist er gerade dabei Greer zu ermorden? Bei dem Gedanken schmerzt mein Magen.

Wo bleibt er nur?

Ich warte am Bahnhof vor der Pyramide und halte im Dunkeln nach dem Monorail-Express Ausschau. Es hat immer noch über zwanzig Grad und es ist angenehm hier draußen, während es mittags wieder doppelt so heiß sein wird und sich die meisten Resurer deshalb nur drinnen aufhalten.

Die Morgendämmerung kündigt sich mit einem orangen Streifen am Horizont an, während über mir noch die Sterne funkeln. Unzählige Diamanten auf schwarzem Samt. In White City bekommt niemand den Himmel zu sehen, weshalb die Outlands allein deshalb einen Ausflug wert sind.

Ich bin so müde, dass ich fast im Sitzen einschlafe, und gähne ununterbrochen. Beinahe bin ich versucht, mich auf die Eisenbank zu legen. Es ist ruhig geworden, keiner ist mehr auf, um auf Jax zu warten. Nur zwei Wachposten hocken auf der Nebenbank und schnarchen. Tolle Aufpasser. Sie hätten keine Chance, sollten Warrior in die Stadt kommen.

Sonja wollte sich solidarisch zu mir gesellen, doch ich habe sie nach Hause geschickt. Sie hat ihre Familie so lange nicht gesehen, und mir macht es nichts aus, allein mit meinen Gedanken zu sein.

Als ich plötzlich einen leuchtenden Punkt in der Ferne aufflackern sehe, halte ich die Luft an und springe auf. Ist es eine Glasscheibe, die das Licht der aufgehenden Sonne reflektiert?

Ich schaue mich um. Die Sonne kann es nicht sein, denn es dauert bestimmt noch eine halbe Stunde, bis sie sich über den Horizont erhebt.

Mein Herzschlag beschleunigt sich, denn das Licht wird größer. Als auf einmal das Gleis vor mir leise vibriert, bin ich mir sicher, dass es der Zug ist.

»Jax!« Meine Müdigkeit ist mit einem Schlag verschwunden. Ich laufe zum Anfang des Bahnsteiges und wieder zurück. Wo wird er aussteigen? Ganz vorne! Wo bleibt er denn? Und was, wenn es nicht Jax ist?

Die Wachmänner haben meine Aufregung mitbekommen und sind aufgewacht. Mit gezogenen Pistolen stehen sie neben mir, einer verständigt über Funk den Bürgermeister, dass sich der Monorail-Express nähert.

Als der Zug endlich in den Bahnhof einfährt, kann ich nicht erkennen, wer der dunkle Schatten darin ist. Die Wachmänner bedeuten mir, in Deckung zu gehen, doch ich stehe wie gelähmt da. Die Gestalt bewegt sich und taumelt schließlich aus dem Waggon, in der Hand ein Gewehr.

Ich unterdrücke einen Schrei. Oh Gott, er ist es! Sein Gesicht ist blutüberströmt, auch an den Armen hat er Wunden, sein Shirt unter der Weste ist zerfetzt. Seine Hose ist ebenfalls durchlöchert. »Jax!«

Als er mich anlächelt, blitzen seine Zähne auf. »Hi, Süße.«

Schluchzend werfe ich mich in seine Arme, wobei es mir egal ist, dass ich voller Blut werde. »Du bist zurückgekommen.«

Er küsst mich auf mein Ohr und murmelt: »Hab ich dir doch versprochen.«

»Du bist verletzt! Wie schlimm ist es?« Vor Angst und Erleichterung laufen mir Tränen über das Gesicht, Adrenalinschübe treiben Schweiß aus all meinen Poren.

Ruhig bleiben, Sam, ermahne ich mich. Verschaffe dir einen Überblick.

Schwer atmend macht er einen Schritt zurück, wobei er sich die Hand auf seinen Oberarm drückt. »Eine verdammte Granate ging zu früh los, aber ich hab die ganze Halle in die Luft gejagt. Pang, das war ein Spektakel!«

»Was hast du da?« Ich ziehe seine Hand weg und sehe, dass er sich einen Stofffetzen um den Oberarm gebunden hat.

»Glatter Durchschuss.«

Als Nächstes begutachte ich die Platzwunde am Kopf. »Wie ist das passiert?«

»Bin gegen ein verdammtes Rohr gelaufen, als ich kurzzeitig geblendet war. Meine Brüder waren plötzlich überall und haben Schockgranaten geworfen. Mir klingeln jetzt noch die Ohren.«

Wie konnte er nur entkommen? »Das hört sich an, als hättest du die Hölle hinter dir.«

»Ich hab echt geglaubt, ich schaff es nicht zurück. Nur der Gedanke an dich hat mich vorangetrieben.«

Er ist meinetwegen zurückgekommen … Ich schlucke den Riesenkloß in meinem Hals hinunter. »Du musst sofort auf die Krankenstation!« Ich bitte die Wachmänner um Hilfe, und sie nehmen Jax in ihre Mitte. Er humpelt, seine Kiefer mahlen, dennoch ist sein Blick ununterbrochen auf mich gerichtet und auch ich muss ihn ständig ansehen, weil ich nicht fassen kann, dass er wirklich hier ist.

Bürgermeister Forster kommt uns entgegen, als wir die Pyramide betreten. »Himmel, was ist passiert?«

»Mission erledigt.« Jax reicht ihm das Gewehr, bevor seine Beine wegknicken. Offensichtlich hat er viel Blut verloren.

Grausame Bilder blitzen vor meinen Augen auf, wie er und Cedric damals in die Klinik eingeliefert wurden. Oh Gott, ich will ihn nicht verlieren!

»Ich brauche Infusionen!«, rufe ich den Sanitätern zu, die in die Halle stürmen. »Und Dr. Nixon!«

»Sam …« Jax klammert sich an seine Träger, die unter seinem Gewicht ächzen. »Bin nur erledigt, sonst geht's mir gut.«

»Das entscheide immer noch ich!«

Sie legen ihn auf die Trage, und wir fahren mit dem Aufzug in den fünften Stock.

Dr. Nixon wartet bereits auf uns. »Wie schlimm ist es?«

»Eine Kopfverletzung, Durchschuss am Oberarm und zahlreiche Splitterwunden, mehr weiß ich noch nicht.«

Wir schälen Jax aus der Kleidung, woraufhin sich zum Glück keine allzu schlimmen äußeren Verletzungen offenbaren. Die Schutzweste hat die meisten Splitter abgehalten, nur an den Oberschenkeln hat er ein paar tiefere Cuts.

Als er auf dem Operationstisch liegt, gebe ich ihm eine Spritze gegen die Schmerzen und streichle dabei durch sein verklebtes Haar. Während er wegdämmert, lächelt er mich an. »Wird langsam zur Gewohnheit, dass du mich zusammenflickst.« Seine Lider fallen zu, er schläft ein. Dr. Nixon und ich können mit unserer Arbeit beginnen.

♥♥♥

»Irgendwie kommt mir diese Situation bekannt vor«, vernehme ich Jax' Stimme und fühle, wie mir jemand über die Wange fährt.

Mit geschlossenen Augen taste ich nach den Fingern und halte sie fest. Männerhände.

Jax!

Während ich mich aufsetze und meine müden Muskeln strecke, lächelt er mich an. Ich muss an seinem Bett eingeschlafen sein. »Wie geht es dir?«

»Gut, aber irgendwas fehlt mir noch.« Er verzieht das Gesicht, wobei mein Herzschlag ins Stocken gerät.

»Was hast du?« Sofort stehe ich vom Stuhl auf.

Jax lächelt verschmitzt und hebt einen Arm. »Leg dich zu mir.«

Er ist nackt unter der Decke und voll getrocknetem Blut. Ich sehe auch nicht besser aus, aber das ist egal. Ich lege meinen Kittel ab und klettere zu ihm aufs Bett. Glücklich schmiege ich mich in seine Armbeuge. Die Operation verlief gut, die meisten Schnitte konnte ich mit dem Laser verschweißen, tiefere Wunden hat Dr. Nixon zusammengenäht. In ein paar Tagen ist Jax so gut wie neu. Er hatte wirklich großes Glück. *Ich* hatte großes Glück.

Erleichtert schließe ich die Augen. »Du machst deinem Ruf mal wieder alle Ehre.« Jax – der Unbesiegbare.

»Wir sollten dir auch einen Titel verpassen«, sagt er. »Wie wäre es mit Laser-Lady Sam?«

»Das klingt doof.«

»Dein Titel soll sich ja auch nicht besser anhören als meiner.«

Grinsend küsse ich seine stoppelbärtige Wange. »Mir fällt schon noch was ein.«

Eine Weile liegen wir mit verschränkten Fingern nebeneinander und starren aus dem Fenster. Die Sonne steht hoch am Himmel, die Luft flirrt, doch hier drin ist es angenehm kühl. Die Klimaanlage funktioniert und ein Einzelzimmer hat Jax auch. Na ja, es ist kaum größer als eine Kammer, aber wahrer Luxus auf dieser Station.

Obwohl ich noch ein wenig erschöpft bin, fühle ich mich wunderbar leicht. Jax ist hier. »Du warst so lange weg, ich dachte schon, du kommst nicht mehr.«

Er dreht sich zu mir und zieht mich an sich. Meine Stirn drückt sich an seine Brust. Die Decke ist verrutscht, weshalb ich seinen Bauch sehe. Ich ziehe Kreise um seinen Bauchnabel, und Jax murmelt: »Ist da unten wenigstens diesmal alles heil geblieben?«

Mit der Hand schlüpfe ich tiefer und umfasse sein weiches Geschlecht. »Ihm ist nichts passiert.«

»Vielleicht doch.« Er räuspert sich. »Kannst du mal genauer nachsehen?«

Grinsend ziehe ich die Hand zurück. »Es gibt Dinge, die werden sich nie ändern, oder?«

»Ich hoffe nicht«, raunt er und küsst meine Stirn.

Tief hole ich Luft und stelle ihm die Frage, die mir seit seiner Rückkehr auf der Seele brennt: »Hast du Greer und Freeman umgebracht?«

Er versteift sich. Bestimmt möchte er lieber Kuschelsex genießen, als mit mir über die grausame Nacht zu sprechen.

Ich zweifle schon fast, dass er antworten wird, doch da sagt er: »Mehrmals habe ich daran gedacht. Bevor ich die Halle in die Luft sprengen wollte, hatte ich vor, die beiden zu suchen, aber es hatte Priorität, die verdammte Luftflotte zu zerstören. Falls ich es nicht geschafft hätte, die Halle in die

Luft zu sprengen, wäre Resur angegriffen worden. Dein Leben wäre in höchster Gefahr gewesen.« Zärtlich krault er meinen Nacken. »Du bist mir wichtiger als alles, Sam. Das wurde mir bereits klar, als Blaire dich töten wollte. Ich wollte dich schützen und kostete es mein Leben. Dazu gehörte auch diese Mission. Ich hab das nur für dich getan. Danach wollte ich bloß noch zurück zu dir.«

Ein Schwindel erfasst mich, als wäre ich betrunken. Gut, dass ich gerade liege. »Nur für mich?«

Er schmunzelt. »Na ja, ein wenig auch für die anderen.«

Jax hat seine Rache nicht durchgezogen, weil ich ihm alles bedeute. Fest umarme ich ihn und drücke meine Lippen auf seinen Mund.

»Hey, Süße, weine doch nicht.« Mit den Daumen streicht er meine Tränen weg und küsst meine feuchten Lider.

»Das sind Freudentränen«, flüstere ich grinsend und umarme ihn noch fester, woraufhin er zusammenzuckt.

»Tschuldigung.« Sofort lasse ich locker. Vor Euphorie habe ich tatsächlich vergessen, dass er operiert wurde.

Stöhnend dreht er sich auf den Rücken, legt die Hand auf die Stirn und jammert übertrieben: »Oh mein Gott, worauf habe ich mich nur eingelassen? Diese Ärztin hat aus mir einen Achtstundenschläfer gemacht. Ich bin ein Kuschelbär geworden, ein Sonnenbrillenträger, Busenwärmer und Frauenzuhörer. Mein Leben, wie es einmal war, ist vorbei. Ich unterdrücke meine Furze, rülpse nicht mehr laut und setze mich zum Pinkeln hin. Das alles nur ihretwegen!«

Vor Lachen halte ich mir den Bauch. »Jetzt übertreib mal nicht so, und das mit dem Sitzpinkeln stimmt ja wohl gar nicht!«

Er wirft mir einen seiner Unschuldsblicke zu. »Im Moment bin ich schon zu schwach zum Stehen. Ehrlich.«

Todernst sage ich: »Soll ich dir die Pinkelflasche bringen?«

»Nur wenn du ihn reinhältst.«

»Bitte, was sind das für Gesprächsthemen?« Mein Bauch tut schon weh vor Lachen.

Zärtlich streichelt er über meinen Rücken. »Ich wollte dich nur wieder fröhlich sehen.«

»Ja, es gab nicht viel zu lachen in letzter Zeit, was?«

»Hm«, brummt er. »Wird Zeit, dass sich das ändert. Nun haben wir erst mal Wasser, die Gefahr eines Luftangriffes ist vorerst aus der Welt und ich glaube, ich habe heute Nacht einen neuen Verbündeten gewonnen.«

Plötzlich bin ich ganz Ohr und setze mich auf. »Erzähl, was ist passiert?«

Jax hockt sich ebenfalls hin. Ich stopfe ihm ein Kissen in den Rücken und kontrolliere seinen Kopfverband. Die Platzwunde am Haaransatz war ziemlich groß. Ich weiß nicht, ob ich wirklich alle Details hören möchte, aber ich bin zu neugierig.

»Nachdem ich durch den Tunnel bin«, erzählt er, »habe ich bemerkt, dass da unten einiges los ist. Es waren wohl alle Einheiten im Einsatz, und es dauerte ewig, bis ich zum See gelangte. Doch am Rohr wimmelte es von Soldaten. Also bin ich wieder umgekehrt und habe zuerst die Granaten aus unserem alten Unterschlupf geholt. Da hatte ich die Idee, ob ich nicht von der anderen Seite des Sees an das Rohr kommen könnte.«

»Du bist rübergetaucht?«

»Nein, dann wäre ich wohl nicht mehr nach oben gekommen, weil mich die Waffen nach unten gezogen hätten.«

Stimmt, daran habe ich nicht gedacht. Der See könnte kilometertief sein.

»Aber ich bin am Ufer entlanggelaufen oder besser gesagt, habe ich mich an der Felswand entlanggehangelt. Zwischendurch fällt der See bereits am Rand richtig tief ab.«

Oh Gott, wenn er ausgerutscht wäre, hätte er ertrinken können!

»Da der See riesig ist und eine Biegung macht, habe ich dort ebenfalls wieder viel Zeit verloren. Außerdem war das Wasser saukalt.«

Ich stelle mir vor, wie er sein Zähneklappern unterdrückt hat, damit ihn niemand hört.

»Als endlich das andere Ufer in Sicht kam, erkannte ich Crome, Neil und zwei weitere Soldaten einer anderen Einheit, die das Rohr bewachten. Der Ort war hell beleuchtet, alle vier ein leichtes Ziel. Sie hätten keine Chance gehabt. Aber ich konnte nicht abdrücken.«

»Natürlich nicht. Sie waren deine Brüder.«

Seufzend fährt er sich durchs Haar. »Also habe ich gewartet und gehofft, sie würden abziehen. Tatsächlich bekamen sie den Befehl, ein anderes Planquadrat zu überwachen. Nur ein Mann sollte am Rohr zurückbleiben. Ich fluchte innerlich, weil es ausgerechnet Crome war.«

»Weil er uns hat laufen lassen.« Ich werde nie vergessen, wie er uns einfach gehen ließ.

»Hm.« Jax legt einen Arm um mich und ich kuschle mich wieder an ihn. »Aber dann hat er etwas gesagt, woraufhin ich ihn doch fast erschossen hätte.«

»Was war es?« Mein Herz klopft aufgeregt. Um nichts auf der Welt hätte ich mit Jax tauschen wollen.

»Crome hat gesagt, er wolle bleiben, falls sich der Bastard traut, hier aufzutauchen. Damit meinte er natürlich mich. Ich war kurz davor, tatsächlich vor ihm aufzutauchen und ihm eine Kugel in den Kopf zu pusten. Ich ließ mich in den See sinken, bis nur noch mein halbes Gesicht herausschaute, und schlich mich näher. Mir war so kalt, dass ich es kaum noch länger im Wasser aushielt.«

»Und dann?«, wispere ich. »Hat er dich nicht bemerkt? Ihr habt doch alle außergewöhnliche Sinne.«

»Ja, er hat mich bemerkt, aber erst, nachdem ich ein Steinchen ans Ufer geworfen habe. Ich wollte ihm einen fairen Kampf bieten. Crome hat jedoch nicht mal gezuckt, sondern nur gesagt: ›Du hast dir verdammt viel Zeit gelassen, Mann. Seit Tagen schiebe ich freiwillig Dienst an diesem verfickten Rohr.‹«

Ich kralle meine Finger ins Laken. »Das hat er gesagt?«

»Ja, so was in der Art.«

»Und du?«

»Ich habe ihn gefragt, ob er auf mich gewartet hat. Tatsächlich hatte er gehofft, mich hier unten noch mal zu treffen. Er wollte wissen, was los ist.« Mit zusammengeschobenen Brauen starrt Jax aus dem Fenster.

»Und was hat er noch gesagt?« Warum schaut er so nachdenklich?

Er räuspert sich. »Crome sagte: ›Du warst einer der Besten. Warum hast du die Seiten gewechselt?‹ Und ich antwortete ihm: ›Ich habe mich für die richtige Seite entschieden.‹ Mittlerweile stand ich fast vor ihm und hatte mein Gewehr auf ihn gerichtet, doch er rührte seine Waffe nicht an.«

»Das ist doch seltsam, oder?«

»Ja, zuerst hab ich ihm auch nicht getraut und geglaubt, es wäre eine Falle. Er wollte wissen, warum die Rebellen den Sohn von Senator Pearson entführt haben.«

»Das wollte ihnen bestimmt das Regime Glauben machen!«

Jax nickt. »Als ich ihm sagte, dass der Sohn des Senators der Anführer der Rebellen war und wir ihn gewiss nicht entführt haben, war Crome sprachlos.«

Ich stelle mir das verblüffte Gesicht des Kriegers vor und grinse.

»›In der ganzen Stadt hängen Plakate, ihr seid auf allen Kanälen und Screenern, jeder sucht euch‹, hat er gemeint.«

»Das war zu erwarten.« Der Senat wird sich wohl gerade in die Hosen machen. Ein abtrünniger Warrior – schlechtes Image.

»Ich wollte los, bevor sie mich erwischen, zuvor aber noch das Wasserrohr öffnen, doch Crome stellte sich davor. Er wollte wissen, wo wir uns in der Kanalisation verstecken.«

»Natürlich würdest du ihm das sagen!«, rufe ich empört aus.

Jax lächelt. »Ich konnte überheblich grinsend antworten, dass wir längst draußen sind. Du hättest sehen sollen, wie er vor mir zurückgewichen ist, als hätte ich eine ansteckende Krankheit. Da hab ich ihn aufgeklärt, was sich in den Outlands tut und dass uns wegen der Strahlung nur Angst gemacht wurde, damit niemand White City verlässt. Plötzlich klang er sehr interessiert, vor allem, als ich ihm von Resur erzählt habe.« Jax holt tief Luft. Das Sprechen bereitet ihm noch etwas Mühe. Es war für uns beide eine lange Nacht. »Natürlich habe ich im Hinterkopf, dass er ein Spion sein könnte, doch das glaube ich nicht. Falls doch – umso besser. Alle sollen erfahren, was da draußen passiert.«

»Was hätte Crome für ein Motiv, uns zu helfen und sich gegen das Regime zu stellen?«

Jax kratzt sich am Kopf. »Das habe ich ihn auch gefragt.«

»Und?« Wieso spannt er mich so auf die Folter?

»Du hättest seinen Gesichtsausdruck sehen sollen. Er passte gar nicht zu ihm.«

»Wie hat er denn ausgesehen?«

Jax schenkt mir einen so dämlichen Blick – eine Mischung aus verliebt, verzweifelt und doof –, dass ich schon wieder lachen muss. »Echt? So?«

»Er hat mir gestanden, dass es da ein Mädchen gibt, eine Sklavin, mit der er niemals richtig zusammen sein kann, solange sie eine Gefangene ist.«

Ich beuge mich über ihn. »Sag bloß, du hast ihn auf den Geschmack gebracht?« Jax – der Vorreiter des Warrior-Apokalypse-Teams. »Vielleicht kannst du doch ein paar deiner ehemaligen Waffenbrüder auf unsere Seite ziehen?«

»Scheint so. Ich habe Crome einen Deal vorgeschlagen. Wenn er bei seinen Diensten am Rohr heimlich Wasser abführt und weitere Giftanschläge verhindert, werde ich ihm helfen. Er war sofort einverstanden, also hab ich ihm gezeigt, wie er das Messgerät abschalten kann, damit niemand etwas mitbekommt. Wir werden ja sehen, ob er das für uns tut.«

»Also die Tanks sind vollgelaufen, soweit ich das mitbekommen habe.«

Jax lächelt zufrieden.

»Und was hast du dann getan?« Was er berichtet klingt aufregend.

»Bin ich nach oben, um diese Halle zu suchen. War auch kein Problem, und es hatte wohl niemand damit gerechnet, dass jemand von uns in der Stadt auftaucht. Vor den Türen der Flugzeugwerft standen nur zwei Wachen, die ich ausschalten konnte, ohne Aufsehen zu erregen.«

»Hast du sie erschossen?«, frage ich mit erstickter Stimme.

»Ein harter Schlag auf den Kopf hat gereicht. Sie werden heute übel Schädelweh haben, aber es überleben.«

Ich atme auf. Er ist ein Krieger und wir befinden uns im Krieg – trotzdem bin ich erleichtert, dass er diese Menschen nicht getötet hat.

»Ich hab also die Spezialgranaten mit der Fernzündung an alle Flugzeuge angebracht. Es waren drei Senkrechtstarter mit Raketenwerfern und Bomben. Damit hätten sie Resur locker plattgemacht. Die Sprengsätze waren aber noch nicht scharf, sonst wäre wohl nicht nur die Halle in die Luft geflogen, sondern gleich die halbe Kuppel.«

Ich stelle mir bildlich vor, wie das Dach der Halle abhebt. »Spätestens jetzt hattest du wohl Aufmerksamkeit erregt.«

Er nickt. »Leider ging eine Granate zu früh los, noch bevor ich ganz aus der Halle raus war. Offenbar ist ihr das Bad im See nicht bekommen. Ich hab 'ne regelrechte Blutspur hinterlassen, weshalb die Warrior meine Fährte aufnehmen konnten.«

Er redet über seinen Beinahe-Tod, als würde er über etwas Belangloses sprechen. Doch ich glaube, er überspielt seine Angst. Ein Muskel in seiner Wange zuckt, sein Gesicht wirkt angespannt. Er weiß, dass es wieder einmal verdammt knapp war.

Ich lausche seinen Erzählungen, wie er im Untergrund plötzlich umzingelt war, angeschossen wurde und die Soldaten Blendgranaten auf ihn geworfen haben. »Das war meine Chance, durch ein Nebenrohr zu entkommen, solange die anderen in Deckung gingen. Und als ich die verdammten Blutungen einigermaßen im Griff hatte, hab ich gewartet, bis die Luft rein war, und bin durch den Tunnel raus.«

Alles was er erzählt hört sich so einfach an, doch ich weiß, wie knapp es gewesen ist. Ich schmiege mich an ihn und genieße es, ihn bei mir zu haben und seine streichelnden Hände an meinem Rücken.

»Ich bin dir wirklich wichtiger als alles andere?«, frage ich mit Herzklopfen. Diesen Satz aus seinem Mund werde ich wohl nie vergessen.

»Das hast du dir gemerkt«, antwortet er amüsiert.

»Natürlich. So was hören Frauen doch gerne.«

»Ich glaube, da gibt es noch was, das du gerne hören würd…« Als es an der Tür klopft, zucke ich zusammen. Mann, immer im falschen Augenblick!

Sonja steckt den Kopf herein. »Wie geht es dir, Jax?«

Er zieht mich so fest an sich, dass ich halb auf ihm lande. »Ging mir nie besser.«

»Gut, denn wir haben eine Überraschung!« Sie öffnet die Tür ganz. Im Gang wimmelt es von Leuten, die Kanister tragen. »Wir haben beschlossen, unser Held hat sich ein Bad verdient, und zwar mit Frischwasser. Unsere alte Crew und ein paar Resurer haben Eimer geschleppt. Wo soll das Wasser hin?«

Jax schmunzelt. »Sehe ich so scheiße aus?«

Sonja nickt lachend. »Wir wissen, wer unter der Kruste steckt, aber die Resurer sollen ja keinen Schock bekommen. Sie bereiten für heute Abend eine Feier vor.«

Jax hebt die Brauen. »Für mich?«

Auch ich kann es kaum glauben. Das ist ja großartig! Sie scheinen Jax verziehen zu haben.

»Ja, für dich, also mach dich sauber, du Held.« Sonja grinst bis über beide Ohren. »Also wohin mit dem Wasser?«

Mir fällt nur die große Wanne im Nebenraum ein, die eigentlich für Wassergeburten gedacht ist. Und da sauberes Wasser bisher nicht zur Verfügung stand, ist aus dem Raum ein Lager geworden.

»Folgt mir«, sage ich den Leuten, nur Jax befehle ich, so lange liegen zu bleiben, bis alles bereit ist. Er hat ein Bad wirklich dringend nötig.

Gemeinsam mit Sonja und ein paar Helfern räumen wir Verbandsmaterial aus der Wanne, befreien sie von Staub und schütten das Wasser hinein. Manche Kübel enthalten kaltes, andere heißes Wasser. Welch ein Luxus! Und ich habe Jax damals um sein Bad beneidet, obwohl ich eine Dampfdusche hatte. Hier in Resur ist Baden mit sauberem Wasser tatsächlich eine Rarität und ich habe immer ein ungutes Gefühl, wenn ich mich mit dem verseuchten Seewasser dusche. Vielleicht erlaubt mir Jax ja, zu ihm in die Wanne zu hüpfen. Ach, ich werde ihn gar nicht erst fragen, sondern es einfach tun. Das wird ihm sicherlich gefallen.

♥♥♥

Eine halbe Stunde später sitzen wir im warmen Nass, und Jax lehnt sich entspannt zurück. »Cooles Becken, sehr bequem. Schau, ich kann hier sogar meine Füße ablegen.«

Grinsend spreizt er die Beine, woraufhin er in einer sehr aufreizenden Pose vor mir liegt. Natürlich schämt er sich wie immer kein bisschen.

Nachdem ich ihn zuvor notdürftig mit einem feuchten Tuch gesäubert habe, rutsche ich nun zwischen seine Schenkel, und diesmal schrubbe ich ihm den Dreck mit leidenschaftlicher Hingabe ab. Nur bei seinen Wunden muss ich aufpassen. Das erinnert mich daran, wie er als Warrior zurückgekehrt ist und mich als seine Sklavin genommen hat. Doch diesmal beobachten uns keine Kameras und niemand zwingt mich dazu.

Zärtlich fahre ich ihm mit dem Lappen über das Gesicht. »Du bist frei, richtig frei. Was wirst du nun tun?«

Er hält meine Hand fest und zieht mich auf sich. »Das, was ich gelernt habe: kämpfen, aber für beide Seiten. Damit die Menschen in White City erfahren, was hier los ist und damit die Outsider sauberes Trinkwasser und medizinische Versorgung bekommen. Und wir brauchen noch das fehlende Teil für die Wasseraufbereitungsanlage.«

In meiner Brust wird es warm. »Du bist ein Krieger mit Herz.«

»Ohne Herz könnte ich auch nicht leben.«

»Ich meine das nicht aus medizinischer Sicht.« Das weiß er genau, so wie er grinst. »Denk an Jimmy.«

Jax kratzt sich am Kopf. »Das war etwas anderes.«

»War es nicht. Der gute Kern steckte schon immer in dir.«

»Du hast ihn freigelegt.«

»Ach, jetzt bin ich also die Schuldige?«, sage ich lächelnd und gebe ihm einen Kuss, während ich spüre, wie er an meinem Geschlecht hart wird. Ich sitze mit gespreizten Beinen auf ihm, und wenn er ihn nicht endlich reinschiebt, werde ich das tun. Aber er macht keine Anstalten, sondern sieht mich verträumt an.

»Als ich nach der Operation aufgewacht bin und meine wunderschöne Lebensretterin auf der Liege neben mir schlafen sah, habe ich mich in dich verliebt.«

Ich halte die Luft an. Was hat er gerade gesagt? Habe ich richtig gehört? Ein Schwindel erfasst mich, als würden wir mit der Monorail fahren. Meine Finger krallen sich in seine Schultern.

Natürlich habe ich gespürt, dass er mehr für mich empfindet und habe immer gehofft, dass er es sagt, aber jetzt kann ich es trotzdem nicht glauben.

Ich schlucke hart, mein Puls rast. »Und du dachtest, du kannst nicht lieben.«

»Hm, doch jetzt weiß ich, was dieses sehnsüchtige Ziehen hinter dem Brustbein bedeutet. Erst hielt ich es für Begierde, daher wollte ich dich besitzen, als Lustsklavin. Und ich wollte dich mit niemandem teilen. Aber als Blaire dich fast umgebracht hat und mir klar wurde, dass ich dich hätte verlieren können, wusste ich, dass ich doch mehr für dich empfinde. Dass ich ähnlich empfinde wie für Cedric, den ich als Einzigen geliebt habe. Nur die Gefühle für dich sind noch viel stärker.« Er knetet meine Pobacken und reibt seine Erektion an meiner Mitte. »Das hat mich erst ziemlich geschockt und es brauchte ein wenig, das zu verarbeiten.«

Zärtlich streiche ich ihm das Haar aus der Stirn und betrachte sein ernstes Gesicht, die strahlend blauen Augen, die winzige blasse Narbe auf der Nase. »Schüttet mir ein Warrior eben sein Herz aus?«

Er räuspert sich und seine Finger drücken sich fest in meine Pobacken. »Scheiße ja, und ich werde es nur ein Mal tun, also hör gut zu, Sam. Willst du meine Lebenspartnerin sein?«

Mein Blick verschmilzt mit seinem. Kneift mich mal jemand? »Warum hast du mich das nicht gefragt, bevor du gegangen bist?«

»Ich wollte nicht, dass es für dich noch schwerer wird, falls ich nicht zurückgekommen wäre.« Er kratzt sich hektisch an einer Augenbraue, dann schnippt er mit den Fingern im Wasser herum. »Und, willst du? Ich weiß, dass du Angst um mich hast, wenn ich auf eine Mission muss, aber vielleicht kannst du dich ja irgendwann dran gewöhnen?« Er vermeidet es, mich anzusehen, und reibt über meinen Oberschenkel.

Ich greife nach seiner Hand, um sie festzuhalten. »Daran werde ich mich nie gewöhnen.«

Ruckartig hebt er den Kopf, sein Blick flackert, als würde er befürchten, dass ich Nein sage.

Er liebt mich wirklich.

Ich bin atemlos vor Freude und grinse bestimmt total dämlich, während ich »Ja, verflucht, ich will!« rufe und sein Gesicht mit Küssen bedecke.

Jax umarmt mich so fest, dass ich kaum Luft bekomme. »Du hast mir gerade echt Angst gemacht, Doc.« Sein Penis drückt sich hart an meine Scham.

»Ich kann meinem Krieger Furcht einjagen?« Provozierend reibe ich mich auf seiner Erektion. »Ich bin klein und unschuldig, was kann ich schon tun?«

Seine Mundwinkel zucken. »Du bist alles andere als unschuldig. Für diese freche Lüge werde ich dich bestrafen.« Er packt mich an den Hüften und hebt mich hoch. »Umdrehen und Beine spreizen!«, befiehlt er.

Ich gehorche und stütze mich mit den Händen am Wannenrand ab, woraufhin sich ihm mein Hintern entgegenreckt.

Jax zieht meine Pobacken auseinander und versenkt sein Gesicht dazwischen, er beißt mich mit den Lippen und schiebt seine Zunge in mich.

Gott, wie ich es liebe, wenn er solch verruchte Dinge tut. Sofort glüht mein Schoß und pocht wild vor Verlangen.

Sein Daumen drückt sich auf meinen Anus, seine andere Hand streichelt mich. Schon werde ich feucht für ihn, und er leckt mich aus.

Ich drücke mich seinem Gesicht entgegen, weil ich ihn endlich in mir spüren will.

»Alles meins.« Besitzergreifend umschließt er meine Brust und zieht mich rückwärts auf sich. Mit gespreizten Beinen senkt er mich auf seinen Schoß, während er in mich eindringt. Dabei reibt er über mein weit offenes Geschlecht und schaut über meine Schulter zu, wie er mich streichelt und an meinem Kitzler spielt.

Ich genieße es, mit ihm verbunden zu sein und von ihm ausgefüllt zu werden. Dann bin ich ihm nah wie nie, mit Körper und Seele. Ich lehne mich zurück, hebe meine Arme und schlinge sie um seinen Nacken. Danach drehe ich meinen Kopf und sage heiser an seine Wange: »Sollte es zu einem Krieg kommen, werde ich an deiner Seite kämpfen, Jax, egal wie viel Angst ich habe.«

»Und ich werde meine Frau bis zum letzten Atemzug mit meinem Leben schützen«, erwidert er schwer atmend, bevor er mich verlangend küsst.

Zwei Monate später

»Hi Doc!« Lässig lehnt Jax an der Tür zur Krankenstation. Sein Haar ist wie immer leicht verstrubbelt, das Gesicht und die Arme wegen der Wüstensonne braungebrannt.

Er ist wieder da! Mein Herz schlägt schneller. »Hi!« In seinem Armeedress sieht er zum Anbeißen aus. »Schaffst du es ein Mal ohne Verletzung zurückzukommen?« An seiner Wange leuchtet ein Bluterguss, ansonsten erkenne ich auf den ersten Blick keine weiteren Verletzungen.

Er lächelt verrucht. »Du weißt doch: Ich stehe drauf, wenn du mich zusammenflickst.«

Ich verdrehe die Augen und überprüfe Mr. Quinns Tropf. Der alte Mann hatte gestern einen Herzinfarkt und schläft jetzt. Er hatte Glück und ist noch einmal mit dem Leben davongekommen. Leider fehlen immer noch so viele Medikamente, obwohl Mark mit Cromes Hilfe über das Wasserrohr schon viel Medizin herausschmuggeln konnte.

Als ich nichts mehr für meinen Patienten tun kann, gehe ich zu Jax, um ihn zu umarmen. »Wie schlimm ist es?«

Nach einem intensiven Begrüßungskuss raunt er: »Ich hatte einen kleinen Faustkampf, aber mir fehlt nichts.«

»Ach, das ist also nichts?«, sage ich zuckersüß und puste auf die Beule an seiner Wange. Verglichen mit den sonstigen Blessuren ist das tatsächlich harmlos.

Ich bedeute ihm, sich im nächsten Raum zu setzen, damit ich seine Wunde versorgen kann. Er war wieder in White City. Ich hasse es, wenn er in die Stadt geht, denn immer noch herrscht dort Ausnahmezustand. Alle Warrior sind angehalten, ihn sofort zu töten.

»Mit wem hast du dich denn gekabbelt?«, möchte ich wissen, während ich ihm ein Kühlpad reiche.

»Mit einem Jungspund. Jetzt rekrutieren sie schon Warrior, die ihre Ausbildung noch lange nicht beendet haben. Der Kerl hatte keine Chance, aber Mumm, das muss ich ihm lassen. Nachdem ich ihn entwaffnet hatte, hat er mir einen Haken verpasst.«

»Und dann hast du ihn laufen lassen?«

»Nein, er hockt jetzt sechs Etagen tiefer in einem schicken fensterlosen Einzelzimmer.«

»Du hast ihn mitgebracht?« Es ist das erste Mal, dass Jax einen Gefangenen gemacht hat.

»Er hat leider den Tunnel entdeckt, als wir uns rausgeschlichen haben.«

Mist, aber es war nur eine Frage der Zeit, bis jemand den Durchgang findet. »Wir? Dann ist Crome mitgekommen?«

Seufzend lehnt sich Jax im Stuhl zurück und schaut mich zufrieden an.

»Ist er, erzähle ich dir gleich, denn zuerst habe ich eine gute Nachricht für dich: Das war heute vorerst der letzte Einsatz. Mark hat endlich das Teil für die Wasseraufbereitungsanlage besorgen können. Ich hab es Sonja schon gegeben. Nun muss Mark nur noch die Aufzeichnung einspielen.«

Ich unterdrücke einen Freudenschrei, um Mr. Quinn nicht zu wecken, und springe auf Jax' Schoß. »Das ist großartig!« Bald fließt kein verseuchtes Wasser mehr durch die Leitungen, das Abwasser kann aufbereitet werden. Sonja wird das Ding einbauen und das Hauptproblem ist endgültig gelöst. Und Mark wird seine Programmierfähigkeiten einsetzen, um ein Video auf allen Kanälen einzuspielen. Es zeigt den Menschen in White City, was in den Outlands tatsächlich vor sich geht. Wir haben zwei Wochen gebraucht, es aufzunehmen. Julius hat es kommentiert und spricht direkt zu den Menschen, dem Senat und seinem Vater. Wir hoffen, dass es die Bevölkerung und vor allem die Warrior aufrüttelt, damit sie sich nicht gegen uns, sondern gegen das Regime stellen. Und danach sehen wir weiter. Wir möchten, dass Resur und White City Frieden schließen, ohne gewaltsam eingreifen zu müssen. Julius hat den Plan aufgegeben, White City mit Waffengewalt einzunehmen. Die Resurer sind keine Krieger, aber Jax trainiert wann immer er Zeit hat mit über zweihundert Männern, falls es zu einem Angriff kommen sollte. Lieber wäre uns jedoch ein Handelsabkommen mit den Kuppelmenschen: Bisons und pflanzliche Medizin gegen chemische Medikamente und moderne Krankenhausausrüstung.

»Für dich hab ich auch eine Überraschung.« Jax greift in eine Westentasche und holt drei Laserstifte hervor. »Mit schönen Grüßen von Mark.«

Strahlend nehme ich sie an mich. Es sind zwei Wundlaser und einer, mit dem ich endlich mein Sklaventattoo entfernen kann. »Er ist der Beste.«

Jax räuspert sich übertrieben. »Hallo? Wer riskiert Kopf und Kragen, um das Zeug da rauszuholen?«

»Du bist auch der *Aller*beste.« Um ihn zufriedenzustellen, gebe ich ihm einen Zungenkuss, den er gierig erwidert, und kralle die Finger in sein Haar. Ich bin mir sicher, dass er gerade hart wird. Er könnte immer und überall. Leider ist meine Schicht noch nicht zu Ende. Deshalb freue ich mich umso mehr auf später.

Schwerfällig löse ich meine Lippen von ihm. »Wo hast du Crome gelassen?«

»Er sitzt in Untersuchungshaft.«

Er wird wohl genau so eine Verhandlung bekommen wie Jax, doch die Chancen stehen gut. Crome hat auf eigenes Risiko mehrmals Wasser nach Resur geschmuggelt und mit Marks Hilfe Medikamente in die Stadt geschleust. »Hat er das Mädchen mitgenommen?«

Jax nickt. »Sie ist total verängstigt und weicht ihm nicht von der Seite, aber Crome besteht darauf, dass du sie dir ansiehst.«

Ich rutsche von seinem Schoß, um meine Tasche zu holen. »Ist sie verletzt?«

»Nicht ihr Körper. Nicht mehr. Aber ihre Seele. Blaire hat sie übel misshandelt.«

Mein Herz macht einen Doppelschlag. »Heißt sie Miraja?«

»Woher weißt du das?« Zwischen seinen Brauen bilden sich zwei Falten. Er sieht zum Niederknien aus, wenn er über etwas nachdenkt, da bekommt sein Gesicht so einen attraktiven Ausdruck. Ich kann nicht beschreiben, woran das genau liegt, aber eigentlich ist es auch egal, wie er mich anschaut. Er bringt mein Herz immer dazu, wild zu schlagen.

»Ich habe mit ihr gesprochen, an dem Tag, als du mich in der Show ausgewählt hast. Sie wollte nicht mehr leben, weil Blaire sie …« Als ich die grausamen Bilder vor mir sehe, verschlägt es mir die Stimme. »Es ist gut, dass sie hier ist. Ich werde mich sofort um sie kümmern.« Sie ist eine ehemalige Rebellin; vielleicht findet sie hier jemanden, den sie kennt und der sie ein wenig aufmuntert, solange Crome einsitzt.

»Ich komme mit.« Jax wirft das Kühlpad auf den Stuhl und legt einen Arm um meine Schultern, während wir zum Aufzug gehen.

»Wie haben sich Crome und Miraja kennengelernt? Sie war doch Blaires bevorzugtes Opfer.«

Jax grinst, wobei seine hellen Zähne in dem gebräunten Gesicht aufblitzen. »Eigentlich wollte Crome Blaire nur eins auswischen, nachdem sie bei einem Einsatz aneinandergeraten waren. Da hat Crome bei der Show einfach Miraja gewählt, um ihn zu ärgern. Er wollte das Mädchen gar nicht, sie war nicht mal sein Typ, aber jetzt bedeutet sie ihm alles.«

Ich drücke auf den Knopf, um den Fahrstuhl zu holen. »Crome ist doch gut zu ihr, oder?«

»Vermutlich, wenn aus einem Krieger ein Kuscheltier wird, kann das ja nur eines bedeuten.«

Möglichst unschuldig schaue ich ihn an. »Ach ja? Und was?« Er hat mir zwar nicht noch einmal gesagt, dass er mich liebt, aber er zeigt es mir ständig mit unzähligen Gesten. Er massiert mir die Füße, versucht mir jeden Wunsch von den Augen abzulesen, hat mich bereits mehrmals zum Essen ausgeführt, überrascht mich mit Nachtwanderungen und einem Picknick mit Blick auf den Sternenhimmel …

»Du wirst morgen nur noch breitbeinig laufen können, das schwöre ich dir«, flüstert er mir ins Ohr, bevor wir in den Lift steigen. Wenn die Kabine nicht durchsichtig wäre, würde mich Jax bestimmt sofort nehmen. Er starrt mich an wie ein Raubtier, das seine Beute verschlingen möchte, ein verruchtes Lächeln auf den Lippen.

Gut, dass die Klimaanlage in dem Gebäude funktioniert. Der Kerl ist heißer als Wüstenwind, und er gehört mir. Manchmal kommt mir alles vor wie ein Traum.

»Wann will Mark das Video einspielen?«, frage ich, um von unserem erotischen Spiel abzulenken. Ich brauche einen kühlen Kopf, wenn ich mit Miraja rede.

»Morgen, bei der nächsten Show.«

»Das ist gut, da sitzen alle vor den Bildschirmen.« Es wird garantiert zu

Unruhen kommen, wenn die Menschen in White City endlich die Wahrheit erfahren. Die ganze Wahrheit. Einige Dinge sind bereits durchgesickert, doch die Leute wollen noch nicht wirklich glauben. Das Video soll das ändern. Die einfachen Arbeiter, die am meisten unter dem Regime zu leiden haben, werden sich vielleicht trauen und rebellieren. Aber ob alle Höhergestellten und die Soldaten ihr Luxusleben sowie die Privilegien aufgeben werden? Wohl nicht. Die Warrior kennen kein anderes Dasein, wurden einzig zu einem Zweck geschaffen und genießen es, Stars zu sein. Doch lange werden sie keine Helden mehr sein, dafür werden wir sorgen. Bis auf Jax, der wird immer mein Held sein.

Schlusswort

Falls euch meine dystopische Erotikstory gefallen hat und ihr gerne wissen möchtet, wie es weitergeht, würde ich mich über Feedback freuen! Gerne möchte ich Mirajas und Cromes Geschichte erzählen, wie sich der harte Krieger der verstörten jungen Frau annähert und sie dabei gemeinsam gegen das Regime und für eine bessere Zukunft kämpfen.

Alles Liebe,
Eure Inka

♥♥♥

Eine weitere, romantische Dystopie, die ich geschrieben habe:

Blutflucht: Evolution

(erschienen bei Elysion Books)

Alle Individuen, die über normabweichende physische und psychische Fähigkeiten verfügen, müssen sich bei MUTAHELP registrieren lassen. Zuwiderhandlung wird strafrechtlich verfolgt.

Die Mutantin Kate lebt unerkannt unter den Menschen – zumindest, bis sie sich in den mysteriösen Jack verliebt. Von ihm in ein gefährliches Abenteuer verwickelt, wird sie schon bald zur Gejagten und muss sich einer Untergrundbewegung anschließen. Gemeinsam kämpfen sie gegen einen mächtigen Pharmakonzern, der Jacks besondere Fähigkeiten für sich nutzen will. Doch während Kate das Lebenswerk ihrer ermordeten Eltern abschließen möchte, sinnt ihre große Liebe Jack insgeheim auf Rache.

Über die Autorin:

Inka Loreen Minden, die auch unter den Pseudonymen Lucy Palmer, Mona Hanke (Erotik), Loreen Ravenscroft (Romantasy) und Monica Davis (Jugendbuch) schreibt, ist eine bekannte deutsche Autorin erotischer Literatur. Von ihr sind bereits über 30 Bücher, 6 Hörbücher und zahlreiche E-Books erschienen, die regelmäßig unter den Online-Jahresbestsellern zu finden sind.
Neben einer spannenden Rahmenhandlung legt sie Wert auf eine niveauvolle Sprache und lebendige Figuren. Explizite Erotik, gepaart mit Liebe, Leidenschaft und Romantik, ist in all ihren Storys zu finden, die an den unterschiedlichsten Schauplätzen spielen.

Mehr über die Autorin auf ihrer Homepage:
www.inka-loreen-minden.de
www.monica-davis.de

5073519R00085

Printed in Germany
by Amazon Distribution
GmbH, Leipzig